Aus dem Englischen
von Ulrike Wasel und Klaus Timmermann

HOLLY-JANE RAHLENS

Blätterrauschen

Rowohlt Taschenbuch Verlag

Veröffentlicht im Rowohlt Taschenbuch Verlag,
Reinbek bei Hamburg, Februar 2019
Copyright © 2015 by Rowohlt Verlag GmbH,
Reinbek bei Hamburg
Lektorat Christiane Steen
Umschlaggestaltung any.way, Barbara Hanke/Cordula Schmidt
Umschlagillustration Joachim Knappe
Satz aus der DTL Documenta PostScript
Gesamtherstellung CPI books GmbH, Leck, Germany
ISBN 978 3 499 21687 9

FOR NOAH
HIS FRIENDS
THEIR FUTURE
OF COURSE

1. KAPITEL

Blätterrauschen

Irgendetwas stimmte nicht. Alles war auf einmal so still. Das Rauschen der Blätter an den Bäumen draußen im Hof war verstummt. Ebenso das Stimmengemurmel hinter der Tür zur Buchhandlung. Selbst die Uhr an der Wand tickte nicht mehr. War es nicht schon zehn nach vier gewesen, als er das letzte Mal hingeschaut hatte? Außerdem war es viel kälter im Zimmer.

Oliver lauschte auf Geräusche, irgendwelche Geräusche, *egal was* – und hatte plötzlich das Gefühl, dass jemand direkt hinter ihm stand und ihm ins Ohr flüsterte. Er fuhr herum. Aber da war niemand. Nichts.

Rosa, die ihm gegenüber am Tisch saß, blickte von ihrem Buch auf. «Was?», sagte sie. «Was ist denn?»

Jemand war im Zimmer, ganz bestimmt. Oliver öffnete den Mund, um Rosa zu warnen, aber da schreckte sie bereits hoch und drehte den Kopf ruckartig zur Seite wie ein Hund, der die Ohren spitzt. Was immer es war, jetzt hatte sie es auch gespürt. Sie umklammerte ihre Stuhllehne.

Und dann drehte sich auch Iris, die bis dahin gedankenverloren vor dem Regal mit den Leseexemplaren gestanden hatte, blitzartig herum. Ihre Augen huschten durch den Raum. Selbst sie schien diese merkwürdige Veränderung in der Atmosphäre wahrzunehmen. Iris hatte zwar ein Gehirn von der Leistungsfähigkeit des Genfer Teilchenbeschleunigers, aber wenn es darum ging, die Signale ihres Körpers zu deuten, war sie hoffnungslos unterentwickelt. Doch jetzt hatte sie immerhin gemerkt, dass ihr Herz sehr viel heftiger klopfte als normal, denn sie griff sich an die Brust, als wollte sie es beruhigen, wobei sie das Buch vergaß, das sie noch immer in der Hand hielt. Genau in dem Moment, als es zu Boden fiel, krachte ein Donnerschlag. Ein Blitz erhellte den Raum – *kraaack!*

Die Kinder fuhren zusammen.

Oliver hörte eilige Schritte. Die Tür flog auf, und der frische, feucht-erdige Geruch der Bonsaibäume aus dem Laden strömte ins Hinterzimmer. Cornelia Eichfeld, die Inhaberin der Buchhandlung BLÄTTERRAUSCHEN, steckte den Kopf herein. Hinter ihr konnte Oliver mehrere Kunden sehen und die zwei Meter hohen, vollgestopften Bücherregale, in denen hier und da Miniaturbäume standen, beleuchtet wie in einer Kunstgalerie, jeder eine eigene kleine Topflandschaft. «Ihr müsst leider ohne mich anfangen», sagte Cornelia. «Bernd hat sich verspätet. Er hat gerade angerufen. Sorry.» Ihre atemlose Art zu sprechen erweckte immer den Eindruck, als wäre sie in Eile. «Muss wieder zu meinen Kunden. Ciao, ciao.» Sie warf den Kindern ein Lächeln zu, doch diese starrten sie nur verstört an. «Hey, alles in Ordnung mit euch?» Cornelias Augen bohrten sich in Oliver.

Oliver nickte, aber als er den Mund öffnete, um zu bejahen, kam nur ein Keuchen heraus.

«Oliver?», fragte Cornelia.

«Alles okay», brachte er mühsam hervor, räusperte sich und griff in seinen Rucksack. Er zog den Mini-Inhalator heraus, den er immer dabeihatte. «Ich bin bloß gegen irgendwas hier im Zimmer allergisch.» Er schob das Mundstück zwischen die Lippen, drückte und inhalierte die Sprühwolke. Er schenkte Cornelia ein munteres Lächeln und wartete darauf, dass seine Brust sich entspannte.

«Ihr drei habt doch wohl keine Angst vor dem kleinen Gewitter da draußen, oder? Weil, wenn doch –»

«Ach, was! Du hast uns bloß überrascht, das ist alles», sagte Iris und hob das Buch auf, das sie fallen gelassen hatte. «Ich war gerade dabei, über die Komplexität von Blitzentladungen nachzudenken, deren Schwingungen sich in der Luft fortsetzen und einen Knall auslösen, gemeinhin als Donner bezeichnet, als du reinkamst und –»

«So, so», sagte Cornelia abgelenkt. Sie schien gar nicht richtig zuzuhören.

Aber Iris, bemerkte Oliver, wollte Cornelia offensichtlich nicht erzählen, dass eben etwas sehr Seltsames im Zimmer geschehen war. Und auch Rosa nicht. Was auch immer da gewesen war, es ging nur sie drei etwas an und niemanden sonst.

«Das kannst du mir später ja noch genauer erklären», sagte Cornelia und lächelte Iris freundlich an. Dabei fiel ihr Blick auf die Mangas und alten Comichefte, die vor

Oliver lagen, und auf Rosas Stapel Romantasy-Romane. «Ihr habt ja genug zu lesen, um euch die Zeit zu vertreiben. Heute seid ihr nur zu dritt. Emil hat sich krankgemeldet, und alle anderen sind in den Ferien. Okay?»

Die Kinder nickten brav.

«Und streitet euch bitte nicht wegen irgendwelcher Bücher.» Cornelia sah erst Iris an, dann Rosa. «Wie wollt ihr je rausfinden, was euch gefällt, wenn ihr nicht *alles* mal ausprobiert?» Sie wandte sich zum Gehen, schaute sich dann aber noch mal im Raum um. Oliver glaubte zu sehen, wie sich ihr Gesicht kurz verdunkelte, aber er war sich nicht ganz sicher, weil es so viel in ihrem Gesicht gab, das ihn davon ablenkte. Cornelia hatte Lachfältchen um den Mund, Krähenfüße an den Augen wie Strahlenkränze und Sorgenfalten quer über der Stirn wie eine Bulldogge. Olivers Vater meinte immer, sie sähe genauso aus wie ihre Bonsais – prähistorisch. Er meinte es als Scherz, aber in Wahrheit klang es bloß gemein.

Cornelia rief den Kindern ein letztes «Ciao, ciao» zu, warf sich den langen weißen Zopf auf den Rücken und eilte zurück zu ihren Kunden. Die Tür fiel hinter ihr zu.

Rosa, Oliver und Iris waren wieder allein.

Oder etwa nicht?

Sie warteten auf ein weiteres Zeichen, aber was auch immer sie eben aufgeschreckt hatte, war nicht mehr da. Sie atmeten auf.

«Ihr wisst natürlich», begann Iris, «dass Donner eigentlich –»

«Jaja, wir wissen Bescheid», sagte Oliver, der kein

bisschen Bescheid wusste, was Donner anging. Er wollte bloß nicht, dass Iris ihnen wieder einen Vortrag hielt. Sie war ihm unheimlich. Sie redete wie eine Erwachsene. *Die Komplexität von Blitzentladungen ...* Hallo? Konnte sie nicht wie eine Zwölfjährige sprechen? Für ihr Alter wusste sie einfach viel zu viel. Oliver war dreizehn, und sie war trotzdem schon eine Klasse über ihm, was zugegebenermaßen ebenso sehr an ihm lag wie an ihr: Er war einmal sitzengeblieben, in dem Jahr, als er Asthma bekam und jede Menge Unterricht verpasst hatte. Aber er hatte es trotzdem aufs Gymnasium geschafft – sehr zur Überraschung seines Vaters. «Du und Gymnasium?», sagte sein Vater immer, wenn er von seinen Videospielen oder dem fünften Bier oder einem Tippzettel aufsah. «Ha! Das wird doch sowieso nix.»

Oliver fischte einen grünen Gelstift aus seiner Federtasche.

«Es freut mich, dass du dich mit Donner auskennst», sagte Iris zu Oliver. «Dann muss ich dir ja eine Sache weniger erklären.» Sie ließ sich auf ihren Stuhl fallen. Sie war ein pummeliges Kind und ein bisschen tollpatschig, und sie stieß Oliver aus Versehen mit ihrem Bein an. Oliver sah sie so erschrocken an, als wäre sie ein Zombie.

Iris tat so, als hätte sie nichts gemerkt. Solche Blicke erntete sie ständig. Sie kam nicht gut mit anderen Kindern aus. Und diese nicht mit ihr. Vielleicht wäre es einfacher, wenn sie sich anders anziehen würde, dachte Oliver. Aber heute sah sie wieder aus wie ein Papagei: verwaschene rote Cordhose, die ihr zu groß war; lila-orange karierte Bluse, bei der ihm schon vom bloßen Hingucken schwindelig wurde; grüne Daunenweste. Aha – vielleicht japste er deshalb so nach Luft. Daunenfedern. Dagegen war er allergisch.

Oliver fing an, einen Papagei zu zeichnen: den Kopf, den Körper, den –

«Also», sagte Iris und goss sich eine Cola ein. «Was war das eben? Wie ominös.» Sie nahm einen Schluck und rülpste leise.

Keiner sagte etwas – Oliver, weil er überlegte, was «ominös» bedeutete, und Rosa (die wusste, dass es «unheimlich» hieß), weil sie noch zu aufgewühlt war, um zu antworten.

Oliver fiel auf, dass die Knöchel von Rosas rechter Hand ganz weiß waren, so fest umklammerte sie die Stuhllehne. Ihre linke Hand dagegen lag still auf der Tischplatte, leblos unter diesem fleischfarbenen gummiartigen Handschuh, den sie immer trug. Er hätte gern gewusst, was darunter war. Wahrscheinlich eine Art mechanische Hand, vermutete er, wie bei Robotern, und der Handschuh sollte sie schützen und aussehen lassen wie eine echte Hand. Das hatte seine Mutter ihm jedenfalls so erklärt, und die wusste fast alles über jeden im Haus. Sie war die Hausmeisterin. Eigentlich war sein Vater der Hausmeister, aber der machte überhaupt nichts mehr im Haus – außer Krach, wenn er von der Eckkneipe nach Hause kam. Oliver und seine Mutter erledigten alle Arbeiten. Oliver hatte sogar einen eigenen Generalschlüssel. Früher hatte auch Thilo manchmal mitgeholfen, aber jetzt war er weg. Keiner wusste, ob er – Nein! Oliver wollte nicht an seinen Bruder denken. Nicht jetzt. Das machte ihn nur wütend. Auf Thilo. Auf seinen Vater. Sogar auf seine Mutter. Und auch auf sich selbst.

Oliver starrte auf Rosas Prothesenhandschuh. Es war eine gute Nachahmung einer Hand, mit Adern, Falten an den Knöcheln und Fingernägeln mit Halbmonden. Aber sie wirkte irgendwie nicht richtig echt, weil sie so leblos war – Oliver hatte noch nie gesehen, wie sie sie benutzte. Er sah Rosa überhaupt nur noch selten, und heute war er erst zum dritten Mal hier im Leseclub. Er fragte sich, ob die Finger richtig beweglich waren – elektronisch, versteht sich. Vielleicht ließ sich sogar das ganze Handgelenk drehen. Es wäre bestimmt cool, die Prothese zu zeichnen.

«Was glotzt du so?», sagte Rosa zu Oliver. Es klang hochnäsig, zornig, genervt, gekränkt, unsicher – eine ganze Reihe von Gefühlen war in diesen einen Satz hineingepresst. Aber vor allem klang sie hochnäsig, zumindest in Olivers Ohren. Sie war schon immer ein bisschen so gewesen, aber seit dem Unfall vor einem Jahr war es noch schlimmer geworden. Eine Heldin mit zwölf! Sie hatte ihre kleine Schwester Lily davor gerettet, von einem Auto überfahren zu werden, indem sie Lily im letzten Moment zur Seite gestoßen hatte. Aber dabei war sie selbst verletzt worden. Die Sache war sogar in den Abendnachrichten gekommen. Vielleicht war es ihr gutes Recht, hochnäsig zu sein. Aber trotzdem.

«Hallo?», sagte Rosa. «Bist du taub? Was glotzt du –»

«'tschuldigung», meinte Oliver. Er wollte sie ganz bestimmt nicht verärgern. Er sah weg und fing wieder an, in seinem Skizzenbuch zu zeichnen.

Eine oder zwei Minuten lang beobachteten Iris und dann auch Rosa, wie sich seine Hand geschickt über das Papier bewegte. Er hatte den Papagei vergessen und malte jetzt einen Blitz mit einem silbernen Gelstift. Die Mädchen schauten zu, wie Oliver K-R-A-A-A-C-K! in fetten Comicbuchstaben über den senkrechten Zickzackstrich schrieb.

KRAAACK!, das war auch der Name, den Oliver seinem Bonsai gegeben hatte. Jedes Mitglied des Leseclubs – zurzeit insgesamt neun – hatte einen Bonsai im Laden. Sie mussten sich um ihren jeweiligen Baum kümmern und erhielten dafür kostenlos Lesefutter. Iris hatte einen Zwergapfel und Rosa einen Rot-Ahorn im Miniformat, schlank und gerade. Oliver hatte sich für ein verwittertes Bäumchen entschieden, das zahllose klitzekleine dunkelgrüne Blätter und einen knorrigen Stamm besaß, der tief nach rechts geneigt war, als hätte der Wind ihn seit mindestens drei Billionen Jahren in diese Richtung gedrückt. Die Rinde war extra ausgehöhlt worden, damit es aussah, als wäre der Baum irgendwann mal vom Blitz getroffen worden. Deshalb hatte er ihn KRAAACK! genannt. Oliver wollte es gar nicht glauben, als Cornelia ihm verriet, dass es ein Olivenbaum war, also ein Namensvetter von ihm! Sie hatte außerdem erklärt, dass Olivenbaum-Bonsais robuste kleine Pflänzchen wären, und gemeint, es wundere sie überhaupt nicht, dass Oliver sich ausgerechnet den ausgesucht hatte.

Oliver kannte Cornelia, seit er denken konnte. Sie war immer freundlich zu ihm und lobte seine Zeichnungen. Sie ließ sich bei Olivers Mutter die Haare schneiden, und dort hatte sie die Zeichnungen gesehen, die seine Mutter mit Tesafilm an den Spiegel ihres Frisierplatzes klebte. Monatelang hatte Cornelia versucht, Oliver dazu zu überreden, beim Leseclub mitzumachen, aber er las nicht gern und erfand stets neue Ausreden, nicht hinzugehen. «Die will dich davor bewahren, dass du so wirst wie ich», sagte sein Vater manchmal und lachte dann. Schließlich, als Oliver beim besten Willen keine Ausrede mehr einfiel, willigte er ein, es mal auszuprobieren. Wenn Thilo wüsste, dass er bei einem Leseclub mitmachte, würde er sich bestimmt kaputtlachen.

Draußen im Hinterhof rauschten die Blätter an den Bäumen – braun, rot und gelb – im Herbstwind. Oliver lauschte auf das knisterige Geräusch. Auch das Fenster von seinem Zimmer in der zweiten Etage ging auf den Hof mit den riesigen Eichen hinaus. Er fand es schön, mit ihrem Geraschel im Ohr einzuschlafen.

Das Licht flackerte. Die Kinder blickten ängstlich hoch, horchten gebannt auf ungewöhnliche Geräusche. Eine Fliege summte, das war alles.

Iris sprang auf und huschte durchs Zimmer. Unterwegs verlor sie einen ihrer Clogs. Sie schlüpfte wieder hinein und trat ans Fenster zum Innenhof.

Der Hof war groß und besaß einen blühenden Garten, einen mit Kopfsteinen gepflasterten Weg, der zwischen gestutzten Hecken hindurchführte, altertümliche Gaslampen, einen Geräteschuppen, zwei Bänke, einen Sandkasten und eine Wippe. Eingänge führten in das Gartenhaus und in den rechten und den linken Seitenflügel.

Als Oliver sieben war und wohlhabendere Familien wie die von Rosa die frischsanierten Eigentumswohnungen bezogen, hatte Rosa gelegentlich mit ihm auf der Wippe geschaukelt. Aber das war lange her. Später hatte er sie öfter vom Fenster seines Zimmers aus beobachtet, beim Spielen mit ihren Freundinnen, aber seit dem Unfall kamen sie nicht mehr her.

Am Fenster studierte Iris die fliegenden Blätter. Vermutlich versuchte sie, irgendwelche verborgenen Muster zu entdecken, die sie beim Fallen bildeten. Oder vielleicht waren die schabenden, klopfenden Geräusche, die sie machten, wenn sie gegen das Fenster schlugen, ein Geheimcode, den Iris entschlüsseln musste. Sie drehte sich um. «Tja, was auch immer das war, ein Geist war es jedenfalls nicht! Es gibt keine Geister.»

Oliver glaubte auch nicht an Geister, aber seine Augen suchten den langen Raum trotzdem nach verräterischen Anzeichen für ihre Existenz ab: Er sah Kisten mit Büchern, Regale mit Büchern, einen weiteren Tisch mit Büchern, ein großes Fenster zur Straße, die Tür zum Hauptladen, und ganz hinten, neben dem Fenster zum Hof, noch eine Tür. Sein Blick blieb auf einem Regal hängen, in dem eine moderne Espressomaschine thronte. Das Gerät hatte mehr Knöpfe als ein Flugzeugcockpit.

«Also, wenn es kein Geist war, was war es dann?», fragte Iris.

«Verrat's uns doch endlich», sagte Rosa. «Du platzt doch gleich deswegen.»

«Na schön», sagte Iris munter, unbeirrt von Rosas barschem Ton, «ich verrat's euch.»

Rosa schnaubte.

«Der plötzliche Temperaturabfall ist vermutlich durch die undichte Tür zu erklären», sagte Iris und zeigte Richtung Hof.

«Aber ich hab irgendwen, irgendwas gespürt, hier im Zimmer», sagte Oliver. «Direkt hinter mir. Ich hab was *gehört.*»

Iris senkte dramatisch die Stimme. «Das kann durch eine niederfrequente Schallwelle ausgelöst werden. Oder durch ein Magnetfeld.» Sie strahlte ihn an, und dabei kamen zwei Frontzähne so groß wie Moses' steinerne Gesetzestafeln zum Vorschein. Einer davon stand vor wie ein Reißzahn. Bei diesem Anblick hätte Oliver fast gelacht, aber das wäre gemein gewesen. Stattdessen fragte er: «Wieso weißt du das alles?»

«Weil ich lese», antwortete Iris. Sie blickte auf das Manga, das aufgeschlagen vor Oliver lag. Und dann auf Rosas Liebesromane. «*Richtige* Bücher.»

Rosa schnaubte erneut.

«Ein Magnetfeld?», fragte Oliver, ohne sich die Beleidigung zu Herzen zu nehmen.

«Das kann durch elektronische Geräte erzeugt werden.»

«Aber hier im Raum sind bloß Bücher», sagte Rosa.

Iris zeigte auf die Espressomaschine. «In dem Ding

dadrüben stecken so viele elektronische Teile, mit denen könnte man die Internationale Raumstation noch mindestens zehn Jahre in der Umlaufbahn halten.»

Es war ein Witz, aber keiner lachte, denn genau in diesem Moment verdunkelte sich draußen der Himmel – als hätte ihn jemand im Vorbeigehen auf Nachtbetrieb gestellt. Die Kinder standen auf und traten ans Fenster zur Straße. Dicke, fette Regentropfen klatschten gegen die Scheibe. Vielleicht war es –

Kraaack! Ein ohrenbetäubender Donnerschlag. Ein Blitz ließ den Himmel taghell aufleuchten. Die Kinder fuhren zurück, als hätten sie einen Stromschlag bekommen.

Und dann hörten sie ein Klopfen – an der Hintertür. Ein sehr lautes und beharrliches Klopfen. Sie wirbelten herum.

Die Hintertür wurde niemals benutzt, von niemandem. Aber offensichtlich war da draußen im Hof jetzt jemand. Jemand, der im strömenden Regen wie ein streunender Hund darauf wartete, hereingelassen zu werden.

Die Kinder eilten zum Hoffenster neben der Tür und spähten hinaus in die Dunkelheit. Aber sie sahen bloß ihr eigenes Spiegelbild. Oliver sprang zum Schalter und knipste das Licht aus.

Jetzt konnten sie einen Jungen vor der Tür sehen. Er war sehr groß und sah etwas älter aus als sie. Er trug ein dunkles T-Shirt, Jeans, eine dünne, burgunderrote Jacke und eine Baseballmütze. Erstaunlicherweise war er vollkommen trocken.

Der Fremde betrachtete die Kinder durch das Fenster mit einem Blick echter Verwunderung. «Hi there!», rief er mit breitem Lächeln. «How are you?»

Die Kinder glotzten mit offenem Mund.

Der Junge klopfte ans Fenster. Es rappelte.

Der Wind heulte, und das Rauschen der Blätter an den Bäumen war sehr laut.

Die Kinder starrten weiter.

Der Junge klopfte erneut, diesmal lauter. «Open the door!», forderte er. «Now!»

Die Kinder brauchten keine Übersetzung, um zu begreifen, dass hier gerade etwas ganz Außergewöhnliches geschah.

Oliver öffnete die Tür und ließ den Jungen herein.

2. KAPITEL

So beautiful

Thanks!», sagte der fremde Junge und trat in das Hinterzimmer der Buchhandlung. Er schaute sich mit großen verwunderten Augen um. «This. Is. So. Totally. Cool.»

Oliver schloss die Tür mit dem Generalschlüssel ab, der mit einer Kette an seinem Rucksack befestigt war.

Der Neuankömmling grinste. «Fantastic! Absolutely brilliant!» Er nahm ein Buch in die Hand, schnupperte daran, blätterte die Seiten durch. «I love it!», rief er. Dann drehte er sich zu Rosa, Oliver und Iris um. «And you! – You're perfect!» Sein Blick fiel auf Rosa, und sie wurde rot. «You're so beautiful!», sagte er.

Das stimmte: Rosa war schön. Ihr Gesicht, dachte Oliver, hätte eine von diesen alten Kamee-Broschen zieren können, die er in dem Schmuckgeschäft ein Stück die Straße runter gesehen hatte: zart modellierte Züge, goldblond gelocktes, welliges Haar, das ihr bis auf die Schultern fiel, große grünbraune Augen, Wangen, so rosig und zart wie ein Sonnenaufgang im Frühling, eine Nase, die Dr. Zöllner, der Schönheitschirurg im Vorderhaus, sicher gern mal nachbilden würde. Ja, sie war schön. Deshalb war das Kompliment des fremden Jungen durchaus berechtigt. Aber war es auch in Ordnung, das so laut auszusprechen? Nein! Absolut nicht!

Der Junge starrte Rosa an. «So beautiful», seufzte er. Rosa wich erschrocken einen Schritt zurück, doch der Junge folgte ihr. Er hob die Hand, um ihre Haare zu berühren, stolperte aber über ein Lampenkabel, ehe er nah genug war.

Gut so, dachte Oliver.

Irritiert betrachtete der Junge das Lampenkabel einen Moment, folgte ihm mit den Augen bis zum Stecker in der Steckdose. «Oh! Electricity!», rief er begeistert. «Wow!»

Rosa, die ein paar Wochen älter war als Oliver, meinte offenbar, sie müsse die Sache in die Hand nehmen. «Entschuldigung», sagte sie mit der herrischen Stimme, die sie sich angewöhnt hatte, seit sie vor ein paar Monaten dreizehn geworden war, «willst du zum Leseclub?»

Der Junge sah einen Moment verwirrt aus, doch dann sagte er: «Oh, right, I get it. You're programmed to speak German.»

«Programmed?», sagte Oliver. Er wandte sich an Iris und Rosa. «Wovon redet der?»

«Er hat gesagt, wir wären programmiert, Deutsch zu sprechen», antwortete Iris. «Er spricht nämlich Englisch.»

«Wir wissen, welche Sprache er spricht, Iris», sagte Rosa genervt.

Oliver versuchte sich zu erinnern, ob seine Mutter irgendwas davon gesagt hatte, dass bei irgendjemandem im Haus Leute zu Besuch waren. Er kramte sein bestes Schulenglisch hervor. «You visit someone?», sagte er. «Here in the house?»

«Okay, okay», sagte der Junge, ohne Oliver zu beachten. «Schon verstanden. Ich soll also Deutsch reden. Seht ihr? Kann ich. Fließend. Können wir alle.»

Und tatsächlich, jetzt sprach er perfekt Deutsch, aber mit einem Akzent, der irgendwie ulkig klang.

Eine Bewegung draußen auf der Straße fesselte die Aufmerksamkeit des Jungen, und er lief zum Fenster. Ein Mann stieg aus einem Taxi. «Oh, wow! Ein Mercedes E 200!» Er schnupperte. «Und fossiler Brennstoff!» Dann fiel sein Blick auf die Espressomaschine. Er hob den Deckel von dem Behälter mit Kaffeebohnen und nahm eine Nase voll. «Hmm», sagte er. «Tolles Aroma.»

«Hallo?», sagte Oliver zu dem Jungen. «Bist du bei jemandem hier im Haus zu Besuch?»

Der Junge, der wirklich sehr groß war, blickte von ziemlich weit oben auf Oliver herab. Oliver war daran gewöhnt, dass Leute auf ihn herabblickten, Erwachsene und seit einer Weile auch seine Altersgenossen. Er wartete geduldig darauf, endlich auch zu wachsen.

«Und wer bist du, junger Mann?», fragte der fremde Junge mit dieser seltsam hohen Singstimme, die Erwachsene immer für kleine Kinder bereithalten. Er streckte die Hand aus, als wollte er Olivers linken Arm packen, aber Oliver schubste ihn weg. Damit hatte der Junge nicht gerechnet und stolperte rückwärts gegen ein Bücherregal. Zugegeben, Oliver war klein, er besaß die sanfte See-

le eines Künstlers und ziemlich mangelhafte Englisch-
kenntnisse, aber er hatte auch schnelle Reflexe – besonders, wenn er sich bedroht fühlte. Es hatte eben auch seine
Vorteile, wenn der große Bruder ein Raufbold war. Oliver
hatte so viele Schienbeintritte und Kopfnüsse wegge-
steckt, er war so oft mit einem dreihundert Seiten dicken
Mathebuch auf den Schädel geschlagen worden, dass er
schon vor langer Zeit gelernt hatte, sich zu verteidigen.

Der Fremde wurde blass. «Entschuldigung. Das war
nicht böse gemeint. Ich wusste nur nicht, dass ihr euch
tatsächlich so verhaltet, als ob ihr real seid.»

«Als *ob* wir real sind?», fragte Oliver.

Der Junge war sichtlich durcheinander. «Ich wollte
bloß mal sehen, ob sie euch auch Muskeln verpasst haben. Mehr nicht.»

Die Situation wurde immer verwirrender – besonders
für Rosa. «Ich glaube, wir sollten Cornelia holen», erklärte
sie und ging auf die Tür zum Laden zu.

«Nein!», sagte der Junge. «Nicht!» Er hob den Arm,
um sie aufzuhalten, zog ihn aber schnell wieder zurück,
weil er nicht auch noch von ihr gegen ein Regal geschubst
werden wollte. Aber als Rosa an ihm vorbeifegte, streifte
seine Hand versehentlich ihre Prothese.

Rosa blieb für einen Augenblick wie versteinert stehen. Dann färbten sich ihre Wangen knallrot, und sie
versteckte die Hand in der Tasche ihrer Strickjacke. Oliver stellte sich vor sie, als wollte er sie vor den Annähe-
rungsversuchen des Jungen schützen, aber der hatte die
Prothese längst gesehen.

Rosa schob Oliver mit ihrem gesunden Arm weg. «Ich kann auf mich selbst aufpassen!» Sie beäugte den Fremden misstrauisch. «Und? Warum sollen wir Cornelia nicht holen?»

«Ist Cornelia eine Erwachsene?»

«Ihr gehört die Buchhandlung», entgegnete Rosa. Sie zeigte auf die Tür. «Dahinter.»

«Die haben gesagt, Erwachsene sollte man lieber nicht mit einbeziehen», sagte der Fremde.

«Die?» Rosa riss allmählich der Geduldsfaden.

Der fremde Junge nahm seine Baseballmütze ab und kratzte sich am Kopf, als würde er nachdenken. Sein Haar fiel herab, voll und dunkel und wellig. Es reichte ihm fast bis zu den Schultern, aber es war nicht zottelig wie bei den meisten Jungen mit langen Haaren. Und es roch gut, bemerkte Oliver, wie die Zedernholzklötzchen, die seine Mutter gegen Motten in den Schrank legte. Die Augen des Jungen hatten den ungewöhnlichsten Türkiston, den er je gesehen hatte. Ob er diese Farbe zusammenmischen könnte, fragte er sich. Hm ... Blau und Gelb zu gleichen Teilen, um Grün zu bekommen, dann nach und nach mehr Blau zugeben, um Türkis zu bekommen, und dann –

«Hör mal», sagte Rosa. «Erzählst du uns jetzt, warum du hier bist? Oder soll ich –» Sie sprach den Satz nicht zu Ende und ging weiter in Richtung Tür. «Vergiss es. Das ist lächerlich!»

Iris stellte sich ihr in den Weg. «Moment mal! Interessiert dich denn gar nicht, was er zu sagen hat? Cornelia können wir immer noch holen.» Sie steckte mit Oliver und Rosa die Köpfe zusammen und senkte die Stimme. «Ich wette, das ist ein Scherz. Ein raffinierter Scherz, hinter dem Cornelia steckt. Wahrscheinlich spielt er eine Figur in einem Buch nach, das sie als nächste Lektüre für uns geplant hat.»

Im Gegensatz zu Iris hielt Oliver den Jungen einfach für schräg, vielleicht sogar für richtig gestört. Sein Bruder Thilo hatte mal so einen Freund. Der war später beim S-Bahn-Surfen ums Leben gekommen.

«Habt ihr seine Augen gesehen?», flüsterte Oliver. «Türkis.»

«Passen wunderbar zu Iris' Schuhen», sagte Rosa sarkastisch und zeigte auf Iris' Clogs, türkisblaues Lackleder mit orangegelben Fröschen.

Rosa war manchmal so gemein zu Iris, dachte Oliver. Sie waren mal Freundinnen gewesen, das wusste er, «etwa zweieinhalb Sekunden lang» (einer von Rosas berühmten Sprüchen), als sie neun und acht waren. Wie Oliver von seiner Mutter wusste, hatten ihre Mütter, die zusammen Yoga machten, gehofft, ihre Töchter würden Freundinnen werden. Aber Iris war jünger als Rosa, und vor allem «viel zu unheimlich», wie Rosa meinte, ganz anders als die beliebten Mädchen in der Schule, mit denen Rosa befreundet war. Oder *gewesen* war, vor dem Unfall. Seitdem blieb Rosa lieber für sich.

«Als ich klein war, hatte ich eine Babysitterin. Eliana. Und ihr Vater hatte auch solche Augen», meinte Iris. «Türkis. Sehr eigenartig.»

Oliver spähte über die Schulter zu dem Jungen hinüber. Den schien es nicht zu stören, dass sie ihn aus ihrem Gespräch ausgeschlossen hatten. Oliver sah, wie er auf das Fenster zur Straße zusteuerte und fasziniert jemanden beobachtete, der ein Fahrrad an einen Ständer kettete.

«Na schön», sagte Rosa im Flüsterton. «Wir geben ihm fünf Minuten, und dann holen wir Cornelia.» Sie drehte sich zum Fenster. «Hallo?», rief sie.

Der Junge wandte sich um.

«Du hast vier Minuten und fünfzig Sekunden, um uns zu erklären, wer du bist», sagte Rosa. «Und dann holen wir Cornelia.»

Der Junge lachte und kam wieder auf die Kinder zu. «Thank you, Eure Hoheit. Thank you very much.» Er griff an seine Baseballmütze und lüftete sie, wie es feine Herren in alten Filmen tun. «Vier Minuten und fünfzig Sekunden? Da muss ich mich aber ranhalten. Sollen wir uns setzen?»

«Jetzt noch vier Minuten und *dreißig* Sekunden», verbesserte Rosa ihn mit Blick auf das Handy, das sie immer in der Tasche hatte, und setzte sich.

Der Junge ließ sich auf einem Stuhl am Tisch nieder und klappte dann eine Hälfte seiner offenen Jacke über die andere, um sie zu schließen. «Ist ein bisschen kühl hier», meinte er, während er sich suchend umschaute, wo die Zugluft herkam.

Oliver fragte sich, wie der Verschluss der Jacke funktionierte. Er sah weder Knöpfe noch einen Reißverschluss, ja, nicht mal irgendwelche Klettverschlüsse.

«Vier Minuten», sagte Rosa, die offensichtlich ein sehr gutes Zeitgefühl hatte.

«Na schön», sagte der Junge, «aber macht mir hinterher keine Vorwürfe!»

Im Nachhinein erst erfuhren sie, dass seine Bemerkung vollkommen berechtigt war. Sie hatten nämlich keine Ahnung, worauf sie sich da einließen. Aber hätten sie anders gehandelt, wenn sie mehr gewusst hätten? Sicher nicht.

Die Kinder setzten sich und lauschten seiner Geschichte.

3. KAPITEL

Dagobert

O kay. Kurz und knapp», sagte der Fremde. Er sah jedem von ihnen mit seinen türkisfarbenen Augen direkt ins Gesicht – Rosa, Oliver und Iris. «Ich heiße Colin Julio Aaronson-Aiello, aber alle nennen mich einfach nur Colin.»

Die Kinder schwiegen.

«Also», erklärte der Junge weiter, «ich teste gerade ein neues Virtual-Reality-Spiel. Ich hab's noch nie gespielt, und ich finde es echt spannend.» Er lächelte sie an. «End of story.»

«Nix ‹end of story›», sagte Iris streng. «Was genau meinst du mit ‹Virtual-Reality-Spiel›?»

Oliver war sicher, dass Iris längst wusste, was das war, und den Jungen bloß testen wollte. Sie würde ihn ins Kreuzverhör nehmen und mit Fragen löchern, bis er sich in seinen Lügen verstrickte oder erschöpft zusammenbrach und zugab, dass alles bloß ein Scherz war.

«Ein Virtual-Reality-Spiel ist ein computersimuliertes 3D-Spiel, das eine imaginäre Welt erschafft», antwortete der Junge, der sich Colin nannte. «Der Spieler

28

erlebt es mit allen Sinnen. Totale Immersion. Absolut lebensecht.»

Cornelia hatte wahrscheinlich tagelang mit ihm geprobt, bis er diese Antwort richtig herausbrachte, dachte Oliver.

Colin beugte sich vor. «Ich kann alles in der imaginären Umgebung sehen, hören, schmecken, spüren und riechen. In diesem speziellen Spiel ist die künstlich erzeugte Welt das frühe 21. Jahrhundert in Berlin, der zweitgrößten Stadt der Europäischen Union, wenige Jahre vor Beginn des Dark –»

«Stopp mal!», unterbrach Rosa ihn. «Das geht alles viel zu schnell.» Sie sortierte ihre Gedanken. «Du willst also damit behaupten, dass wir ein Spiel mit dir spielen?»

«Nein. Ich spiel es ganz allein. *Ihr* seid bloß Figuren *in* dem Spiel.»

«Wir sind *was*?», fragte Rosa.

Rosa tat Oliver leid. Sie sah total verwirrt aus. Das war er natürlich auch, aber er ließ es sich nicht so anmerken.

«Wir sind bloß Figuren in einem Spiel, das er spielt», sagte Iris. «Das ist wie bei einem Videospiel, nur dass der Spieler praktisch in das Spiel hineintritt und mit sämtlichen Figuren in der virtuellen Arena interagiert, als wären sie real. Ist doch nicht so schwer zu kapieren. Das ist die Zukunft des Computerspiels!»

«Dann glaubst du ihm?», fragte Rosa entgeistert.

«Hab ich das gesagt? Ich erkläre euch nur, was *er* behauptet hat.» Sie wandte sich an Colin. «Angenommen, es stimmt, dass du ein Spiel spielst. *Wo* spielst du es?

Wenn wir dir glauben sollen, ist dein Bewusstsein hier bei uns, aber dein Körper ist irgendwo anders, oder?»

«Genau!», sagte er. «Ja, ich bin im Game-Room des OZI.»

«Im Game-Room des OZI?», echote Oliver und fragte sich, ob ihm seine eigene Verwirrung jetzt vielleicht doch anzumerken war.

Rosa schoss hoch. «Also echt jetzt. Wenn das hier ein Buch wäre, würde ich es auf der Stelle zuklappen und gegen die Wand werfen. Das ist viel zu kompliziert. Ich fange an, mich zu langweilen.»

«Weil du immer nur Bücher mit simpler Handlung und primitiver Sprache und Pappfiguren und Happy Ends liest», konterte Iris. «Wenn ein Buch mal ein bisschen komplizierter ist, stellst du es immer gleich wieder ins Regal. Warte es doch mal ab! Manche Bücher nehmen erst langsam Fahrt auf, aber dann werden sie richtig aufregend. Manche Bücher geben dir versteckte Hinweise nicht nur über das, was passiert, sondern auch, warum es passiert. Gib den Büchern eine Chance, ihren Zauber zu entfalten!»

Rosa öffnete den Mund, um etwas zu sagen, überlegte es sich dann aber anders und wandte sich stattdessen Colin zu. «Drei Minuten. Und dann holen wir Cornelia.»

Wie aufs Stichwort hörten sie Cornelia auf der anderen Seite der Tür über irgendwas lachen, laut und schallend. *Boahahaha!* – ihre unverkennbare Lache. Die Kuhglocke über der Ladentür bimmelte, und jemand kam herein.

«Ich krieg Strafpunkte, wenn ihr Cornelia ruft», sagte

der Junge, «und werde zurück zum Square One gezappt.»
Er bemerkte die Flasche Cola auf dem Tisch. «Darf ich?»

Oliver schenkte ihm ein Glas ein. Der Junge steckte die Nase ins Glas und schnupperte. Er lachte. «Das kitzelt.»

Die Kinder sahen sich an. War der Typ schräg, oder war er schräg?

«Da ist Kohlensäure drin», sagte Iris. «Deshalb.»

«Kohlensäure?»

«Genau genommen gelöstes Kohlendioxid. Davon effervesziert das Getränk.»

Effervesziert, dachte Oliver. Noch so ein Wort, das er nicht kannte. Obwohl es wahrscheinlich bloß hieß, dass die Cola sprudelte, oder?

Colin hob das Glas, als wollte er ihnen zuprosten, und leerte es dann mit großen, geräuschvollen Schlucken, ohne einmal abzusetzen. Er stellte das Glas hin und zog ein Gesicht, als hätte er eine ganze Zitrone gekaut, mit Schale und allem. «Iiiieeh! Ist das süß! Davon kriegt man ja Zahnschmerzen.» Er rülpste. Richtig laut.

Die Kinder lachten – sogar Rosa.

«Schmeckt wie meine Hustenmedizin», sagte Colin, während er sein Glas erneut füllte. «Macht aber süchtig. Wie nennt sich das Getränk?»

«Cola ist die Gattungsbezeichnung», erklärte Iris.

«Cola? Nie gehört.»

«Das ist nicht dein Ernst», sagte Rosa.

«Ist ja auch bloß das bekannteste Getränk auf der Welt!», meinte Oliver.

Colin zuckte die Achseln. «Was ist drin?»

«Koffein aus Kolanüssen, glaube ich», sagte Iris. «Aber genau weiß das keiner. Die Rezeptur gilt als eines der bestgehüteten Geheimnisse.»

Colin trank noch einen Schluck – und rülpste wieder. «Also, wo waren wir stehengeblieben?»

«Square One», sagte Iris hilfreich. «Beim Ausgangspunkt.»

«Zwei Minuten», sagte Rosa streng.

«Was wäre denn so schlimm daran, wieder zurück zum Ausgangspunkt zu gehen?», wollte Iris wissen.

«Ich hab eine Wette laufen», lautete Colins Antwort. «Mit den Jungs.»

«Mich interessiert dieses ‹OZI›.» Iris brannte offensichtlich darauf, dem Rätsel auf den Grund zu gehen. «Du hast gerade einen Game-Room im OZI erwähnt. Was ist das?»

Colin stieß einen Seufzer aus. «Die haben mir nicht gesagt, dass ich den Figuren jede Kleinigkeit erklären muss.» Er ordnete seine Gedanken. «Okay. OZI. Das ist das Olga-Zhukova-Institut für Angewandte Physik. OZI.»

«Nie gehört», sagte Iris.

«Das wundert mich nicht. Olga Zhukova wurde erst 2020 geboren. In Minsk, Weißrussland.» Der Junge nippte erneut an seiner Cola.

Oliver sah Iris und Rosa an und malte mit dem Zeigefinger kleine Kreise neben seiner Schläfe. War der Junge irre, oder war er irre?

«Sie war die Erste, die den Neuen Nobelpreis in Physik bekommen hat», erklärte Colin weiter. «Das war 2096.»

«Okay!», sagte Rosa und stand wieder auf. «Das reicht.» Sie fing an, ihre Bücher in ihren Korb zu werfen. «Ich hau ab.» Sie zeigte auf Colin. «Du machst dich über uns lustig.»

«Tu ich gar nicht!», sagte Colin. «Bitte. Lasst mich wenigstens noch dieses Level zu Ende spielen.»

«Wie –», setzte Iris an.

«Hör endlich auf, ihm Fragen zu stellen!», fauchte Rosa.

Iris ignorierte sie. «Wie spielst du das Level zu Ende?»

«Er könnte vor einen LKW laufen», sagte Rosa. «Das wäre wahrscheinlich am einfachsten.»

«Ganz schön makaber.» Iris deutete auf Rosas Prothese. «Aus deinem Munde.»

Jenseits der Tür hörten sie Leute im Laden laut sprechen. Rosa warf wieder ein Buch in ihren Korb.

«Du gehst doch nur, weil du dich darüber ärgerst, was ich vorhin über dich und deine albernen Bücher gesagt habe», meinte Iris.

«Was stört dich denn bitte schön an einem Happy End? Mir gefällt so was, und mir ist vollkommen schnurz, was du sagst! Ich gehe, weil das hier ein Leseclub sein soll und kein Irrenhaus.»

Die Kuhglocke über der Ladentür bimmelte wieder. «Bernd!», hörten sie Cornelia rufen. «Komm schnell!»

Bernd war da. Cornelia würde jeden Moment zu ihnen stoßen.

«Colin», sagte Iris, «erklär uns noch schnell, welches Ziel das Spiel hat.»

«Dieses Level ist beendet, wenn du eine oder mehrere Figuren dazu überreden kannst, mit dir zum Ausgangspunkt zurückzukehren.»

«Und wo ist dieser Ausgangspunkt?»

«Der Geräteschuppen. Dahinten.» Er zeigte Richtung Hof. «Da bin ich in das Spiel eingestiegen.»

«*Im* Geräteschuppen?», fragte Oliver.

«Genau.»

«Unmöglich! Der ist abgeschlossen. Wie willst du denn da reingekommen sein?»

«Ich musste nicht reinkommen. Ich war schon drin. Da hat das Spiel angefangen.»

«Es ist ein *Geräteschuppen*!», rief Oliver, stand auf und schob seinen Stuhl zurück. «Es ist kein ‹Square One› für irgendein Spiel. Ich bin praktisch jeden Tag dadrin. Ich weiß das!»

«Er ist der Sohn des Hausmeisters», erklärte Iris.

«Mir ist egal, wer er ist», sagte Colin mit Nachdruck, stand auf und schob ebenfalls seinen Stuhl zurück. «Ich war dadrin.»

«Beweis es», sagte Oliver herausfordernd. «Wie sieht's dadrin aus?» Niemand hatte Zugang zum Geräteschuppen außer dem Gärtner und ihm und seiner Mutter.

Colin überlegte einen Moment. «Okay. Ich habe eine Gießkanne gesehen, eine kleine. Für Kinder vielleicht. Da war nämlich eine Ente drauf. Die trug einen Zylinder und eine Brille und hielt einen Gehstock in der Hand. Außerdem stand ein Name auf der Kanne. Und zwar –»

Oliver keuchte. «Die gehört mir!» Seine Mutter hatte

ihm das Entenhausen-Gartenset zum fünften Geburtstag geschenkt.

Colin grinste. «Die gehört *dir*? Dann musst du Dagobert sein. Dein Name stand drauf.» Er streckte die Hand aus. «Schön, dich kennenzulernen. Darf ich dich Dag nennen? Ist kürzer.»

«Leute», sagte Rosa.

Oliver fuhr herum. Rosa war so weiß wie die gebleichten Bettlaken seiner Mutter. Sie starrte zum Fenster, das zur Straße hinausging, vor dem drei finster aussehende Männer standen. Sie waren von Kopf bis Fuß in Schwarz gekleidet, die Gesichter unter Kapuzen versteckt, und zeigten auf sie. Bei ihrem Anblick durchlief die Kinder ein Frösteln – die Raumtemperatur sank um 10 Grad.

Die Tür zum Laden flog auf. «Kinder!», zischelte Cornelia eindringlich.

Oliver sah, wie hinter ihr ein Mann im braunen Trenchcoat einen Kunden grob beiseitestieß. Ein Bonsai kippte um, Erde und Blätter lagen verstreut auf den Dielen. Ein zweiter Mann, auch er im braunen Trenchcoat, kämpfte mit Bernd und verlor seinen Hut.

«Lauft!» Cornelia zeigte auf die Hintertür. «Los! Schließt die Tür hinter euch ab! Versteckt euch!» Und weg war sie.

Oliver begriff sofort, wie ernst die Lage war. Er sprang auf. «Kommt mit!», rief er den anderen zu und stopfte hastig Federtasche und Skizzenblock in seinen Rucksack. Einen Moment später baumelte der Generalschlüssel an einer Kette in seiner Hand, und er schloss die Tür auf.

«Beeilung!», sagte er, ob zu sich selbst oder zu den anderen, war ihm nicht klar. Aber schon waren die Kinder direkt hinter ihm, die Tür ging auf, und sie schlüpften hinaus in den Hinterhof.

Oliver schloss die Hintertür wieder ab, und als er den Schlüssel aus dem Schlüsselloch zog, sah er durchs Fenster daneben, wie die Tür zum Buchladen erneut aufflog. Cornelia kämpfte mit einem der Männer in Braun. Und Bernd lag auf dem Boden. Cornelia verpasste dem Mann einen Kopfstoß, dann einen kräftigen Schlag auf die Nase und einen linken Haken. Der Mann fiel nach hinten, und dann –

«Stehen bleiben!», donnerte es über den Hof.

Die Kinder drehten sich um und sahen die drei schwarzen Kapuzenmänner am anderen Ende des Hofes. Und sie kamen direkt auf sie zugerannt. «Bleibt, wo ihr seid!», rief einer von ihnen.

«Der Geräteschuppen! Nichts wie hin!», befahl Colin.

Die Kinder stürmten los – vorbei am Fahrradständer, dem Sandkasten und der Wippe, den Bänken und den Müllcontainern. In seinem ganzen Leben hatte Oliver noch nie solche Angst gehabt. Geräusche verschwanden. Irgendwo hörte er Colin rufen: «Schneller! Schneller!», aber es klang dumpf, als würde Colin über eine gewaltige Schlucht hinweg schreien. Das Rauschen in seinen Ohren war betäubend. Vielleicht schrie ja auch er irgendwas, aber er war sich nicht sicher, ob es seine Stimme war, die er hörte. Er wusste nur, dass er den Geräteschuppen erreichen und die Tür aufkriegen musste. Es war eine simple Aufgabe, aber die schwierigste, die er je hatte meistern müssen. Alles, wahrscheinlich sogar ihr Leben, hing davon ab. Cornelia hatte gesagt: «Versteckt euch», also mussten sie sich verstecken.

Unterdessen hatten die Kapuzenmänner sie fast erreicht.

Oliver war als Erster am Geräteschuppen. Er bekam das Schloss mit erstaunlichem Geschick auf, und die Kinder stürmten eines nach dem anderen hinein, knallten die Tür im letzten Moment hinter sich zu. Sekunden später waren ihre Verfolger da und schlugen fluchend mit den Fäusten gegen die Tür. Sie traten und trommelten auf sie ein. Aber die Tür war wieder ins Schloss gefallen – kein Schlüssel, kein Reinkommen.

Drinnen war es dunkel, schaurig dunkel. Die Kinder traten von der Tür weg, aus Angst, dass sie jeden Moment bersten und auf sie draufkippen würde. Iris stolperte rückwärts über irgendetwas, fiel hin und stieß einen unterdrückten Schmerzensschrei aus. «Mein Clog», flüsterte sie. «Ich hab meinen Clog verloren.»

«Pst!», sagte Oliver.

«Aufmachen! Sofort!», knurrte ein Mann.

Die Tür hielt.

Dann merkten die Kinder zu ihrer Erleichterung, dass die Stimmen der Verfolger undeutlicher wurden, irgendwie gedämpft – als ständen die Männer am Ufer eines Sees, und die Kinder würden unter Wasser immer weiter von ihren Rufen wegschwimmen. Das ging ein paar Augenblicke so… die Stimmen wurden leiser und leiser…

Und dann hörten die Kinder gar nichts mehr. Bloß das Geräusch ihres eigenen schweren Atems. Das Summen einer Fliege. Und dann das Rauschen der Blätter an den Bäumen draußen.

Puh. Was auch immer passiert war, jetzt waren sie in Sicherheit.

Oder etwa nicht?

4. KAPITEL

Das PockDock

Eine endlose Minute verging. Die Kinder drängten sich in der Dunkelheit des Geräteschuppens dicht zusammen. Niemand traute sich, die Tür zu öffnen.

«Wir müssen die Polizei rufen», flüsterte Rosa.

Oliver nahm eine Bewegung wahr. Er vermutete, dass Rosa gerade ihr Handy aus der Tasche ihrer Strickjacke gezogen hatte. Er hörte, wie sie hektisch die Tasten drückte. Doch das Handy leuchtete nicht auf.

«Es funktioniert nicht!», jammerte Rosa. «Ich hab's heute Morgen aufgeladen. Wieso geht das Ding nicht?»

Oliver kramte in seinem Rucksack herum, bis er sein Handy fand. Als er es aktivieren wollte, blieb das Display dunkel. Aber vorhin hatte es noch funktioniert. Da hatte er nämlich eine SMS von seiner Mutter bekommen. «Meins ist auch tot», sagte er und merkte, dass seine Stimme zitterte. «Iris?»

«Meins auch», meldete sie. «Kapier ich nicht. Wieso das denn plötzlich?»

«Niederfrequente Schallwellen?», sagte Oliver, bereute seine Bemerkung aber sofort.

«Nicht lustig», fauchte Iris.

Einen Moment lang schwiegen alle.

Rosa wimmerte leise.

«Ich finde, wir sollten Licht machen.» Das kam von Iris.

«Aber das sehen die doch!» Rosa klang, als wäre sie den Tränen nahe. «Diese Typen sind irgendwo da draußen.»

«Die wissen doch, dass wir hier drin sind», entgegnete Iris. «Mit Licht könnten wir wenigstens sehen, ob hier irgendwas rumliegt, womit wir uns verteidigen können.»

«Uns verteidigen? Das sind *Erwachsene*!» Rosas Stimme brach, und sie fing an zu weinen.

Oliver kamen beinahe selbst die Tränen. Er hatte einen Kloß im Hals, so groß wie ein Pingpongball. Würde er wirklich losflennen? Vor den Mädchen – und diesem seltsamen Jungen?

«Was wollen die denn von uns? Wo ist Cornelia?», wollte Rosa wissen. «Irgendwas ist passiert. Irgendwas Furchtbares ist passiert.»

«Ach nee», höhnte Iris. «Reiß dich zusammen!»

Oliver fand, dass Iris zu hart zu Rosa war, aber immerhin wirkte es: Rosa hörte auf zu weinen. Und zum Glück schrumpfte auch der Kloß in seinem Hals und verschwand dann ganz. Er hörte Rosa schniefen, aber offenbar hatte sie ein Tempo in ihrer Tasche gefunden, denn als Nächstes hörte er, dass sie sich die Nase putzte.

«Oliver, gibt's hier Licht?», fragte Iris.

«Ich mach's an.» Oliver schlurfte vorsichtig in die Richtung, wo er die Wand vermutete, die Hände schüt-

zend vor sich ausgestreckt. Er steuerte um den Rasen-
mäher und die Schubkarre herum, die bei Iris' Sturz
umgekippt war. Er stolperte über Dagobert, die Gießkanne, und schaffte es schließlich bis zur Wand, wo er den
Lichtschalter betätigte. Aber nichts geschah. Er versuchte
es erneut. «Es geht nicht. Was soll denn –»

Ein warmes, goldenes Licht erhellte plötzlich den
Schuppen.

Die Kinder drehten sich erschrocken zur Tür um,
merkten dann aber, dass das Licht nicht von draußen
kam. Es war Colin, der etwas in der Hand hielt, irgendein
Stäbchen, ungefähr so groß wie ein Kaugummistreifen.
Es leuchtete golden.

«Danke», sagte Oliver.

«Nichts zu danken, Dagobert», flüsterte Colin zurück.
«Hatte ich zufällig in der Tasche.»

«Oliver», sagte Oliver. «Ich heiße Oliv– ach, vergiss
es.»

«Da ist er ja!», sagte Iris. Sie bückte sich und schlüpfte in ihren türkisblauen Clog mit den orangegelben Fröschen.

Oliver gefielen Iris' Clogs. Er fand sie lustig, wenn
auch er zugeben musste, dass er wenig Ahnung von Mäd-
chenmode hatte. Aber er mochte Frösche. Thilo hatte
mal einen gehabt. Doch weil er nie das Terrarium sauber machte, roch das ganze Zimmer, bis ihre Mutter ihn
zwang, den Frosch einem Freund zu schenken.

«Das sind die hässlichsten Clogs, die ich je gesehen
hab», sagte Rosa zu Iris.

«Schön, dass du sie nicht tragen musst», sagte Iris.

«Aber ich muss sie angucken», konterte Rosa. «Und das ist noch schlimmer.»

Colin und Oliver sahen sich an und verdrehten die Augen: «Mädchenkram.» Es war ein netter Moment, und zum ersten Mal dachte Oliver, dass der Junge vielleicht doch ganz in Ordnung war.

Die Kinder sahen sich in dem Raum um. Es war ein ganz normaler, ziemlich großer Schuppen mit allerlei Werkzeug und Gartengeräten an den Wänden, Rosen-, Hecken- und Astscheren, Sägen und dergleichen mehr sowie Regalen voller Säcke mit Dünger und Erde, Pflanzgefäßen und Blumentöpfen. Er roch modrig und frisch zugleich, war schmutzig und verstaubt. Staub. Oliver spürte ein Engegefühl in der Brust. Er war noch nie länger als eine Minute hier drin gewesen. Er fischte seinen Inhalator aus dem Rucksack und verpasste sich einen Stoß Asthma-Spray – nur für alle Fälle.

«Was ist das?», erkundigte sich Colin.

«Cola-Spray», meinte Oliver.

«Echt? Darf ich mal probieren?»

Oliver warf ihm einen vernichtenden Blick zu und schob den Inhalator zurück in seinen Rucksack. Sie mussten ja nicht gleich die dicksten Freunde werden, oder?

«Konzentration, wenn ich bitten darf», sagte Iris. «Ich habe mir Folgendes überlegt. Wir können nicht ewig hier drin bleiben. Wir müssen hier raus. Wahrscheinlich ist die Polizei sowieso schon da. Vielleicht suchen die schon nach uns. Aber nur für den Fall, dass dem nicht so ist und diese Typen noch immer da draußen sind, sollten wir in der Lage sein, uns zu verteidigen.» Sie musterte jeden von ihnen mit eindringlichem Blick. «Sind wir uns da einig?»

Oliver und Rosa nickten unsicher.

«Also, was hat der Schuppen waffenmäßig zu bieten?» Die Frage war an Oliver gerichtet. «Bitte nichts allzu Brutales.»

Oliver konnte ihr nur recht geben: Sie mussten sich verteidigen. Aber so richtig vorstellen konnte er sich das nicht. Er sollte gegen diese Männer kämpfen? «Na ja», begann er, «dahinten in der Ecke muss irgendwo eine Grabegabel sein. Damit könnte man wahrscheinlich jemandem ein Auge ausstechen, wenn's unbedingt sein muss.»

«Ist das dein Ernst?», sagte Rosa. «Ich kann unmöglich –»

«Das verlangt auch keiner von dir, Rosa», sagte Iris. Sie sah Oliver an. «Aber du? Könntest du das?»

«Wenn es sein muss», antwortete er, fühlte sich aber unwohl bei dem Gedanken. Dennoch ging er die Gabel holen. Als er wiederkam, zog er im Vorbeigehen eine Kinderschaufel aus seiner Gießkanne, Teil seines dreiteiligen Gartensets für Kinder. Er drückte Rosa die Schaufel in die gute Hand. «Die ist für dich. Damit kannst du jemanden k. o. hauen, wenn du fest genug zuschlägst.» Er drehte sich zu Colin um, deutete auf Rosa und dann auf die Schaufel mit dem Entenmotiv. «Die heißt Donald. Alles klar?»

«Danke, Dagobert», sagte Colin.

Oliver seufzte und wandte sich der Werkzeugbank zu. «Will vielleicht jemand einen Allzweckhammer?»

«Den nehm ich», sagte Iris, die Unerschrockene.

Oliver reichte ihn ihr, nahm sich dann eine Hacke und hielt sie Colin hin. «Für dich. Oder denkst du immer noch, das hier ist bloß ein Spiel?»

«Ich mach mit, Kumpel, klar, obwohl ich mir in der Tat Sorgen mache, warum ich überhaupt hier bin. Ich tippe auf eine Störung im Programm. Dieses Level müsste jetzt eigentlich zu Ende sein. Ich sollte gar nicht hier sein. Und ich frage mich, wieso ihr auch noch hier seid.»

«Willkommen im Club», sagte Oliver. «Genau dasselbe fragen wir uns nämlich auch.»

Colin nahm sein Glühlämpchen, drückte es vorne an seine Jacke, wo es wundersamerweise kleben blieb, und nahm die Hacke.

Jetzt konnte Oliver sehen, dass an der Oberfläche des Stäbchens winzige kleine Punkte waren, die in verschiedenen Farben glühten. Und wie haftete das Ding an der Jacke? War der Stoff vielleicht magnetisch? Gab es überhaupt magnetischen Stoff?

Colin hantierte mit der Hacke herum. Er wog sie in der Hand und schwang sie dann wie einen Hockeyschläger. Oliver, der noch immer von Colins komischer Lampe abgelenkt war, wich nicht schnell genug aus, und der Stiel knallte ihm gegen das Schienbein.

«Aua, das tut weh!», schrie Oliver.

«Sorry, Dag. Ich dachte, du hättest schnellere Reflexe.»

Oliver spielte mit dem Gedanken, ihn zum Duell zu fordern – Hacke gegen Grabegabel –, aber zum Glück mischte sich Iris ein.

«Was ist das?», fragte sie Colin und zeigte auf das silbrige Stäbchen.

«Ein PockDock. Ein tragbares Dock. Trägt man in der Hosentasche. In your pocket. Kapiert?»

Die Kinder straften ihn mit einem vernichtenden Blick. Für wie blöd hielt er sie eigentlich?

«Heißt aber auch so wegen der kleinen leuchtenden Punkte, die heißen Pocks. Also Pocken.»

«Aha», sagte Iris. Sie war sichtlich fasziniert. «Wofür sind diese Pocks? Haben die unterschiedliche Funktionen?»

Sie trat näher, und Oliver und Rosa ebenso.

«So ist es! Pocks können jede Menge, je nachdem, wie oft du auf welches Pock drückst, um eine Funktion aufzurufen. Die Lampenfunktion hat verschiedene Lichteffekte. Das hier ist ‹Goldenes Licht›.» Colin machte eine langsame Armbewegung durch den Raum. «Hat eine beruhigende Wirkung, findet ihr nicht? Aber mir gefällt auch ‹Ein Tag am Strand›. Und ‹Alpenglühen› ist auch toll. Das gefällt mir am besten. Und das Dock hat auch ein paar Laser, die ganz praktisch sind, besonders beim Camping. Die können durch Papier schneiden, Holz, Glas, Fleisch, Haut –»

«Haut?», sagte Rosa entsetzt.

«Ich hatte noch keine Gelegenheit, diese Funktion auszuprobieren.»

«Dann … ist das also so was wie ein … Schweizer Messer», vermutete Oliver. Er überlegte schon, wo er so etwas kaufen konnte und wie viel es wohl kosten würde, dabei

45

hatte er gar kein Geld und würde auch nie welches haben. «Künstler?», sagte sein Vater immer. «Du willst Künstler werden? Da kannst du gleich Hartz IV beantragen.»

Colin nickte. «Neulich hab ich im Museum der Europäischen Kulturen ein paar antike Schweizer Messer gesehen. Aber das PockDock hat natürlich eine viel modernere Technologie zu bieten. Da gibt's zum Beispiel eine Stungun-Funktion, so eine Art Elektro-Schocker, der nützlich ist, wenn du in der freien Natur bist, so im Dschungel und so, und einem Löwen begegnest. Und echt cool ist auch die Air-Projection-Funktion mit Navigator, der bis zu zwei Quadratmeter große 3D-Projektionen in der Luft erzeugen kann, und –»

«Stopp!», fiel Rosa ihm ins Wort. «Das ist ja alles schön und gut, aber hat das Ding auch ein Telefon? Weil wir das nämlich jetzt am dringendsten brauchen.»

«Ein was?»

«Ein Te-le-fon», wiederholte Rosa so langsam, als wäre der Junge ein Schwachkopf, was er ja vielleicht auch war.

Colin nahm seine Baseballmütze ab und fuhr sich mit den Fingern durchs Haar. «Das kommt mir irgendwie bekannt vor. Ich weiß aber ehrlich gesagt nicht, was das genau ist.»

«Das benutzt man, um Leute anzurufen.»

Oliver fiel auf, dass Rosas Nasenflügel bebten. Vor Jahren hatte er das schon mal bei ihr beobachtet, als er die Wippe zu stürmisch auf und ab bewegt hatte und sie wütend geworden war. Oder immer dann, wenn sie hochnäsig wurde.

«Um mit Leuten zu sprechen, die nicht im selben Raum sind wie du», erklärte Rosa weiter. Sie hielt ihr Handy hoch.

«Ach so. Du meinst ein Handheld. So nennen wir das. Ein Handgerät.»

Rosa, Iris und Oliver wechselten einen verwirrten Blick. Oder wusste der Junge ganz genau, was ein Telefon war, und wollte sie nur veräppeln?

«Ja, das Pock ist auch ein Te-le-fon», erklärte der Junge, wobei er Rosa amüsiert nachäffte. «Aber leider funktioniert sein Netzwerk in diesem Spiel nicht. Glaube ich wenigstens. Ich hab mir das RMF noch nicht angesehen. Ist noch neu.»

«RMF?», fragte Iris.

«Das Read-me-first.»

«Aha.»

«Die Gebrauchsanweisung», schob er oberlehrerhaft nach.

«Wir wissen, was ‹read me first› bedeutet», entgegnete Rosa.

«Kannst du uns mal irgendwas vorführen?», fragte Iris.

«Iris, wir müssen hier raus!», schaltete Rosa sich ein. «Das ist nicht der richtige Moment, um –»

Doch bevor sie ihren Satz beenden konnte, tippte Colin auf ein Pock, und das goldene Licht im Raum ging in ein weiches Blau über. Weiße Lichtflecken erschienen auf den vier Wänden des Schuppens, und Augenblicke später tauchten dreidimensionale schneebedeckte Gipfel und zerklüftete Felswände auf, und ehe sie wussten, wie ihnen geschah, standen sie mitten in einer Berglandschaft kurz vorm Sonnenuntergang. Sie sahen den rosa leuchtenden Himmel durchzogen mit orangen und roten Streifen, bestaunten das Farbspiel auf dem Gipfel, das ihn erglühen ließ.

«Ja!», rief Rosa, die ihre missliche Lage für einen Moment vergaß. «Ja! Genau so sieht das aus, wenn wir in Österreich Ski laufen! Wenn die Sonne untergeht.»

«Ihr wisst hoffentlich», begann Iris, «dass Alpenglühen eine optische Täuschung ist, denn in Wahrheit –»

«Jaja, wir wissen Bescheid», sagte Oliver, der kein bisschen Bescheid wusste, was Alpenglühen anging. Aber das war eindeutig nicht der passende Moment für einen von Iris' Vorträgen. Außerdem war Alpenglühen zu atemberaubend, um es mit Worten zu beschreiben. Die Berge standen in Flammen! Oliver versuchte, sich die Farben und die Art, wie das Licht fiel, einzuprägen, nahm sich vor, es zu malen, sobald sie aus diesem Schlamassel raus waren.

Oh! Silbrige Lichtpünktchen fielen vom Himmel und tanzten um sie herum – Schnee!

Die Kinder lachten verzückt.

«Wie funktioniert das?», fragte Iris fasziniert. «Ich will wissen, wie das funktioniert.»

«Wollt ihr ‹Ein Tag am Strand› sehen?» Colin war in Fahrt. Er tippte auf das orangefarbene Pock, aber die anfängliche Illumination leuchtete wieder auf, tauchte sie erneut in goldenes Licht. Entnervt tippte er wieder auf das Pock ... und sie hörten ein Quieken. Und dann noch eins. Zu ihrem Entsetzen kam eine dicke Ratte hinter dem Regal hervor. Die Kinder kreischten.

«Hoppla», sagte Colin. «Ich hab wohl versehentlich die RatCatcher-Funktion aufgerufen. Die gibt ein Geräusch von sich, das Ratten anlockt.» Das Nagetier hatte Todesangst. Es flitzte zwischen den Kindern hin und her, prallte mit dem Kopf gegen die Wand. Es erinnerte Oliver an eine Aufziehmaus aus Blech, die er früher mal gehabt hatte und die sein Vater eines Tages, als er ein Bier zu viel getrunken hatte, kaputt getreten hatte.

Während die Ratte gegen die Wand lief und verzweifelt nach einem Ausweg suchte, feuerte Colin einen grellgrünen Laserstrahl von dem PockDock auf das Tier ab. Der Strahl bewegte sich hin und her wie ein Suchscheinwerfer an einer feindlichen Grenze, versuchte, die Ratte zu erfassen. Schließlich landete das grüne Licht auf dem Nager. *ZZAP!* Das Tier wurde stocksteif und kippte auf den Rücken, Beine in die Luft gereckt.

Colin bückte sich und drehte die Ratte auf die Seite. «Sorry, Kleiner», sagte er sanft. Er richtete sich auf. «Er wird eine Weile so bleiben. Wenn er wieder aufwacht, wird er sich an nichts erinnern.»

Oliver klappte der Unterkiefer herunter. Iris kniff die Augen zusammen. Rosa runzelte die Stirn. Wer war dieser seltsame Junge? Was wollte er? Und warum zum Teufel war er hier?

5. KAPITEL

Der Gärtner

Rosa, Oliver und Iris standen zusammengedrängt in einer Ecke des Schuppens. Der RatCatcher hatte ihnen die Augen geöffnet. «Glaubt ihr noch immer, das Ganze ist ein Scherz?», flüsterte Oliver Iris und Rosa zu. Er sah zu der erstarrten Ratte hinüber.

Iris schüttelte den Kopf. «Nein.»

«Aber wenn es kein Scherz ist, was ist es dann?»

«Ein Spiel!», sagte Colin, der die Frage gehört hatte. Es war kein großer Schuppen, man bekam leicht alles mit.

Iris wandte sich an ihn. «Eins musst du wirklich mal verstehen, Colin. Ganz egal, was du vielleicht denkst, das hier ist kein Spiel. Ich bin Iris. Das ist Rosa. Und er ist Oliver. Wir sind ganz real, und wir sind ganz lebendig.»

«Wer ist Oliver?», fragte Colin.

Oliver verdrehte die Augen zum Himmel.

«Im Ernst!», sagte Iris. «Wir sind keine Figuren in irgendeinem Spiel, das du dir einbildest. Wir sind Mitglieder des Leseclubs der Buchhandlung BLÄTTERRAUSCHEN! Wir treffen uns alle zwei Wochen, um mit Cornelia Eichfeld, der Ladeninhaberin, über Bücher zu sprechen. Irgendwo da draußen ...» Iris zeigte auf die Tür des Geräteschuppens. «... versucht gerade jemand, ihr etwas anzutun! Und uns. Und das ist vollkommen real!»

Colin stupste sie in die Rippen. «Ihr seid bloß darauf programmiert, das zu sagen und mich durcheinanderzubringen.»

«Nein, verdammt noch mal!» Iris stampfte zur Betonung mit dem Fuß auf. Ihre Locken wippten. «Kein Stück! Wir bestehen nicht aus Pixeln. Wir sind aus Fleisch und Blut!» Sie kratzte an einer Schorfkruste an ihrem Daumen, bis Blut kam. «Siehst du? Blut.»

Die Augen des Jungen wurden schmal. «Wenn das hier kein Spiel ist, was denn dann?»

«Haargenau meine Frage», sagte Oliver.

«Leute, hört mal», schaltete Rosa sich ein. «Diese ganze Sache mit dem Spiel ist viel zu kompliziert, um –»

Iris fuhr herum. «Sag bloß nicht, es ist dir zu kompliziert, und du kommst nicht mehr mit. Denk dich rein, Mädel, genau wie ich und Oliver.»

«Halt mich bitte da raus», sagte Oliver. «Ich kapier nämlich auch nichts mehr.»

«Wir stecken hier alle zusammen drin», sagte Iris. «Deshalb müssen wir gemeinsam denken. Also denken wir.»

Sie dachten also gemeinsam nach, jeder für sich – etwa fünf Sekunden lang –, bis sie ein seltsames Summen unterbrach.

«Oliver?», fragte Iris beunruhigt. «Was ist das für ein Geräusch?»

«Keine Ahnung. Der Heizungskessel vielleicht? Der ist zwar im Keller, aber –»

Ffzz! Colins PockDock erlosch flackernd wie eine Flamme auf Eis, und sie standen erneut im Dunkeln.

«Oh-oh», sagte Oliver. «Nicht das schon wieder.»

Das Summen war jetzt stärker und wurde von Sekunde zu Sekunde lauter.

Und dann begann der Boden unter ihnen zu vibrieren. Er bewegte sich!

Oliver griff nach der Tür. Ihm war egal, wer da draußen auf sie wartete. Er spürte nur, dass sie aus dem Geräteschuppen rausmussten. Für den Bruchteil einer Sekunde fragte er sich, ob sie gerade ein Erdbeben erlebten, aber der Gedanke wurde sofort weggefegt, als ihn ein gewaltiger Jetstrahl nach hinten warf und durch die Luft schleuderte, ihn herumwirbelte wie einen menschlichen Kreisel. Er musste sich irgendwo festhalten, egal wo, sonst würde er gegen die Wand krachen und zu Brei werden – wie die Insekten, die auf der Autobahn gegen die Windschutzscheibe platschten. Aber er fand nichts, um sich daran festzuhalten … Oliver drehte sich weiter und weiter, kreiselte wie ein außer Rand und Band geratenes Karussell, wurde wieder und wieder von Übelkeit erfasst, die so überwältigend war, so intensiv, dass er bereit war zu sterben, egal was, Hauptsache, dieses widerliche Gefühl hörte auf.

Und dann war es vorbei.

Schlagartig waren das Schwindelgefühl und die Übelkeit verschwunden. Es wurde still im Geräteschuppen. Nichts vibrierte. Nichts summte. Oliver konnte sich selbst gleichmäßig atmen hören, das Surren einer Fliege, das Rauschen der Blätter an den Bäumen. Er hatte Angst, sich zu bewegen. «Ist jemand hier?», flüsterte er in die Dunkelheit.

Keine Antwort.

«Hallo? Ist jemand hier?», sagte er wieder, den Tränen nahe.

«Ich», sagte Rosa.

Noch nie war Oliver so froh gewesen, eine Stimme zu hören.

«Ich auch», sagte Iris.

«Colin?», sagte Oliver.

Keine Antwort.

«Colin, bist du –»

«Ich bin hier», sagte der Junge.

Olivers Kopf wurde allmählich klarer. Hatte er geträumt? Ja. Ganz bestimmt. «Hab ich geträumt, oder –»

Ein Klopfen.

Rosa, die links von Oliver war, griff nach ihm. Die Fingernägel ihrer rechten Hand gruben sich in seinen Arm, und er konnte das kalte Metall der Kinderschaufel spüren, die sie noch immer in der Hand hielt. «Das sind die Männer. Die Männer in Schwarz.»

Die Deckenlampe im Schuppen flackerte – einmal, zweimal, und dann war sie an. Es gab wieder Strom! Sie konnten sehen!

Oliver stellte fest, dass er noch genauso dastand, wie er gestanden hatte, bevor das schwindelerregende Kreiseln losging: Gesicht zur Tür und Grabegabel in der Hand,

Rucksack auf dem Rücken, Rosa links von ihm. Und da war Colin mit der Hacke. Und Iris mit dem Hammer in der Faust.

Wieder klopfte es. «Was zum Teufel ist da drin los?», fragte ein Mann. Er hämmerte gegen die Tür. «Wer ist da drin? Aufmachen! Ich habe Sie gehört!»

«Das ist der Gärtner», flüsterte Oliver den anderen zu. «Herr Lindner.»

«Aufmachen! Oder soll *ich* das tun?», knurrte Herr Lindner auf der anderen Seite der Schuppentür.

«Sollen wir?», fragte Rosa. «Vielleicht haben die Männer ihn überwältigt und –»

Ein Schlüssel drehte sich im Schloss. Die Kinder schluckten trocken. Die Tür ging auf. Warmes Sonnenlicht fiel in den Geräteschuppen.

Herr Lindner, ein bulliger, fleischiger Mann mit Vollbart, fehlendem Schneidezahn und dem ein oder anderen eingerissenen Fingernagel, stand in Gummistiefeln und grünem Overall im Türrahmen. Ein paar dicke Gartenhandschuhe baumelten an dem Gürtel um seine Taille. Er spähte in den Schuppen.

Und der Gärtner sah Folgendes: eine Ratte auf dem Boden, steif wie ein Brett, und vier bewaffnete Kinder in Kampfposition. Einen Moment lang starrte er die Kinder an, wie ein Gärtner eine neue Art Ungezieferhorde anstarrt, die sich an seinen heißgeliebten Petunien vergriffen hat. «Hmpf», sagte er und schüttelte den Kopf. Dann erkannte er Rosa. «Du? Was treibst du denn da drin mit der Schaufel in der Hand?»

Rosa ließ Donald sinken. «Herr Lindner! Entschuldigen Sie. Ich wusste nicht, dass Sie es sind. Ist die Polizei schon da? Im Buchladen? Ist Cornelia Eichfeld was passiert? Sind die Männer weg? Ist jemand verletzt worden? Wir hatten solche Angst. Wir wussten gar nicht, was los war!»

«Bist du nicht noch ein bisschen zu jung, um schon mit Jungs rumzumachen?», fragte der Gärtner, ohne auf Rosas Fragen einzugehen.

Rosa war zu aufgewühlt, um sich zu verteidigen. «Nein, ich ... wir haben nicht ... verstehen Sie denn nicht, wir –»

«Das werde ich deinen Eltern erzählen», sagte der Gärtner. «Dein Bruder sucht schon nach dir. Und jetzt raus mit euch.»

«Mein Bruder?», fragte Rosa, die keinen Bruder hatte.

«Du hast mich schon verstanden!», blaffte Herr Lindner. «Dein Bruder.»

«Herr Lindner», schaltete sich Oliver ein. «Rosa hat eine Schwester. Lily. Das wissen Sie doch.»

Herr Lindner musterte Oliver durch seine Brille. «Kennen wir uns?»

«Ich bin's. Oliver Richter. Der Sohn von Sven Richter. Dem Hausmeister.»

«Hausmeister?», brummte er. «Was machst du da mit meiner Grabegabel, du kleine Rotznase?» Er nahm einen Handschuh vom Gürtel, zog ihn über und hob die steife Ratte am Schwanz auf. Er ließ sie vor den Kindern baumeln. Sie wichen zurück – und er lachte. «Ich entsorge die jetzt. Und wenn ich zurückkomme, will ich keinen von euch mehr hier sehen. Kapiert?» Und damit ging er.

Die Kinder lauschten, wie die Schritte des Gärtners immer schwächer wurden, dann legten sie wortlos ihre Waffen weg und tappten zögerlich zur offenen Tür. Sie lugten nach draußen. Sie sahen Herrn Lindner hinter den Bäumen verschwinden. Die Luft war rein. Sie traten hinaus in den strahlenden Sonnenschein des Hofs.

6. KAPITEL

Blühende Phantasie

H atschi!»

Kaum war Oliver aus dem Geräteschuppen getreten, musste er niesen.

«Psst», flüsterte Rosa. «Die Männer in Schwarz könnten überall sein und uns auflauern.»

Das stimmte allerdings, dachte Oliver. Hier konnte man sich praktisch überall verstecken. Als er und Thilo noch klein waren, hatten sie ständig im Hof Verstecken gespielt: hinter den Hecken, im Schatten der Eichen, auf der Rückseite des Gartenhauses, im Schutz der Feuertreppe. Oliver sah den Gärtner hinter den Bäumen und beobachtete, wie er die Ratte auf den Kompost warf.

«Hatschi!»

Draußen fühlte es sich an wie Juni. Jedenfalls Olivers verstopfter Nase und juckenden Augen nach. Und es war auch warm wie im Juni. Rosa öffnete den Reißverschluss ihrer Strickjacke, Iris knöpfte ihre grüne Daunenweste auf, und Oliver schob sich die Ärmel seines Hoodies hoch. Erst ein stürmischer Herbsttag, und jetzt das. Und die Vögel sangen aus vollem Hals!

«Komisches Wetter», sagte Iris und schaltete ihr Handy ein. Rosa und Oliver taten es ihr nach.

Ein quietschendes Geräusch ließ Oliver aufschrecken: Zwei kleine Kinder wippten auf der Wippe. Er hatte die Kinder noch nie gesehen. Und dass die Wippe dermaßen quietschte, überraschte ihn. Er fühlte sich irgendwie durcheinander, als ob er gerade aus einem Traum erwacht wäre und sich nicht erklären könnte, wieso er im Bett von jemand anderem lag und noch dazu dessen Schlafanzug trug.

«Alles scheint ganz normal», sagte Rosa, «aber ...»

«Aber ...?», sagte Oliver.

Rosa zuckte die Achseln.

«Ich schlage vor, wir sehen mal nach Cornelia», sagte Iris. «Vielleicht ist die Polizei im Laden. Und dann können wir unsere Eltern anrufen oder nach Hause gehen.» Sie machte einen Schritt, rieb sich dann die Stirn und betrachtete den Hof. «Ich fühle mich irgendwie ... desorientiert.»

«Wie mit Jetlag», sagte Rosa und drehte sich zu Oliver um. «Du auch?»

Oliver war noch nie in eine andere Zeitzone geflogen. Die weiteste Reise, die er je unternommen hatte, war nach Bad Salzschlirf gewesen, wo seine Großeltern wohnten, und einmal war er zur Kinderkur für Asthmakranke an die Ostsee gefahren. Er freute sich aber, dass Rosa ihn für eine Art Globetrotter hielt, und wollte ihr nicht widersprechen. «Stimmt!», sagte er. «Genau. Ich fühle mich, als hätte ich Jetlag.»

«Keine Ahnung, wie es mir geht», sagte Colin. Er sah aus, als wäre er gerade an der falschen Haltestelle aus dem Bus gestiegen. «Aber ich bin ziemlich sicher, dass ich noch immer in dem Spiel stecke.»

«Mein Handy geht wieder», sagte Iris, ohne auf Colin einzugehen. «Aber es zeigt ‹kein Service› an.»

«Meins auch», meldete Rosa.

«Meins genauso», sagte Oliver mit Blick auf sein Handy.

«Kein Te-le-fon-netz?», sagte Colin neckend zu Rosa. Sie sah ihn böse an.

Sie standen im Hof vor der Tür zum Hinterzimmer der Buchhandlung, wo ihre Leseclubtreffen stattfanden. Die Jalousie vorm Fenster war heruntergelassen. Hatte Cornelia das gemacht? Wie lange waren sie fort gewesen? Doch höchstens eine halbe Stunde, oder? Oliver steckte den Schlüssel ins Schloss, aber er ließ sich nicht herumdrehen. «Das Schloss klemmt schon wieder», sagte er. «Wir müssen vorne rum.»

Sie rannten an der Rückseite des Gebäudes entlang, vorbei an der Kellertreppe, und schlüpften dann durch die schmiedeeiserne Hintertür ins Haus.

Es war kühl im Hausflur. Die Marmorwände waren sauber geschrubbt, und die Holztreppe und das Holz des altertümlichen Fahrstuhls schimmerten wie frisch lackiert. Hatte seine Mutter geputzt, ohne dass er es mitbekommen hatte? Und alles roch erdig. Aber in der Luft lag auch eine feuchte Süße, die irgendwie nicht hierhergehörte. Und dann sah Oliver, dass die Tür zur Buchhandlung offen stand. Aber wie war das möglich? Cornelia hatte die Tür zum Flur von innen abgeschlossen und ein Bücherregal davorgeschoben, damit sie nicht zu sehen war.

«Die Tür ist offen!», sagte Rosa, genauso verblüfft wie Oliver.

Oliver klopfte an, schob die Tür ein Stück weiter auf, und die Kinder spähten hinein.

«Na, hallo», sagte eine junge Buchverkäuferin mit kurzen roten Haaren und einem kurzen roten Kleid. Sie war dabei, die Bücher mit einem Staubwedel abzustauben.

Oliver traute seinen Augen nicht, und auch Rosa und Iris starrten genauso verdattert auf die fremde Frau.

Die Buchverkäuferin sah sie fragend an. «Alles okay? Kann ich euch helfen?» Sie sprach Colin an, der offenbar der Älteste war und am wenigsten verwirrt wirkte.

«Sind Sie Cornelia?», fragte Colin, der keine Ahnung hatte, was los war.

Die Frau wurde aufmerksam. Ihre Wangen liefen rot an, ihre Augen wurden schmal, ihre Lippen öffneten sich. «Wer?», fragte sie vorsichtig.

«Cornelia Eichfeld!», rief Oliver. «Wir müssen mit Cornelia Eichfeld sprechen! Ist sie da? Was ist eigentlich los? Was ist mit ihrem Laden passiert? Wo ist die Polizei?» Er redete immer lauter. Die Frau sah über ihre Schulter zu einer anderen Verkäuferin und zwei Kunden hinüber.

«Bitte», sagte sie leise und deutete auf einen Tisch, «setzt euch. Ich will mal sehen, ob ich jemanden finde, der euch behilflich sein kann.» Dann ging sie schnell zum Verkaufstresen und griff zum Telefon.

Colin schlenderte gelassen zu dem Tisch hinüber, aber Oliver, Rosa und Iris trippelten auf Zehenspitzen, als fürchteten sie, schlafende Gespenster in einem Spukhaus zu wecken.

«Sagt mir mal einer, was hier los ist?», sagte Colin. «Stimmt was nicht?»

Oliver setzte sich. «Nichts ist in Ordnung», antwortete er und ließ den Blick durch den Laden gleiten. Was er da sah, war ebenso unbegreiflich wie verstörend.

Wo er auch hinschaute, überall waren Bücher, aber statt der Bonsais in den Regalen standen da Orchideen. Weiße Orchideen, rote Orchideen, gelbe Orchideen, Orchideen mit Streifen, Orchideen mit Punkten, Orchideen mit Blüten, die aussahen wie Herzen und Äffchen und Bienen. Wo waren die Bonsais geblieben? Wo war KRAAACK!, sein Olivenbäumchen, Rosas Rot-Ahorn, Iris' Zwergapfel und all die anderen Bonsais? Rechts von ihm war ein großes Schaufenster, und auf dem Bürgersteig dahinter standen Tische und Stühle, fast alle besetzt. Seit wann hatte die Buchhandlung ein eigenes Café? Er stand auf und schaute nach draußen. Es war seine Straße, die Fanny-Hensel-Straße, eine schattige Seitenstraße im Westen der Stadt, auf der häufig Touristen unterwegs waren. Aber andererseits war es *nicht* seine Straße. Ein Karatestudio ersetzte das Yogazentrum, eine Biometzgerei die Biobäckerei, ein Wäschegeschäft die Babyboutique. Hallo? Was ging hier vor?

«Okay», sagte Iris. «Ich geb's zu. Ich bin mit meinem Latein am Ende. Ehrlich. Ich hab keine Ahnung, womit wir es hier zu tun haben, aber ich bin einigermaßen sicher, dass die Lage ziemlich ernst ist. Entweder das, oder ich träume. Wahrscheinlich Letzteres.»

«Genau!», sagte Oliver. Das musste es sein: Es war ein Traum!

Rosa starrte teilnahmslos vor sich hin, hörte kaum zu. Iris schob ein paar Bücher und Prospekte auf dem Tisch beiseite, um Platz für ihre Ellbogen zu schaffen. Dann nahm sie einen Prospekt in die Hand. Es gibt Menschen, die essen alles, was man ihnen vorsetzt. Iris dagegen gehörte zu den Leuten, die alles lesen, worauf ihr Auge fällt.

Sie tippte Oliver an. «Blühende Phantasie.»

«Was?» Oliver konnte nicht richtig hören. Er hatte ein Summen in den Ohren. Auf der Kinderkur an der Ostsee war ihm das auch schon mal passiert. Und kurz darauf war er in Ohnmacht gefallen.

«Der Buchladen», meinte Iris. «Das ist nicht BLÄTTER-RAUSCHEN. Er heißt BLÜHENDE PHANTASIE.» Sie las von dem Prospekt in ihrer Hand ab. «‹BLÜHENDE PHAN-TASIE – Wir bieten Ihnen eine erlesene Auswahl an Büchern und Blüten.›» Sie hielt ihm den Prospekt hin. «Übrigens, du siehst ziemlich schlecht aus.»

Oliver wusste nicht, was er darauf sagen sollte. Er sah nicht nur schlecht aus, er fühlte sich auch so.

«Und deine Nase läuft», fuhr Iris fort und zog ein Tempo aus ihrer Tasche. «Willst du sie dir putzen?»

Oliver nahm das Taschentuch, putzte sich die Nase und steckte es dann in seinen Rucksack.

«Also, sagt mir nun mal jemand, was los ist?», fragte Colin.

«Anscheinend sind wir im falschen Buchladen», sagte Iris. Sie blickte mit zusammengekniffenen Augen durch den Raum. «Aber da ist das Hinterzimmer.»

Die Tür zum Hinterzimmer stand offen, und sie konnten die Espressomaschine sehen, allerdings war der Kiefernholztisch, an dem sie bei ihren Clubtreffen saßen, nicht mehr rund, sondern rechteckig und überdies weiß gestrichen. Eine Kellnerin stellte gerade leere Gläser darauf ab.

Außerdem bemerkte Oliver nun hinter der Frau in Rot eine schmale Wendeltreppe, die ins Stockwerk darüber führte. BLÄTTERRAUSCHEN hatte keine Wendeltreppe! Molly Lenzfeld und Mick Maier und ihre Zwillinge bewohnten die Wohnung im ersten Stock.

«Wisst ihr, was?», sagte Colin.

Iris und Oliver sahen ihn an. Rosa war noch immer wie in Trance.

«Ich glaube, das hier ist ein Osterei, ein verstecktes Level im Spiel.»

Allmählich begann Oliver sich zu fragen, ob sie sich vielleicht wirklich in einem Spiel befanden. Oder vielleicht waren sie in der Matrix? Einer der letzten Filme, die er sich zusammen mit Thilo angeschaut hatte, war «Matrix» gewesen, wo die Gehirne von Menschen an eine falsche Welt angeschlossen wurden. Vielleicht –

«Du atmest durch den Mund», sagte Iris zu Oliver. «Das ist sehr laut. Ich versuche nachzudenken.» Sie sah

Colin an. «Und was dich betrifft, wir hatten jetzt lange genug Geduld mit dir. Reiß dich endlich zusammen! Wir brauchen dich als Zeugen. Wir müssen einen klaren Kopf behalten, wenn –»

Doch da kam die Frau in Rot zurück. «Cornelia ist sofort bei euch», sagte sie. «Sie hatte euch nicht ganz so früh erwartet und sagt, ihr sollt bitte hierbleiben, euch nicht vom Fleck rühren und euch keine Sorgen machen.»

«Keine Sorgen machen?!», sagte Rosa, die aus ihrer Erstarrung erwachte und ziemlich laut wurde. «Ich will zu meiner Mutter. Sofort. Ich brauche sie! Sagen Sie ihr, sie soll runterkommen. Ich habe Angst. Ich –» Dicke Tränen rollten ihr über die Wangen. «Bitte. Ich muss gehen, ich –»

«Ach je», sagte die Frau. «Es tut mir so leid. Wie kann ich dir bloß helfen?»

Oliver kannte Rosas Mutter. Sie war Fotografin und ständig auf Reisen – zu exotischen Orten wie Indien und Afrika. Wahrscheinlich war sie gar nicht oben, sondern irgendwo im Regenwald.

«Ich gehe jetzt! Wo ist mein Korb? Ich brauche meinen Korb!» Rosa lief hektisch herum. «Ich hab ihn im Hinterzimmer gelassen.» Sie wollte zur Tür.

«Oh, leider dürft ihr diesen Raum nicht verlassen», sagte die Frau und verstellte ihr den Weg.

Oliver merkte, dass sie Aufsehen erregten. Einige Leute deuteten bereits auf sie.

«Was?!», kreischte Rosa. «Wer sagt, dass ich diesen Raum nicht verlassen darf? Ich kann machen, was ich will!»

Und auf einmal erwachte ihre Prothese zum Leben. Sie gab eine Art elektronisches Surren von sich, und ihr Handgelenk begann zu rotieren, drehte die linke Hand mehrmals ganz herum, wie eine Glühbirne, die in eine Fassung geschraubt wird. Oliver sah fasziniert zu. Er musste an seine Cousine Janina denken, die die Köpfe ihrer Barbies und Kens immer umdrehte, bis die Gesichter nach hinten schauten.

Die Frau in Rot wich einen Schritt zurück. Und Oliver streckte den Arm aus – eigentlich weil er irgendwie helfen wollte, es war rein instinktiv – und versuchte, Rosas Hand festzuhalten, so ähnlich wie man einen Spielzeugkreisel bremst, der sich zu schnell dreht. Aber als Rosa seine Hand auf ihrer Prothese sah, schalteten ihre elektronischen Finger auf den Festhalten-und-Quetschen-Modus, und ehe Oliver wusste, wie ihm geschah, hatte sie seine Hand gepackt und drückte immer fester und fester und noch fester zu. Oliver versuchte, seine Hand aus Rosas Klammergriff zu winden, aber es gelang ihm nicht. Der Druck war zu stark. Und es tat weh! Es war, als steckte seine Hand in einem Krokodilmaul, und das Krokodil würde nicht loslassen, bis es ihn unter Wasser gezogen und ertränkt hätte. Das hatte er mal in einem Tierfilm gesehen. Krokodile töteten ihre Beute, bevor sie sie auffraßen.

Oliver spürte, wie seine Hand den Widerstand aufgab. Seine Knie wurden weich. Er konnte nicht mehr stehen. Er sackte zusammen ...

«Rosa, du musst jetzt loslassen, bitte. Jetzt.»

Oliver sah hoch. Cornelia Eichfeld stand neben Rosa,

legte eine Hand auf ihre Schulter und flüsterte ihr etwas ins Ohr. Und dann ließ Rosas Prothese Olivers Hand los. Oliver fiel nach hinten gegen den Tisch. Seine Hand hatte rote Druckstellen von Rosas Griff, aber er glaubte nicht, dass irgendwas gebrochen war.

Cornelia legte einen Arm um Rosa und zog sie an sich. Rosas Körper schmiegte sich an Cornelias und entspannte sich dann; ihr Gesicht nahm wieder Farbe an, sie atmete ruhiger.

Mit ihrer freien Hand streichelte Cornelia Iris' Wange, und dem Mädchen traten Tränen in die Augen. Iris war offenbar aufgewühlter gewesen, als sie selbst gemerkt hatte. Und dann schob Cornelia eine Hand unter Olivers Kinn und hob seinen Kopf, um ihn anzulächeln. Oliver spürte, wie seine Brust sich weitete und mit Wärme füllte. Schließlich sah Cornelia Colin an. «Hallo Colin», sagte sie. «Ich bin Cornelia Eichfeld.»

Colin riss die Augen auf. «Sie wissen, wer ich bin?»

«Ja. Dein Vater Raoul macht sich große Sorgen um dich.»

«Sie kennen meinen Vater?», rief er erleichtert, doch dann runzelte er die Stirn. «Aber wieso? Es ist doch bloß ein Spiel, das –»

«Schsch. Wir dürfen keine Aufmerksamkeit erregen.» Dann sah sie ihnen allen nacheinander tief in die Augen. «Kinder», sagte sie leise, ganz ganz leise, «ich glaube, ich bin euch eine Erklärung schuldig.»

7. KAPITEL

Moca Mola

ornelia führte die Kinder die Wendeltreppe hinauf. Eine Frau in gelber Hose gesellte sich dazu und folgte ihnen nach oben. Verwirrt und erschöpft stiegen Rosa, Oliver und Iris mit langsamen, schweren Schritten die Stufen hinauf. «Ihr seht aus, als würde ich euch zur Guillotine führen», sagte Cornelia, als sie die Tür oben an der Treppe hinter ihnen schloss. «Ich weiß, im Moment sieht es vielleicht nicht so aus, aber ihr steckt mitten in einem großen Abenteuer. Also setzt euch, lasst es euch schmecken, und wir erklären euch alles.»

Cornelia führte sie in ein luftiges, sonnengesprenkeltes Wohnzimmer, das zum Hof lag. Es hatte eine Doppeltür, durch die man in eine Bibliothek gelangte, und von dort ging es ins Esszimmer, wo belegte Schnittchen, Obst und Süßspeisen auf einem Tisch standen. Oliver hatte gar nicht gemerkt, wie hungrig er war, bis er ein Schnittchen mit Gurkenscheiben von einem Teller nahm. Er verschlang es mit einem Happs. Ein *Gurkensandwich* – wie in dem Kostümfilm über die britische Oberschicht, den seine Mutter mal versehentlich in der Videothek ausge-

67

liehen hatte. Falls das alles ein Traum war, wollte er jedenfalls nicht ausgerechnet jetzt aufwachen. Zumindest
nicht, bevor er dieses pinke puddingartige Ding mit Erd-
beeren und Schlagsahne obendrauf probiert hatte.

«Kann ich euch irgendwas zu trinken bringen?», fragte
die elegante Frau in gelber Hose, die sich mit Emma vorgestellt hatte.

«Danke!», sagte Colin. «Ich verdurste gleich. Wie wär's
mit einer ... Cola?»

Emma zog die Augenbrauen zusammen. «Cola?»

«Kennen Sie das nicht? Das ist das bekannteste Getränk auf der ganzen Welt!», sagte er und zwinkerte Oliver zu. «Hab ich recht, Dagobert?»

«Dagobert?», fragte Cornelia verwirrt.

Oliver hob eine Hand. «Das bin ich. Er denkt, ich heiße Dagobert.» Er verdrehte die Augen zum Himmel.

«Du meinst wohl eine Mola», sagte die Frau zu Colin.
«Eine Moke.»

«Nein», sagte Iris mit Nachdruck, «er meint eine Coke.
Eine Cola. Ich nehme dann bitte auch eine. Danke.»

Die Frau sah ratlos aus. «Tut mir leid, aber so was haben wir nicht. Den Namen hab ich überhaupt noch nie gehört. Ich kann euch eine Mola bringen. Eine Moca Mola.
Das bekannteste Getränk auf *dieser* Welt.»

«Kinder», schaltete sich Cornelia ein. «Das ist die beliebteste Limo hier. Sie schmeckt nach Kaffee – man kann
auch Mocha auf Englisch sagen – und nach Molasses. Ich
bin sicher, sie wird euch schmecken.»

«Molasses?», sagte Rosa.

«Melasse», erklärte Emma.

«So was Ähnliches wie Zuckerrübensirup», übersetzte Iris.

Rosa verzog das Gesicht. «Rüben? Ich mag keine Rüben.»

«*Zucker*rüben!»

«Emma», sagte Cornelia zu der Frau in Gelb, «bitte bring eine große Flasche Moca Mola.»

Emma verschwand in einem der Zimmer.

«So, nachdem das geklärt ist», sagte Cornelia und strich sich ein paar verirrte weiße Haare aus dem Gesicht, «möchte ich gleich zur Sache kommen. Ich fürchte, wir haben nicht viel Zeit. Also hört gut zu.»

«Sollen wir mitschreiben?», witzelte Iris, was Oliver daran erinnerte, dass er seinen Rucksack in der Buchhandlung vergessen hatte. Er stand auf. «Ich hab meinen Rucksack unten liegen lassen.»

«Wir holen ihn für dich», sagte Cornelia und wartete dann einen Moment, bis sie die volle Aufmerksamkeit der Kinder hatte.

Oliver fand, dass sie irgendwie gestresst aussah. Und ihre Stimme klang wieder so atemlos. Beides zusammen beunruhigte ihn.

«Was ich euch jetzt sagen werde, ist vielleicht auf Anhieb nicht so leicht zu verstehen», begann Cornelia, «aber ich bin sicher, sobald ihr es verstanden habt, werdet ihr das Ganze unheimlich spannend finden. Ich muss allerdings gestehen, ich weiß nicht so genau, wo ich anfangen soll, denn so eine Situation hat es noch nie gegeben. Also seid ein bisschen nachsichtig mit mir.» Sie sammelte ihre Gedanken und sagte dann zu Rosa, Oliver und Iris: «Ich möchte euch Colin Julio Aaronson-Aiello vorstellen, genannt Colin, vierzehn Jahre alt, geboren am 10. März 2259 in Sternwood Forest, Provinz Ontario auf dem Nordamerikanischen Konti–»

Noch ehe Cornelia ihren Satz beenden konnte, hatte Iris alles schon erfasst. «Das ist ja irre!», rief sie und sprang mit roten Wangen und strahlenden Augen auf, sodass ihr die dunklen Locken ins Gesicht fielen. «Endlich kapiere ich, was hier vorgeht!» Sie schlug sich klatschend gegen die Stirn.

«Iris», sagte Cornelia, «bitte –»

«Unglaublich, dass ich nicht früher drauf gekommen bin. Es ist doch eigentlich sonnenklar! Aber ich hab gedacht, ich träume, und deshalb hab ich gar nicht –»

«Beruhige dich», sagte Cornelia, die Mühe hatte, nicht zu lachen. «Beruhige dich, Iris. Du bist den anderen mal wieder voraus. Also bitte, immer mit der Ruhe.»

Oliver und Rosa starrten Iris verständnislos an.

Iris setzte sich wieder, nickte und murmelte: «Natürlich. Natürlich.» Sie biss in ein Gurkensandwich und verschluckte sich fast – so aufgeregt war sie.

Cornelia sah Rosa und Oliver an. «Colin kommt aus der fernen Zukunft.» Dann wandte sie sich Colin zu. «Nun zu dir, Colin. Du denkst, du bist in den Ferien und besuchst die Zentrale des Olga-Zhukova-Instituts in Berlin, wo du gefragt wurdest, ob du ein Virtual-Reality-Spiel mit ungemein realistischen Figuren testen möchtest, eine Zeitreise-Simulation, die zu Beginn des frühen 21. Jahrhunderts spielt. Richtig?»

«Jaaa», sagte Colin zögernd. «Aber es ist kein Spiel?»

Sie schüttelte den Kopf. «Nein, es ist kein Spiel.»

Colin verstand und nickte. «Ich kann nicht behaupten, dass ich sonderlich überrascht bin.» Er zeigte auf Oliver, Rosa und Iris. «Dafür haben sie viel zu verbissen behauptet, keine Figuren in dem Spiel zu sein.» Er schluckte. «Dann heißt das also, dass ich eigentlich ... eine Zeitreise mache? In echt?»

Colins Stimme klang so dünn, dass Rosa, Oliver und Iris sich vorbeugen mussten, um ihn zu hören.

Cornelia nickte ernst.

«Er macht eine Zeitreise!», jubelte Iris.

«Ist das was Schlimmes?», fragte Colin Cornelia. «Oder was *richtig* Schlimmes?» Seine Stimme war noch dünner geworden.

«Es hätte nicht passieren dürfen. Du warst in keinerlei Weise darauf vorbereitet.» Cornelia nahm die Schultern zurück und bedachte ihn mit einem aufmunternden Blick. «Aber wir sind zuversichtlich, dass das Problem behoben werden kann.»

Oliver merkte erstaunt, dass Colin ihm leidtat. Der ältere Junge war fast zwei Köpfe größer als er und hatte die ärgerliche Angewohnheit, ihn Dagobert zu nennen, aber in diesem Moment sah er aus wie ein kleiner verlorener Junge, der nur nach Hause wollte, um bei seiner Mutter auf den Schoß zu klettern. Oliver konnte das nachempfinden.

Colin stand auf und begann, hin und her zu gehen. «Das waren diese Junior-Quants, oder? Die haben mich reingelegt!»

«*Quants?*», sagte Iris begeistert. «Was sind Quants? Oh, ist das aufregend! Hab ich richtig gehört? Colin ist durch die Zeit zu uns gereist?»

«Iris, bitte, halte dich zurück», sagte Cornelia nun mit strengerem Unterton. «Ich weiß, dass du von der Idee begeistert bist, aber brems dich ein bisschen. Wir tasten uns hier Schritt für Schritt voran.»

«Okay, ich versuch's», sagte Iris und schob dann ohne Pause hinterher: «Quants? Was sind Quants?»

Cornelia musste unwillkürlich lachen. Iris' Energie würde ausreichen, um eine ganze Stadt zu beleuchten. Cornelia wusste, sie würde auf Dauer nicht gegen sie ankommen. «Quants sind Quantenphysiker. Sie werden auch kurz Quants genannt.» Sie wandte sich an Rosa und Oliver. «Es ist eine Abkürzung, ein Spitzname. Und Junior bedeutet natürlich, dass sie noch nicht voll ausgebildet sind.»

«Woher weißt du das alles?», fragte Iris und kniff die Augen zusammen.

«Ein Schritt nach dem anderen, Iris, Liebes. Bitte. Ihr werdet schon noch alles zu gegebener Zeit erfahren.»

Emma kam mit der Moca Mola herein. Das Getränk sah genauso aus wie Cola. Oliver kostete vorsichtig. Es schmeckte süß, aber nicht zu süß, ein bisschen nach Honig und ... es hatte einen leichten Kaffeegeschmack. Er trank noch einen Schluck ... Es schmeckte ihm. Wenn er jetzt noch eine Currywurst und eine Portion Pommes haben könnte, erst recht.

Colin setzte sich neben Cornelia. «Die haben mich total reingelegt! Die Junior-Quants haben gesagt, ich würde an einem Trainingsprogramm teilnehmen, das Zeitreisen *simuliert*. Wenn ich gewusst hätte, dass die mich tatsächlich –»

«Ich weiß», sagte Cornelia. «Ich weiß. Du musst dich nicht rechtfertigen. Du konntest nichts dafür. Es war ein böser Streich, aber mit katastrophalen Folgen. Diese Jungs waren sehr leichtsinnig. Schlimmer als leichtsinnig. Sie waren fahrlässig und dumm. Sie werden streng bestraft werden.»

Cornelia wandte sich Rosa und Oliver zu. «Kommt ihr zwei noch mit?»

Rosa sah noch immer verängstigt aus, aber sie knabberte an einem Schnittchen mit Frischkäse und geräuchertem Lachs, also konnte es ihr nicht ganz so schlecht gehen. «Ich glaub schon», sagte sie bedächtig. «Diese Quants haben Colin vorgetäuscht, er sei in einem Spiel.»

«Aber in Wirklichkeit haben sie ihn in die Vergangenheit geschickt», erläuterte Oliver weiter. «Zu uns.»

«Ja, mehr oder weniger ist das so.»

Mehr oder weniger? Oliver war davon überzeugt, dass es deutlich weniger als mehr war. Das Ganze musste hundertmal, tausendmal, millionen-, billionen-, trillionenmal komplizierter sein, als dass «Colin einfach mal in die Vergangenheit geschickt worden war». Es gab so viele Fragen, dass er gar nicht wusste, wo er anfangen sollte.

Wieso war Colin in *ihrem* Hinterhof gelandet? Was hatte Cornelia mit der ganzen Sache zu tun? Was war das für ein seltsamer Spuk im Hinterzimmer gewesen, kurz bevor Colin an der Tür zum Hinterhof aufgetaucht war? Wie funktionierten Zeitreisen überhaupt? Wie sollte Colin wieder nach Hause kommen? Und wo waren sie eigentlich *jetzt*? War das –

«Aber warum?», hörte Oliver Rosa sagen. Er sah, wie sie Colin anschaute. Ihre Augen hatten ein wunderschönes Haselnussbraun, fand er, die von ihrem Top noch betont wurden. Er besaß einen Buntstift in der gleichen Farbe. «Gebrannte Siena» hieß sie.

«Warum wollten sie dich reinlegen?», fragte Rosa. «Das kommt mir so gemein vor.»

Colin sah Rosa verblüfft an. In ihrer Stimme lag eine Sanftheit, die ihm vorher noch nicht aufgefallen war –, und ihre Blicke trafen sich.

Oliver beobachtete, wie Rosas Blick weicher wurde, während sie Colin betrachtete. Für Oliver fühlte sich das an wie ein Schlag in die Magengrube. Er hustete und hoffte, dass das Gefühl weggehen würde.

«Es ist nicht ganz leicht zu erklären, warum sie Colin diesen Streich gespielt haben», sagte Cornelia. «Aber wir haben da so unsere Theorien.»

Colin seufzte und trat ans Fenster. Alle warteten darauf, dass er etwas sagte. Er drehte sich wieder um. «Könnt ihr mich wieder heil nach Hause bringen?»

Oliver spürte die Anspannung im Raum. Er begriff, dass Colins Glück von Cornelias Antwort abhing.

«Wir glauben, wir haben gute Chancen», sagte Cornelia.

Colin nickte erleichtert. «Mein Vater würde es nicht überleben, wenn mir was passiert.» Seine Stimme klang zittrig. «Niemals. Und ich würde mir das nie verzeihen.»

Oliver fragte sich, wie es wohl wäre, einen Vater zu haben, der untröstlich wäre, wenn ihm was passierte. Wenigstens seine Mutter machte sich Sorgen um ihn. Sie hatte ihn am frühen Nachmittag per SMS gebeten, sie im Friseursalon anzurufen – und er hatte es nicht getan. «Und deine Mutter?», fragte Oliver Colin. «Hat die denn keine Angst um dich?»

«Hätte sie bestimmt, wenn sie noch leben würde», sagte Colin schlicht. «Aber sie ist gestorben. Vor über zehn Jahren.»

Cornelia legte Colin eine Hand auf die Schulter. «Ich verspreche dir, Colin, wir tun, was wir können, damit du wieder nach Hause kommst.» Sie sah Rosa, Oliver und Iris an. «Nun zu euch. Ich weiß, ihr habt viele Fragen, deshalb –»

«Und ob wir die haben!», zwitscherte Iris. «Ich frage mich schon die ganze Zeit, welche Rolle *du* in dieser Geschichte spielst. Ganz offensichtlich bist du nicht bloß eine Verkäuferin ‹einer erlesenen Auswahl an Büchern und Blüten›.»

Cornelia wartete, bis sie die ungeteilte Aufmerksamkeit der Kinder hatte. Dann sagte sie: «Auch ich bin aus der fernen Zukunft.»

Oliver hätte sich fast an seiner Mola verschluckt. Zugegeben: Cornelias Geständnis klang angesichts der Ereignisse nicht unlogisch, aber es war trotzdem eine Riesenüberraschung.

«Aber ich verbringe meine Zeit größtenteils im frühen 21. Jahrhundert», erklärte Cornelia weiter, «als Buchhändlerin ... aber auch ... als Problemmanager.»

«Problemmanager?», fragte Oliver.

«Ich kontrolliere eine Übergangsstelle, eine Art Zeitportal zwischen eurer Welt und meiner Welt. Manchmal gibt es da kleine Probleme, die ich dann kläre, bevor sie große Probleme werden.»

Iris sprang auf und hüpfte vor Glück. «Der Geräteschuppen ist so eine Übergangsstelle, nicht wahr? Ein Zeitportal! Ich hab's geahnt!»

Oliver fand, dass Iris ein bisschen verrückt aussah.

Cornelia drückte Iris sachte wieder zurück auf ihren Stuhl. «Es ist ein Geräteschuppen, Iris. Ein ganz normaler Geräteschuppen. Nur manchmal, in Ausnahmefällen, dient er als Zeitportal.»

«Ist da eine Zeitmaschine drin? Wie spannend!» Sie sah Rosa aufgeregt an, aber Rosa schien nicht ganz so begeistert wie sie. Offenbar war die Information noch nicht bis in Rosas Bewusstsein gedrungen. Iris kniff misstrauisch die Augen zusammen und wandte sich wieder Cornelia zu. «Aber ist das wirklich möglich? Die meisten Physiker heutzutage sind sich darin einig, dass die Naturgesetze Zeitreisen praktisch unmöglich machen.» Sie beugte sich auf ihrem Stuhl vor. «Wie funktioniert es? Das muss ich unbedingt wissen.»

Emma, die bis jetzt nur eine stumme Beobachterin gewesen war, lachte. «Kind», sagte sie, «selbst wenn wir könnten, was nicht der Fall ist, wäre es schlechterdings unmöglich, einem Kind die Wissenschaft der Zeitreise zu erklären, schon gar nicht in wenigen Minuten. Die klügsten Köpfe haben *Jahrhunderte* gebraucht, um ihre Theorien zu entwickeln und umzusetzen. Es ist das zweitbestgehütete Geheimnis der Welt.» Sie legte eine effektvolle Pause ein und schob dann nach: «Das bestgehütete ist natürlich die Rezeptur für Moca Mola.»

«Emma!», sagte Cornelia mit unterdrücktem Lachen. «Hör auf, das arme Kind zu veräppeln.» Sie sah Iris an. «Ehrlich, wir können dir Zeitreisen nicht ‹erklären›, Iris. Ich kann lediglich sagen: Alles, was durch dieses Portal kommt oder geht und nichts mit dem Garten, Herrn Lindner oder dem Hof zu tun hat, fällt in meine Zuständigkeit.»

Oliver hatte die ganze Zeit aufmerksam zugehört und strengte sich mächtig an, alles zu verstehen. «Dann ist BLÄTTERRAUSCHEN bloß eine … Tarnung?», sagte er und spürte, wie sein Kopf von den vielen Informationen immer schwerer und schwerer wurde.

«Ich liebe meine Arbeit in der Buchhandlung», sagte Cornelia. «Ich helfe jungen Menschen, sich auf die Zukunft vorzubereiten. Ich gebe ihnen Pflanzen zu pflegen und wunderbare Bücher zu lesen – Bücher, mit deren Hilfe sie herausfinden, wer sie sind. Deshalb, nein, es ist nicht bloß eine Tarnung.»

Sosehr er sich auch bemühte, Oliver konnte sich kaum

noch konzentrieren. Er fühlte sich so schwummerig im Kopf. Er musste unbedingt sein Gesicht in kaltes Wasser halten. «Bin gleich wieder da», sagte er. Aber als er aufstand, fing der Raum an, sich zu drehen. Er hielt sich am Tisch fest, doch das Drehen hörte nicht auf. Seine Hände waren feucht, er hatte ein Dröhnen in den Ohren, ihm wurde schlecht, er –

«Oje», sagte Cornelia.

Das war das Letzte, das Oliver hörte, dann wurde alles schwarz.

8. KAPITEL

Die anderen Richters

D as Erste, was Oliver sah, als er zu sich kam, war Cornelia. Sie saß an einem kleinen Tisch und massierte sich die Stirn, als hätte sie Kopfschmerzen. Sie hatte sich zurückgelehnt und schaute tief in Gedanken aus dem Fenster, dann seufzte sie und blickte zu Oliver hinüber. Als sie sah, dass er wach war, lächelte sie. «Hallöchen. Du hast uns einen schönen Schrecken eingejagt.» Sie kam herüber und setzte sich auf die Sofakante. «Wie fühlst du dich?», wollte sie wissen.

Oliver richtete sich zum Sitzen auf. «Ich fühl mich okay.» Und das stimmte. Er war einmal auf der Kinderkur an der Ostsee in Ohnmacht gefallen, und auch da ging es ihm gleich danach wieder gut. «Wie lange war ich weg?»

«Nur ein, zwei Minuten. Colin und ich haben dich eben erst hier reingetragen.» Sie reichte ihm ein Glas Wasser und eine Tablette. «Nimm die. Wird dir guttun.»

Er nickte und schluckte dann die Tablette mit etwas Wasser. Er sah sich um. Er war im Wohnzimmer.

«Möchtest du etwas schlafen?», fragte Cornelia.

Oliver zuckte die Achseln.

Cornelia stand auf. «Versuch, ein bisschen zu schlafen. Ich schau in ein paar Minuten wieder nach dir. Ich sag nur eben den anderen Bescheid, dass es dir bessergeht.» Sie zog die Tür hinter sich zu.

Oliver streckte sich auf dem Sofa aus. Wenn er einschlief, würde er vielleicht zu Hause aufwachen, in seinem eigenen Bett. Wieder einmal fragte er sich, ob das alles nur ein Traum war.

Oliver setzte sich wieder auf, schwang die Füße auf den Boden und stand auf. War ihm noch schwindelig? Nein, kein bisschen. Er ging zum Fenster. Draußen im Hof schnitt Herr Lindner gerade die Hecken. Aber der Hof war irgendwie anders. Er sollte ein Foto mit seinem Handy machen, um später vergleichen zu können. Er drehte sich um: Wo war sein Rucksack? Doch dann fiel ihm ein, dass der noch unten war.

Oliver ging leise aus dem Zimmer und den Flur hinunter zu der Tür, die zur Wendeltreppe führte. Auf dem Weg nach unten hielt er sich gut am Geländer fest und nahm jede Stufe mit Bedacht. Er konnte durch das große Schaufenster des Ladens sehen, dass das Café draußen immer noch gut besucht war. Drinnen schmökerten einige Kunden. Die Verkäuferin in Rot unterhielt sich mit jemandem und hatte Oliver den Rücken zugewandt, so konnte er unbemerkt an ihr vorbei zu dem Tisch, an dem sie vorhin gesessen hatten. Er nahm seinen Rucksack, hängte ihn sich über die Schulter und wollte gerade wieder nach oben gehen, als sein Blick an etwas haftenblieb. Sein Mund klappte auf. War das möglich? Sein Bruder

Thilo saß draußen zusammen mit einem Mann an einem der Tische!

Oliver rannte zur Ladentür und war Sekunden später draußen. Die heiße, feuchte Luft traf ihn wie ein explodierender Airbag. «Thilo!», keuchte er. Als er zu seinem großen Bruder lief, merkte er, dass seine Wut auf ihn auf wundersame Weise verschwunden war, als wäre sie in der brütenden Hitze verdampft. Er hätte jubeln können vor Glück. Es war Thilo! Seine Brust weitete sich, die chronisch verstopfte Nase wurde frei, seine Kehle schnürte sich vor Rührung zu, Tränen brannten ihm in den Augen. Sein Bruder war wieder da! «Thilo!»

Thilo sah auf und blinzelte Oliver an, der schon ganz nah war, aber seltsamerweise zeigte Thilo keine Regung. Bestimmt blendet ihn die Sonne, dachte Oliver – er kann mich nicht sehen. Aber als Oliver den Tisch erreichte, starrte der Junge ihn weiter an und wandte sich dann an den Mann, der mit ihm am Tisch saß. «Papa?»

Oliver erschrak und ergriff fast die Flucht, als er feststellte, dass der Mann sein Vater war, Sven Richter. Aber ... irgendwas stimmte nicht. Denn es war doch nicht sein Vater. Dieser Mann war glatt rasiert, hatte kluge, freundliche Augen. Vor ihm auf dem Tisch lag ein lederner Aktenkoffer. Und eine Zeitung. Er trug einen schicken Leinenanzug und ein leichtes Hemd, als wäre er gerade von der Arbeit gekommen. Sein Vater hätte nie in einem Anzug gearbeitet. Wenn er überhaupt mal arbeitete.

Der Mann lächelte Oliver zu und sah dann Thilo an. «Ein Freund von dir?»

Und da merkte Oliver, dass der Junge auch nicht sein Bruder war. Dieser Thilo hatte eine reine Gesichtshaut, wohingegen sein Bruder mit Windpockennarben und Akne zu kämpfen hatte. Dieser Thilo trug Bermudashorts und Flip-Flops – Kleidungsstücke, in denen sich *sein* Thilo niemals hätte sehen lassen.

Thilo sah Oliver an. «Hallo, hi. Kennen wir uns? Aus der Schule? Vom Schwimmverein? Hockey?»

Was sollte Oliver darauf antworten? Nichts hier stimmte. Das war nicht *sein* Bruder. Sein Thilo war … fort. Für. Immer. Fort.

Das Handy des Jungen klingelte. Der Klingelton war irgendwas Klassisches. «Entschuldige bitte», sagte der Junge höflich zu Oliver und wandte sich mit seinem Handy ab.

«Ähm … kann ich irgendwas für dich tun?», fragte der Mann Oliver. «Ich könnte –»

Oliver schüttelte nur stumm den Kopf. Als er den Mann ansah, wurde ihm auf einmal klar, wie sehr sein eigener Vater sich verändert hatte. Er war nie der Typ gewesen, der Leinenanzüge trug, aber er hatte mal richtige Arbeit als Tischler gehabt. Da war er morgens pünktlich aus dem Haus gegangen, zum Abendessen wieder nach Hause gekommen und hatte ihm sogar bei den Mathehausaufgaben geholfen. Sein Vater war gut in Mathe. Er montierte Küchen und andere Einbaumöbel, und da musste man gut rechnen können. Er war nett gewesen, wie dieser Mann. Aber das war lange her.

Oliver machte einen Schritt rückwärts, fühlte sich

wieder schwummerig. Er fürchtete, noch einmal ohnmächtig zu werden. Der Mann stand besorgt auf. «Kann ich dir irgendwas holen? Du siehst –»

Und in dem Moment bemerkte Oliver sie: die Männer in Schwarz! Sie waren gerade um die Ecke gebogen und gingen mit schnellen Schritten. Der Kleinere hatte das Gesicht unter seiner Kapuze versteckt und ging ein kleines Stück hinter den anderen beiden, die keine Kapuzen trugen. Und sie hatten ihn entdeckt!

Oliver musste sich blitzschnell entscheiden. Kampf oder Flucht? Er konnte entweder auf die Männer zurennen, um die Eingangstür des Ladens zu erreichen, würde dabei aber einen Kampf riskieren, oder er konnte vor ihnen weglaufen und ins Haus oder die Straße hinunterfliehen. Er entschied sich für das Haus. Er flitzte zur Tür … und war einen Moment später drin.

Was nun? Er konnte vom Flur aus zurück in den Laden gelangen oder die Treppe hinauf zur Wohnung. Wenn er schnell genug war, konnte er oben klingeln und Cornelia warnen, bevor –

Uff! Oliver wurde von hinten gestoßen und fiel gegen das Treppengeländer. Jemand zog ihm den Rucksack vom Rücken, und dann packte ihn jemand anders um die Taille. Oliver rammte dem Mann hinter ihm einen Ellbogen in die Rippen. Der Mann grunzte und lockerte für einen Moment seinen Griff. Oliver versuchte, die Gelegenheit zur Flucht zu nutzen. Aber schon stürzte sich der dritte Mann auf ihn und brachte ihn zu Fall. Oliver trat um sich und kratzte und riss den Mann sogar an den Haaren. Der fluchte in einer Sprache, die Oliver nicht kannte – Russisch vielleicht? Schließlich hatten die Männer in Schwarz ihn überwältigt und trugen ihn die Treppe hinauf. «What door?», sagte der Größere. «Where?»

Oliver wusste nicht, ob der Mann mit ihm sprach oder mit den anderen Männern.

«Where?», sagte der Größere und schüttelte Oliver.

Okay. Er sprach also mit *ihm*. Oliver drehte sich zu dem Mann um ... und nieste ihm ins Gesicht. Einmal. Zweimal. Und dann noch einmal. Nach dem dritten nassen Nieser ließ der Mann Oliver mit einem Knurren runter. Der zweite Mann, der kleine, der Olivers Rucksack in der Hand hielt, lachte über den Größeren. Er hielt sich den Bauch und brüllte vor Lachen.

Und dann flog eine Tür auf. Es war Emma. «Er ist hier!», rief sie über die Schulter, zog dann Oliver und die Männer in die Wohnung. Cornelia und die Kinder kamen angelaufen. Als Colin, Rosa und Iris die Männer in Schwarz sahen, wichen sie erschreckt zurück.

«Wo zum Teufel bist du gewesen?», wollte Cornelia von Oliver wissen.

Oliver war verdattert. «Ich bin ... runtergegangen ... meinen Rucksack holen», stammelte er. «Ich war im Buchladen. Und dann bin ich nach draußen, weil ich –»

Es war, als würde Cornelia ein Stromstoß durchlaufen. «Nach draußen? Hast du jemanden gesehen, den du kennst?»

Oliver nickte. Er wollte nicht weinen. Er war fest entschlossen, nicht zu weinen. «Ich hab meinen Vater gesehen. Und meinen Bruder.» Seine Stimme war dünn.

Cornelia schien der Atem zu stocken.

Oliver schluckte trocken, kämpfte gegen den Kloß im Hals an. «Aber es waren nicht mein Vater und mein Bruder. Nicht richtig. Sie waren ganz anders. Sie waren nett und –» Eine Träne kullerte ihm über die Wange, und er wischte sie weg. «Sie haben mich nicht erkannt.»

Ein paar Sekunden lang sagte niemand etwas, dann schloss Emma die Tür zweimal ab. Sie drehte sich ruckartig zu Cornelia um. «Das ist der Grund, weshalb wir sie so schnell wie möglich hier wegschaffen müssen.» Sie sah Oliver an. «Hast du ihnen gesagt, wer du bist?»

Oliver schüttelte den Kopf. «Nein.»

Cornelia stieß einen erleichterten Seufzer aus.

«Bist du absolut sicher?», fragte Emma streng.

Oliver versuchte, sich an die paar Sätze zu erinnern, die er mit dem Mann und dessen Sohn gewechselt hatte, aber er war ganz durcheinander. «Ich bin sicher», sagte er. «Ich bin sicher, dass ich nicht gesagt habe, wer ich bin.»

«Hallo?» Alle drehten sich nach Rosa um. «Kann mir bitte mal jemand erklären, was hier vor sich geht?» Ihr Blick huschte zu den Männern in Schwarz. «Wer sind die?»

«Das sind sozusagen Kollegen von mir. Wir haben denselben Arbeitgeber», sagte Cornelia.

«Und wo sind wir?», fragte Rosa fast hysterisch. «Dies ist kein Traum, nicht? Und wir sind nicht zu Hause, oder?»

«Nein», sagte Cornelia. «Leider nicht. Leider nicht.»

«Wo dann?!» Rosa schrie fast.

«Oh mein Gott», sagte Iris. «Ich glaub, ich weiß es. Ich hab die ganze Zeit hin und her überlegt. Das hier ist eine Parallelerde, nicht? Eine Parallelwelt!»

Cornelia seufzte. «Ja», sagte sie. «Ja.»

«Wie aufregend!»

Leider konnte sich außer Iris niemand über diese Nachricht freuen.

9. KAPITEL

Mo, Barry und Burly

Die drei Männer in Schwarz waren in Wahrheit zwei Männer in Schwarz und eine Frau. Sie hieß Maureen Zheng-Hu-O'Reilly, ein Zungenbrecher, gewiss, aber sie besaß zum Glück einen Spitznamen: Mo.

Mo war eine zierliche Frau mit geschorenem Kopf, drahtigem Körper und einem animalischen Knurren, das Oliver an einen Pitbullterrier erinnerte, der mal im dritten Stock zu Hause gewesen war. Mo sprach ein halbwegs verständliches Deutsch mit chinesischem Akzent.

Barry war mit knapp über zwei Metern der größte und erinnerte Oliver an die männlichen Models in den Werbebeilagen für Karstadt Sport: kantige Gesichtszüge, breite Schultern, lange Beine. Er trug eine große Nerd-Brille mit schwarzem Gestell im Retro-Look. Sein Deutsch war minimal.

Burly war ein massiger Mann um die fünfzig mit unordentlichem Haar. Seine störrische, angegraute blonde Mähne war dermaßen elektrisch aufgeladen, dass sie ihm regelrecht zu Berge stand. Er sah aus wie eine Mischung aus Neandertaler und Albert Einstein. Sein Deutsch war nicht vorhanden; wenn er sprach, gab er Grunzlaute von sich.

Bei allen drei baumelten Handschellen hinten am Gürtel. Die Kinder hielten einen großen Sicherheitsabstand zu ihnen.

Als alle wieder im Esszimmer saßen, wandte Cornelia sich an Rosa und Oliver: «Ich weiß, das muss alles schrecklich verwirrend für euch sein.» Oliver und Rosa nickten. «Ich will mal versuchen, es euch zu erklären.» Sie holte tief Luft. «Diese Welt hier ist eine Parallelwelt zu der, die ihr kennt. Beide existieren nebeneinander und unabhängig voneinander. Sie sind wie eine Antwort auf die Frage: ‹Was wäre, wenn?› Die stellt ihr euch doch jeden Tag, nicht wahr?» Wieder nickten Oliver und Rosa. «Was, wenn ich die Spaghetti bestellt hätte und nicht die Miesmuscheln? Dann wäre mir nicht schlecht geworden. Und wenn mir nicht schlecht geworden wäre, hätte ich in die Schule gemusst, statt zu Hause zu bleiben. Und wenn ich nicht zu Hause geblieben wäre, hätte ich den Rauch im Flur nicht gerochen. Und wenn ich den Rauch nicht gerochen hätte, hätte ich nicht die Feuerwehr gerufen, und das ganze Haus wäre vielleicht abgebrannt. Versteht ihr, was ich meine?»

Sie verstanden kein Wort.

«So ähnlich wie bei Harry Potter», sagte Iris zu Oliver und Rosa. «Es gibt die Welt der Zauberer und die Muggel-Welt.»

«Aber das hier ist kein Buch!», sagte Rosa.

«Und Miesmuscheln würde ich eh nie essen», sagte

Oliver, und alle lachten – außer Barry und Burly, die kein Wort verstanden.

«Du willst sagen», sagte Rosa zu Cornelia, «dass hier die Welt ist, in der mein Haus abgebrannt ist?»

Emma seufzte. «Im Grunde müsst ihr nur eines wissen: Das hier ist eine Parallelwelt, die eine unheimliche Ähnlichkeit mit der Welt hat, die ihr kennt. Manches ist gleich. Manches ist anders. Das Klima ist anders. Wir haben hier längere Sommer aufgrund der –»

«Aber *unsere* Erde existiert doch noch, oder?», fiel Rosa ihr ins Wort. «Wir können dahin zurück, und alles wird wieder so sein wie immer, nicht? Weil, ganz ehrlich, das ist das Einzige, was uns wirklich interessiert.»

«Ja, Rosa. Ihr könnt zurück. Und alles wird wieder so sein wie immer», sagte Cornelia. Sie fummelte an ihrem weißen Zopf, der ihr bis zur Taille reichte, zwirbelte sich die Spitze um die Finger. Oliver fragte sich, ob das ein Zeichen von Nervosität war.

«'tschuldigu», sagte Mo. «Wir haben lang Tag. Bitte erklären, was sein passiert, ja? Damit alle wisse Bescheid. Zentrale nicht gebe genau Auskunft.» Sie sprach, fand Oliver, wie der Mann in dem China-Imbiss gleich um die Ecke bei ihm zu Hause – als würde er Gemüse klein schneiden und die Enden in den Müll werfen.

«Also gut», sagte Cornelia. «Gehen wir die Ereignisse des Nachmittags mal gemeinsam durch.» Sie versuchte, ihre Gedanken zu sortieren. «Colin wurde von diesen dummen Junior-Quants in die Vergangenheit geschickt», begann sie. «Er kam an einem unserer Übergangsstellen

an, einem Geräteschuppen auf Alpha-Erde A 1.0.0 ...»
Sie warf Rosa und Oliver und Iris einen Blick zu. «... das
ist in diesem Szenario *eure* Erde. Colin dachte, er spielt
ein Spiel, verließ den Schuppen und stieß auf euch Kinder im Hinterzimmer von BLÄTTERRAUSCHEN. Die
Junior-Quants hatten ihm nicht gesagt, dass Pünktlich-
keit für seine Rückkehr von entscheidender Bedeutung
war, deshalb war er zu dem für seine Rückkehr vorgese-
henen Zeitpunkt nicht im Schuppen. Die unerfahrenen
Quants in der fernen Zukunft waren deswegen auch
nicht in der Lage, Colin zurück in ihre Zeit zu holen. Sie
baten um Hilfe, aber mittlerweile hatten sie ein echtes
Problem. Das Olga-Zhukova-Institut schickte ein Dreier-
Rettungsteam los, um Colin zu einem neu festgelegten
Zeitpunkt zurück in den Schuppen zu bringen, aber die
Scouts trafen ein paar Minuten zu spät ein und stellten
fest, dass er schon mit euch zusammen war.»

«Wir die Scout», sagte Mo wichtigtuerisch. «Aber
nicht unser Fehler, wir zu spät komme. Zentrale machen
immer Murks. Ja?»

«Das spielt jetzt wohl keine Rolle mehr», sagte Emma
spitz.

«Die sind also Scouts?», sagte Oliver und musterte
Mo, Barry und Burly mit einer Mischung aus Furcht und
Abscheu. Er nieste, nahm das Taschentuch von Iris aus
seinem Rucksack und putzte die Nase.

«Bodyguards, genauer gesagt», erklärte Emma, die anscheinend auch nicht viel Sympathie für das Trio hatte.

«Wie dem auch sei», fuhr Cornelia fort, «sie hatten

Anweisung, Colin zurück in den Schuppen zu bringen und jede weitere Person daran zu hindern, ihm zu folgen. Aber ihr Kinder hattet Angst, und anstatt sie als Helfer zu sehen, habt ihr genau das getan, was sie *nicht* wollten. Ihr seid zusammen mit Colin in den Schuppen gerannt.»

«In die Zeitmaschine!», sagte Iris und sprang vor Begeisterung auf.

«Sie haben nicht so ausgesehen, als wollten sie uns helfen», sagte Rosa. «Sie haben sehr bedrohlich ausgesehen.»

«Zentrale machen immer Murks!», stellte Mo erneut klar. «Nicht wir. Sorry.»

«Aber etwas versteh ich nicht», sagte Oliver. «Wenn man das Rettungsteam geschickt hat, um Colin daran zu hindern, dass er uns trifft, warum haben sie das Rettungsteam dann nicht einfach früher, also rechtzeitig, hergeschickt? Zum Beispiel gestern? Um auf Nummer sicher zu gehen?»

«Im Prinzip hast du völlig recht, Oliver», sagte Cornelia. «Aber es ist komplizierter, als man denkt, und funktioniert nicht immer so, wie wir uns das wünschen. Zeitreisen ist eine ziemliche heikle Technologie. Doch Tatsache ist, sie hätten dafür sorgen müssen, dass jemand wenigstens rechtzeitig in BLÄTTERRAUSCHEN ankommt, um mich zu informieren. Aber das ist nicht geschehen. Demzufolge wusste ich von nichts. Hätte ich Bescheid gewusst, hätte ich selbstverständlich das Treffen unseres Leseclubs abgesagt, Colin wäre abgefangen worden, und das hier wäre nie passiert.»

Oliver blickte immer noch nicht durch. Wenn Leute

schlau genug waren, um Zeitmaschinen zu bauen, müssten sie dann nicht auch clever genug sein, sie richtig zu benutzen?

«Das heißt also, irgendwas ist gründlich schiefgegangen», sagte Rosa. Sie sagte sehr wenig, dachte Oliver, aber wenn sie dann mal das Wort ergriff, trafen ihre Gedanken genau auf den Punkt.

«Ja, Liebes, leider ja. Jedenfalls, als Colin schließlich wieder im Schuppen war, wurde seine Rückreise durch eure Anwesenheit gestört, und das System konnte ihn nicht zurück ins Jahr 2273 befördern. Es verblieb in etwa in eurem Zeitrahmen, rutschte aber einige Parallelwelten weiter, und zwar auf Alpha-Erde A 2.3.2. Und so seid ihr alle hier gelandet.»

«Fühlt sich an wie zu Hause», sagte Rosa. «Nur dass der Gärtner gesagt hat, ich hätte einen Bruder. Den ich aber nicht habe.»

«Immerhin gibt's dich hier», sagte Oliver. «Mich gibt's nicht mal.»

Cornelia drückte Olivers Hand. «Verrückte Vorstellung, ich weiß. Versuch, nicht drüber nachzudenken.»

Das war definitiv leichter gesagt als getan, dachte Oliver.

«Wir nehmen Parallelwelten in der Schule durch», sagte Colin, «aber ich hatte das Thema noch nicht im Unterricht. Steht für nächstes Jahr auf dem Lehrplan. Aber wie ich von meinem Dad weiß, kann es beliebig viele Parallelwelten geben, die nebeneinander existieren. Das Multiversum ist unendlich, sagt man.»

«Colin, bitte mach es nicht noch komplizierter, als es ohnehin schon ist», sagte Cornelia flehend.

«Du Spaßverderberin!», sagte Iris. «Kompliziert gefällt mir.»

Rosa öffnete den Mund, um etwas zu sagen, unterbrach sich dann aber.

«Rosa?», sagte Cornelia. «Irgendwelche Fragen?»

Rosa schaute Emma an. «Ich wollte nur ... haben Sie vielleicht eine Ahnung, ob die Rosa, die hier lebt ... ob die auch einen Unfall hatte? Ich meine, hat sie ihre Hand verloren, als ...»

«Nein», sagte Emma sanft. «Sie hatte keinen Unfall.»

Rosa lächelte. «Das ist gut. Das freut mich für sie.»

Oliver fand, das war das Netteste, was er je von Rosa gehört hatte. Alpha-Erde 2.3.2 schien sich großartig auf ihren Charakter auszuwirken.

«Ich kann allerdings vermelden, dass sie leider kein Interesse an Büchern hat», sagte Emma. «Ich hab Rosa schon mehrfach eingeladen, uns doch mal im Buchladen BLÜHENDE PHANTASIE zu besuchen, aber Lesen langweilt sie. Ihre Stärke liegt eher im Bereich Kosmetik.»

«Kosmetik mag ich auch», sagte Rosa.

Die Frauen lachten, und Cornelia legte einen Arm um sie. «Ich hab Emma erzählt, was für eine Leseratte du bist.»

Rosa zuckte die Achseln, aber Oliver sah ihr an, dass sie stolz darauf war, dass die Frauen offensichtlich über sie gesprochen hatten.

«Immerhin hat meine Rosa neulich sogar ein Buch gekauft», schob Emma nach. «Für ihren kleinen Bruder. Das erste aus der ‹Harriet-Topper-Reihe›. ‹Harriet Topper und der Schrein der Weisen.›»

Alle Kinder lachten.

Emma wunderte sich über ihr Lachen. «Es ist ein ganz reizendes Buch. Was gibt's da zu lachen? Die ganze Reihe wird bestimmt mal ein Klassiker. Aber ihre Mutter war nicht davon zu überzeugen, es für ihren Sohn zu kaufen. Sie mag keine Science-Fiction. Die ist ihr nicht –» Emma malte Anführungsstriche in die Luft «– warm und wohlig genug. Sie findet es besser, wenn Kinder Fantasy-Romane lesen, Geschichten über Magie und Feen und Zauberer anstatt über eine reale, mögliche Zukunft, und sei sie noch so spekulativ. Und außerdem war sie sich ganz sicher, dass Rosas Bruder niemals ein Buch mit einem Mädchen als Hauptfigur lesen würde.»

«Das war dumm von ihr», sagte Rosa. «Viele Jungs lesen Bücher mit Mädchen als Hauptfiguren. Stimmt's, Oliver?»

Oliver konnte sich nicht erinnern, je ein Buch mit einem Mädchen als Heldin gelesen zu haben. Aber er würde *vielleicht* so ein Buch lesen, wenn Cornelia ihn darum bat. Trotzdem freute er sich wahnsinnig darüber, dass Rosa ihn um seine Meinung gebeten hatte, weshalb er ein entschiedenes «Klar! Ich hab nichts dagegen» für die einzig angemessene Antwort hielt.

«Und ich?», wollte Iris wissen. «Sind Sie mir auch schon begegnet? Auf Alpha-Erde A 2.3.2?»

Cornelia schaute auf ihre Uhr. «Iris, Liebes, ich fürchte, Emma und ich müssen eure Heimreise vorbereiten.

Wenn wir später noch Zeit haben, können wir ja weiter spekulieren. Aber wichtiger ist mir, noch etwaige Fragen zu beantworten, die euch auf der Seele brennen.»

«Offen gestanden, würde ich gern mehr über mein Parallel-Ich wissen, aber ich habe da wirklich eine Frage», sagte Iris angesäuert.

«Alles andere hätte mich auch gewundert.»

«Wenn dieses ganze Unternehmen so topsecret ist, mit Tarn-Identitäten und Scouts und Bodyguards und so, warum erzählst du uns dann das alles? Wir könnten die ganze Geschichte doch überall ausplaudern, wenn wir wieder nach Hause kommen. Könnte das eurer ... Mission nicht schaden?»

Cornelia und Emma wechselten einen vielsagenden Blick. «Wir waren so offen mit euch», sagte Cornelia zu den Kindern, «weil Transparenz alles einfacher macht, und wir möchten, dass ihr keine Angst habt. Aber ...» Alle vier Kinder hingen förmlich an ihren Lippen. «Aber wenn ihr wieder nach Hause kommt – das gilt für Rosa, Oliver und Iris –, werdet ihr euch wahrscheinlich sowieso an nichts mehr hiervon erinnern können.»

Einen Moment herrschte verblüfftes Schweigen, dann schoss Iris von ihrem Stuhl. «Das ist nicht fair! Das ist überhaupt nicht fair! Du hast vorhin gesagt, wir würden ein großes Abenteuer erleben. Und jetzt sagst du, wir werden uns hinterher nicht mal daran erinnern? Wie bescheuert ist das denn?»

«Es tut mir sehr leid», sagte Cornelia, und Oliver merkte ihr an, dass sie es ehrlich meinte. «So funktioniert die Technologie nun mal. Wenn ihr zurückkehrt, fügen sich verschiedene Zeitebenen zu einer zusammen. Und ihr werdet euch nur noch an ein vages Gefühl erinnern – manchmal nennt man das Déjà-vu –, eine leichte Ahnung davon, dass ihr diese oder jene Situation schon mal erlebt habt. Wie in einem Traum.»

«Ausnahmsweise muss ich Iris mal recht geben», meldete sich Rosa zu Wort. «Das ist nicht fair! Das ist, wie wenn du ein Buch liest, in dem die Hauptfigur ein tolles Abenteuer erlebt und am Ende aufwacht und merkt, dass alles bloß ein Traum war. So was kann ich nicht ausstehen. Du bist mittendrin, fühlst mit und identifizierst dich, und dann soll das alles keine Bedeutung gehabt haben?»

Rosa war so leidenschaftlich, wenn es ums Lesen ging. Oliver hätte ihr stundenlang zuhören können.

«Du hast uns betrogen», sagte Iris und verschränkte die Arme vor der Brust. «Das muss ich ganz ehrlich sagen.»

«Und ich muss ganz ehrlich sagen, dass es anders nicht geht», sagte Emma kühl. Sie stand auf und fing an, den Tisch abzuräumen. «Also findet euch lieber damit ab.»

«An ein paar Dinge werdet ihr euch erinnern – vage», sagte Cornelia, um sie zu trösten. «Und diese flüchtigen, zarten Erinnerungen werden Teil von euch werden. Nur mal ein Beispiel: Ihr wart erstaunt darüber, wie gut die Mola schmeckt. Wenn euch nun das nächste Mal jemand etwas Neues zum Probieren anbietet, seid ihr vielleicht offener dafür.»

«Soll das heißen, dass ich aufgrund einer Erfahrung,

an die ich mich wahrscheinlich gar nicht erinnern kann, auf einmal Bier mag, obwohl ich es ekelig finde?», fragte Iris.

Emma ging entnervt mit dem Geschirr aus dem Raum.

«Und ich?», fragte Colin. «Was wird aus mir?»

«Um dich in die Zukunft zurückzuschicken, ist eine etwas andere Technologie erforderlich», erklärte Cornelia ihm. «Du wirst dich wahrscheinlich an alles erinnern.»

Iris tigerte vor dem Fenster auf und ab. Dann blieb sie stehen. «Aber Cornelia, du reist doch andauernd hin und her, und *du* erinnerst dich an alles, oder nicht?»

«Ich bin eine ausgebildete Zeitreisende. Für uns ist das was anderes.»

«Das heißt also, wir *könnten* uns erinnern», sagte Oliver. «Wenn wir ausgebildet wären?» Es war nicht leicht, dem Stoff zu folgen, aber allmählich kriegte er es hin.

«In eurem Fall leider nicht. Vor allem, weil euer Ausgangspunkt in der Vergangenheit liegt. Colin ist aus der Zukunft in unsere jetzige Zeit gekommen. Das ist anders.»

Oliver fragte sich, ob Cornelia und Emma ihnen die ganze Wahrheit sagten, denn es kam ihm so vor, als wäre ihre Argumentation löcheriger als Schweizer Käse. Vielleicht glaubten sie ja einfach, es wäre gefährlich für ihn, für Rosa und Iris, diese Erinnerungen zu haben. Deswegen löschten sie sie.

Cornelia stand auf. Sie wirkte erschöpft. «Falls ihr keine weiteren Fragen mehr habt, würde ich jetzt –»

«Ich habe noch eine», sagte Iris leise. «Was ist mit den

Männern in den braunen Trenchcoats, die dich und Bernd in BLÄTTERRAUSCHEN angegriffen haben?»

«Was soll mit denen sein?», fragte Cornelia.

«Sind die gefährlich?»

«Wieso?»

«Weil ich glaube, sie sind da unten im Hof.» Iris zeigte nach draußen.

Cornelia stürzte zum Fenster. Und wurde blass.

10. KAPITEL

Die Clouseaus

Plötzlich ging alles sehr schnell. Cornelia riss die Kinder vom Fenster weg, aber vorher konnte Oliver noch sehen, dass die Männer in den braunen Trenchcoats mit Herrn Lindner sprachen. Cornelia zog die Gardinen vor. Da schrie Mo schon über ihr Handy irgendjemanden auf Chinesisch an und Barry irgendjemanden auf Englisch. Mo ging zum Fenster. «Gärtner und Trenchcoat rede noch drauße.»

«Was machen wir mit den Kindern?», fragte Cornelia, bemüht, gelassen zu bleiben. «Soll ich sie nach unten –»

«Noch nicht», sagte Emma.

Die Anspannung im Raum war für die Kinder unerträglich. Oliver zitterten die Knie. Er griff nach einem Stuhl, um sich festzuhalten.

«Wer sind die?», sagte Rosa, deren Stimme kaum noch zu hören war. «Was ist denn los?»

Irgendwo in der Wohnung ertönte ein Piepton.

«Der Gärtner!», rief Emma. «Sein Signal! Raus hier! Sofort! Los, los!»

«Kinder!», sagte Cornelia und sammelte hastig Rosas Strickjacke und Iris' Weste ein. «Kommt mit!»

Oliver schnappte sich seinen Rucksack und Colin seine Baseballmütze und folgten Cornelia und den Mädchen durch den langen Flur der Wohnung in eine Küche und von dort durch eine kleine Tür auf die Dienstbotentreppe, die hinunter in den Keller führte.

Kaum waren sie ein paar Stufen nach unten gestiegen, als Iris plötzlich aufschrie: «Mein Clog!» Sie war mit einem Fuß aus dem Schuh gerutscht. Sie blieb stehen, um den Clog wieder anzuziehen, und Rosa, die direkt hinter ihr war, stolperte. Oliver hielt sie fest.

«Pst!», mahnte Emma.

Rosas Haare waren Oliver ins Gesicht gefallen. Sie dufteten ein bisschen nach Kokos. Vielleicht war das ihr Shampoo. Es war jedenfalls ein angenehm weicher Duft. Aber er wurde rasch von modrigem Kellergeruch überdeckt, als sie nach unten kamen.

Im unterirdischen Bauch des Gebäudes roch es muffig und feucht. Und was, wenn die Männer in den Trenchcoats hier unten lauerten? Oliver hörte sein Herz pochen. Er hätte nie gedacht, dass ein Herz so laut schlagen kann, aber dann merkte er, dass es gar nicht sein Herz war, sondern sein linkes Ohr, das pulsierte.

Oliver sah eine Maus in Deckung huschen, während sie sich im Gänsemarsch durch das Kellerlabyrinth bewegten, zwischen Bretterverschlägen hindurch. Mo hatte sie eingeholt und bildete das Schlusslicht. Barry und Burly waren offensichtlich noch oben im Einsatz.

In den Verschlägen standen alte Möbel. Über manche waren Decken gebreitet, von Motten zerfressen, über andere Laken, mit Staub und Spinnweben überzogen. Oliver sah Stühle, Regale, Töpfe, Schränke, Bücher, die man nicht mehr in der Wohnung haben, aber auch nicht wegwerfen wollte, Briketts aus der Zeit vor der Zentralheizung. Weiter vorne rechts befand sich der Bretterverschlag seiner Familie – das heißt, in *seiner* Welt –, wo sein Fahrrad und das von Thilo abgestellt waren. Er las den Namen auf der Tür: Richter. Ja! Aber es stand nur *ein* Fahrrad darin, neu. Wahrscheinlich gehörte es diesem Jungen – dem anderen Thilo.

Sie gingen weiter und weiter. Oliver fragte sich, ob sie noch in ihrem Keller waren oder vielleicht schon in dem des Nachbarhauses. In dem dämmrigen Licht konnte er schlecht sehen. Ihm fiel ein, dass sein Vater mal erzählt hatte, die Gebäude wären früher unterirdisch verbunden gewesen, und dass der Keller im Zweiten Weltkrieg als Bunker genutzt worden war.

Emma blieb unvermittelt vor einer Wand mit einem Schild stehen. Auf dem Schild waren ein Pfeil, der nach links zeigte, und das Wort «Luftschutzbunker» in altertümlicher Schrift. Rechts davon bemerkte Oliver eine Tür, die kaum zu erkennen war. Emma schloss sie auf und führte die Gruppe in einen dunklen Raum. Als alle drin waren, schloss sie die Tür ab und schaltete das Licht an.

«So», sagte Cornelia. «Jetzt können wir aufatmen. Das Schlimmste ist überstanden.»

Sie standen in einem großen Raum mit zwei Sofas, zwei Sesseln, einem Tisch mit Stühlen, Regalen mit Büchern und Zeitschriften. In der Mitte stand ein riesiges Kontrollpult mit Dutzenden von Schaltern und Knöpfen und etlichen Monitoren. Oliver verstand gar nichts mehr. Ihm war unbegreiflich, wie sich all das im Keller seines Hauses befinden konnte. Er wusste nicht mal, ob es diesen Raum in seiner Welt überhaupt gab. In der linken Ecke des Zimmers sah er eine kleine Tür. Er merkte, dass Emma ihn beobachtete. «Notausgang», sagte sie.

Iris bestaunte die Hightech-Ausstattung. «Was ist das alles?»

«Das ist ein Tonstudio», meinte Cornelia. «Ich probe hier unten und mache Musikaufnahmen. Ich bin nämlich in einer Rockband.»

Aber ein Blick in Cornelias Gesicht verriet den Kindern, dass Cornelia sie nur auf den Arm nahm. Sie lachten über die absurde Vorstellung, und die Spannung im Raum legte sich ein wenig.

«Der Raum hier ist ein sogenanntes Safe-House», sagte Emma und setzte sich an das Kontrollpult.

Das Wort hatte Oliver schon mal gehört. Er sah sich öfter mit seinem Vater amerikanische Agententhriller im Fernsehen an. Und manchmal wurden da Zeugen mit ihren Familien in so einem Safe-House untergebracht, um sie vor den Verbrechern oder bis zum Gerichtsprozess zu schützen.

Emma legte einen Schalter um, und das Kontrollpult erwachte zum Leben. Die Computermonitore flackerten, und Bilder erschienen. Oliver sah die Bänke im Hof, den Geräteschuppen, die Ein- und Ausgänge des Gebäudes. «Das ist wie im Film», sagte er. «Wie eine Kommandozentrale.»

«Besser als Film», sagte Mo, die ebenfalls am Kontrollpult Platz nahm. «Ist echt.» Sie legte einen weiteren Schalter um, und an der Wand leuchtete ein riesiger Bildschirm mit einer Gesamtansicht des Hofes auf. «Es kann –», begann sie, doch dann wurde sie vom Vibrieren ihres Handys unterbrochen. «Barry», sagte sie zu den anderen und dann in ihr Handy: «And?...What?» Sie nickte ein paarmal und legte dann auf. «Trenchcoats weg», sagte sie in den Raum. «Barry und Burly komme her. Sagen, müsse umziehe.»

«Umziehen?», stöhnte Emma. Sie öffnete einen Schrank und fing an, verschiedene Kleidungsstücke durchzusehen.

Cornelia setzte sich mit den Kindern an den Tisch. Sie spielte wieder mit ihrem Zopf.

«Würdest du uns bitte erklären, wer die Männer da draußen sind?», bat Rosa sie. «Diese ‹Trenchcoats›.»

Cornelia nickte ernst. «Zuerst dachten wir, sie hätten nichts mit unserem Zeitreiseproblem zu tun, hielten es für puren Zufall, dass sie gleichzeitig mit Mo, Barry und Burly im Buchladen ankamen. Aber offensichtlich gibt es doch einen Zusammenhang zwischen den beiden Ereignissen. Sie haben uns hier entdeckt. Und das, meine Freunde, ist leider kein Zufall.»

«Aber was wollen die?», wollte Rosa wissen.

«Sie sind Detektive. Aus der Zukunft.» Cornelia schloss die Augen, um sich besser konzentrieren zu können. «Wir vermuten, sie sind hinter jemandem her, aber wir wissen nicht, wer das ist. Bekanntlich machen sie ständig Fehler bei den Ermittlungen. Deshalb nennen wir sie gern Clouseaus. Der Name geht auf einen gewissen Inspektor Clouseau zurück, einen fiktiven Polizisten, der besonders vertrottelt und dumm war.»

«Der Rosarote Panther!», sagte Iris. «In dem Film kommt er vor!»

«Genau», sagte Cornelia. «Iris, du bist ein unerschöpfliches Füllhorn des Wissens.»

Oliver verkniff sich die Frage, was ein «Füllhorn» war. Besser nicht.

«Jedenfalls», fuhr Cornelia fort, «auch wenn sie schusselig sind, sind sie möglicherweise gefährlich. Ich musste Bernd in die Notaufnahme bringen. Die haben ihm ein paar Zähne ausgeschlagen.»

«*Möglicherweise* gefährlich?», fragte Rosa.

Die Kinder waren verständlicherweise aufgewühlt und brauchten einen Moment, um die Informationen zu verdauen. Rosa grübelte, Iris kaute an einem Fingernagel, Oliver goss sich eine Mola ein, die Cornelia auf den Tisch gestellt hatte, und Colin tat es ihm nach.

«Aber, Cornelia, etwas verstehe ich immer noch nicht», sagte Rosa. «Das hört sich so an, als wärst du nach dem Angriff auf BLÄTTERRAUSCHEN noch ein Weilchen da gewesen. Du hast Bernd ins Krankenhaus gebracht. Aber du hast auch gesagt, dass du hier warst, um unsere

Ankunft vorzubereiten. Wie funktioniert das? Wir sind jetzt doch höchstens zwei Stunden unterwegs.»

«Ich weiß, ich weiß», sagte Cornelia. «Das ist schrecklich verwirrend, nicht? Aber ihr müsst das so sehen: Wir können wahnsinnig schnell durch die Zeit vor und zurück reisen. Ich bin nicht wie ihr geradewegs hierhergekommen. Ihr habt mich in eurer Zeit noch vor zwei Stunden gesehen, ja stimmt, aber ich habe euch schon fast eine Woche lang nicht mehr gesehen.»

«Moment mal! Wenn du wusstest, dass wir kommen», sagte Iris, «wieso warst du dann nicht da, um uns in Empfang zu nehmen, statt der Frau in Rot?»

«Zentrale machen immer Murks, deshalb, Pummelchen», gab Mo ihren Senf dazu. «Die immer Murks machen.» Sie verdrehte die Augen.

«Danke, Mo, dass du uns das anvertraut hast», sagte Emma, die noch dabei war, Kleidungsstücke für die Männer zusammenzusuchen.

Cornelia fummelte an ihrem Zopf herum. «Iris, ich hoffe, du wirst später mal auf diesem Gebiet forschen, weil du wirklich sehr gut darin bist. Mo hat recht. Da ist was verpatzt worden. Leider.»

Ein Piepton. Mo flitzte rüber zu den Monitoren. Oben auf dem großen Bildschirm sahen sie Barry und Burly draußen vor der Tür auf dem Gang im Keller stehen. Mo betätigte einen Summer, und die Tür ging auf.

Barry und Burly kamen nicht allein; sie brachten einen fürchterlichen Gestank nach verrottetem Abfall mit, wie von einer Müllhalde. Mo kriegte sich nicht mehr ein vor Lachen. Eierschalen und Teebeutel klebten ihnen in den Haaren, Ketchup, Kartoffelpüree und Joghurt tropften an ihren Hosen herunter, Kaffeesatz klebte an ihren Schuhen. Barry erklärte auf Englisch, was passiert war, und Oliver verstand nichts, bis auf das Wort «compost». Die Clouseaus hatten Barry und Burly offenbar in Herrn Lindners Biokomposthaufen geschubst und waren dann verschwunden!

Das Safe-House war glücklicherweise mit einem Badezimmer ausgestattet. Während die Männer sich duschten und frische Sachen anzogen, hielt Cornelia eine kleine Rede. Sie bedachte jedes Kind mit ihrem warmherzigen, mütterlichen Blick. «Kinder, Emma und ich lassen euch jetzt mit Mo, Barry und Burly allein. Wir müssen noch ein paar Vorbereitungen für eure Reise treffen. Ich verspreche euch, ihr seid hier unten in Sicherheit. Und es wird alles wieder gut. Heute Nacht schlaft ihr in euren eigenen Betten.» Oliver fand, Cornelia hörte sich an, als versuchte sie, eher sich selbst zu beruhigen als ihn und die Mädchen. Sie strich sich ein paar lose Haare aus den Augen. «Ruht euch ein bisschen aus. Entspannt euch. Versucht zu schlafen. Spielt eine Runde Karten. Und sobald es draußen dunkel ist, geht es los.»

Oliver brummte der Schädel. Das war alles schwer zu verdauen. Selbst Iris sah erschöpft aus. Die Vorstellung von verschiedenen Zeitebenen und dass es Zeitreisen gab, war so verwirrend. Sie erinnerte ihn an optische Täuschungen, an Bilder mit verrückten Perspektiven, bei denen man nicht wusste, ob man nach oben oder unten schaute. Oder an dieses Möbiusband, das sie in der Schule gebastelt hatten. Ja, genau daran erinnerte ihn das mit der Zeit! Sie hatten einen langen Streifen Papier genommen und beide Enden ringförmig zusammengeklebt, sodass er eine Schlinge bildete, wie ein geschlossener Gürtel. Die Schlinge hatte eine Außenfläche und eine Innenfläche. Zwei Seiten. Aber dann hatten sie einen anderen Papierstreifen genommen, genau wie den ersten, und ihn halb gedreht, bevor sie die Enden zusammenklebten. Das war ein Möbiusband. Es hatte bloß *eine* Seite! Wenn man in der Mitte der Länge nach einen ununterbrochenen Strich zog, kam man letztlich wieder am Anfangspunkt des Strichs an. Das war der Beweis, dass ein Möbiusband zwar dreidimensional war, aber bloß *eine* Seite hatte. Die kleine Halbdrehung machte den Unterschied. So verwirrend war auch die Zeit.

Doch andererseits war die Zeit möglicherweise genauso einfach wie ein Möbiusband. Wenn sie durch Zeit und Raum zurückgeschickt würden, könnten sie vielleicht genau da ankommen, wo sie angefangen hatten: zu Hause, in der Buchhandlung BLÄTTERRAUSCHEN. Oliver hoffte es aus ganzem Herzen.

11. KAPITEL

Rosa und Iris Reloaded

B ald würde es dunkel sein. Gut. Es wurde fast schon unerträglich in ihrem gemütlich kleinen Safe-House, das sich schon bald in ein höllisch stickiges Treibhaus verwandelt hatte. Die Klimaanlage war kaputt, und Barry kam nicht dahinter, woran es lag. Jetzt spielte er Karten mit Burly. Mo saß am Kontrollpult und sah aus, als würde sie meditieren.

Olivers Stift machte schabende Geräusche, als er Burlys bärenhafte Gestalt aufs Papier brachte. Er wünschte, er könnte lieber Rosa zeichnen, wünschte, er würde den Mut aufbringen, sie zu fragen, ob er durfte. Er schaute hoch und sah winzige Schweißperlen auf ihrer Oberlippe. Neben ihr war Iris am Tisch eingeschlafen, den Kopf auf die Arme gebettet, «Harriet Topper und der Schrein der Weisen» lag offen vor ihr.

Eine halbe Stunde lang hatte Oliver versucht, im Sessel zu schlafen, aber in diesem Raum, bewacht von drei Bodyguards, bekam er kein Auge zu. Nun saß er da am Tisch und fühlte sich wie sein Hamster Georg, der eines Tages tot in seinem Käfig gelegen hatte. «Er ist an Erschöpfung gestorben», sagte Thilo. «Weil er nur in seinem Hamster-rad gerannt ist, ohne je von der Stelle zu kommen.» Oliver fand, dieses Bild beschrieb seine derzeitige Lage perfekt. Er suchte in seinem Federmäppchen nach einem anderen Bleistift und fing an, Georg zu zeichnen.

Am Kontrollpult schoss Mo plötzlich hoch. «Gucke mal!»

Oliver ging zum Kontrollpult hinüber. Auf einem der Monitore sah er Cornelia und Colin im Keller auf die Tür zugehen. Einen Moment später öffnete sich die Tür mit einem Summen, und Colin kam in den Raum. «Ciao, ciao», rief Cornelia und war wieder weg.

«Was hat sie denn von dir gewollt?», fragte Oliver und setzte sich wieder.

Colin zuckte die Achseln und schaute weg. «Nichts Besonderes. Sie hat mir nur noch mal eingeschärft, bloß ja nicht über ... über das alles hier mit irgendwem zu Hause zu sprechen.»

Rosa nahm eine Serviette von einem Stapel neben einer Schale mit Erdnüssen und tupfte sich den Schweiß ab. Colin blickte auf. «Ist dir heiß?», fragte er.

Rosa verdrehte die Augen. «Wie kommst du denn darauf? Ist ja nur der heißeste Tag des Jahres.»

Colin stand auf, zog seine Jacke aus und legte sie ihr um die Schultern.

Rosa kreischte. «Die ist ja eiskalt!» Sie lachte. «Wie eine Klimaanlage zum Anziehen. Was ist das?»

Iris erwachte mit einem Ruck und setzte sich auf. «Was? Was ist passiert? Ich hab geschlafen.»

«Das ist eine Comfy», sagte Colin. «Eine Thermo-Comfy. Sie passt sich jedem Wetter an. Sie wärmt, oder sie kühlt, je nach Bedarf.»

«Oh, darf ich auch mal?», bat Iris.

Rosa gab ihr die Jacke, und Iris schlüpfte hinein. «Oh!» Iris kicherte. «Wie funktioniert so was?» Sie zog sie aus und untersuchte sie von innen und außen.

Colin zuckte die Achseln. «Wie ein Thermostat, schätze ich. Mit einem Sensor oder so. Der misst die Körpertemperatur und die Außentemperatur. Ist ein Nebenprodukt der Weltraumfahrt. Es gibt auch eine passende Hose dazu, aber...» Seine Stimme erstarb. Offensichtlich interessierte er sich nicht sonderlich für Mode.

Iris reichte die Jacke an Oliver weiter. Er bekam erst eine Gänsehaut, als er sie anzog, aber dann fühlte sie sich gleich schön kühl an, wie der Seidenschal seiner Mutter, wenn er ihn über seine Haut streifte.

Oliver zog die Comfy aus und reichte sie wieder Rosa.

«Nein, ich brauch sie nicht. Danke», sagte sie und gab sie Colin zurück. «Nichts hilft gegen meine Laune. Wir stecken ganz schön in der Klemme. Ich versuche ja, nicht drüber nachzudenken, aber das ist, als ob du versuchst, eine lila Kuh nicht wahrzunehmen, die direkt vor dir steht.»

«Wir müssen positiv denken!», sagte Iris. «Zum Beispiel an die Zukunft.» Sie tat so, als würde sie Colin ein Mikro hinhalten. «Sie sind also hier zu Besuch bei uns Neandertalern. Erzählen Sie uns doch ein bisschen was über das 23. Jahrhundert.»

Colin seufzte.

«Hm», redete Iris weiter. «Wo soll man da anfangen? ... Was ist mit Krebs? Ist Krebs besiegt worden?»

«Ich soll nichts über –»

Iris unterbrach ihn. «Ja oder nein?»

Colin lächelte. Gegen Iris' Energie kam er nicht an. «Mehr oder weniger.»

«Das ist eine sehr gute Nachricht.» Iris sah erleichtert aus. «Meine Großmutter ist letztes Jahr an Krebs gestorben. Und wann wurde das Mittel entdeckt?»

Barry räusperte sich.

Colin senkte die Stimme. «Ich soll nicht darüber reden.»

«Darüber?», sagte Rosa.

Colin rutschte unbehaglich auf seinem Stuhl hin und her. «Die Zukunft.»

«Im Ernst?», sagte Oliver, der die Zeichnung von seinem Hamster Georg mit ein paar letzten Strichen vollendete.

«Deshalb hat Cornelia dich beiseitegenommen, stimmt's?», sagte Iris. «Um dir zu sagen, dass du mit uns nicht über die Zukunft reden sollst. Das gefällt mir nicht. Überhaupt nicht!»

«Gib Ruhe!», sagte Rosa. «Wenn er uns nichts erzählen soll, dann soll er uns nichts erzählen.»

Colin lachte. «Seid ihr beiden eigentlich Freundinnen oder was? Weil, wer solche –»

«Du meinst, wer solche Freundinnen hat, braucht keine Feinde mehr?», fragte Iris.

«Genau», sagte Colin.

Oliver kramte in seinem Federmäppchen auf der Suche nach einem anderen Bleistift.

Colin drehte den Zeichenblock so, dass er ihn besser sehen konnte, und studierte Olivers Hamsterbild, war für einen Moment ganz in Gedanken versunken.

«Nur weil Rosa und ich beide gern lesen und über Bücher reden», sagte Iris, «müssen wir uns noch lange nicht mögen.»

«Und du, Dagobert?», fragte Colin.

«Oliver», sagte Oliver und nahm seinen Block wieder an sich. «Ich heiße Oliver. Was soll mit mir sein?»

«Liest du gern Bücher?»

Oliver zuckte die Achseln. «Cornelia versucht, mich zu retten. Durch die Literatur.» Er wollte einen Witz machen, aber es kam gewichtiger raus, als es gemeint war.

«Dich retten?»

«Wegen deines Bruders?», fragte Rosa.

Oliver verschloss sich. Er sprach nicht gern über Thilo. Oder über Bücher.

«Was ist mit deinem Bruder?», fragte Colin.

«Das geht keinen was an», sagte Oliver. Er schlug ein neues Blatt seines Blocks auf und begann, das Kontrollpult und Mo zu zeichnen. Er verlor sich in der Rundung ihres kahlen Schädels ... bis er merkte, dass Burly neben ihm stand.

«Please?», sagte Burly und griff nach Olivers Federmäppchen.

Oliver zuckte die Achseln.

Burly ging mit seinen mächtigen Pranken die Kulis und Bleistifte durch, wie ein großer alter Bär, der eine Besteckschublade durchwühlt. Wonach suchte er eigentlich? Dachte er, Oliver hätte in seinem Federmäppchen irgendwelche Waffen versteckt?

Burly hielt einen glänzenden, blauen Kuli hoch und klickte die Mine raus und wieder rein. «Yes! Good!» Er malte sich einen Strich auf den Handteller, lachte und zeigte ihn Oliver. Dann rief er Barry durch den Raum zu. «Hey, Barry, look!» Er warf den Kuli zu Barry hinüber, der aus seinem Nickerchen aufschreckte, als der Kuli ihn an der Stirn traf. Er hob ihn auf und inspizierte ihn, malte dann auch einen Strich auf seine Handfläche. «Burly!», rief Barry und warf den Kuli zurück. Er hatte schlecht gezielt und traf Rosas linke Hand, ihre Prothese.

«He!», schrie Rosa aufgebracht. «Lasst das!» Sie musterte ihre Prothese. «Da darf keine Tinte draufkommen. Die geht nicht wieder ab!»

Mo sprang auf und ging zu Rosa. «Diese Scout entschuldige sich für die, Püppchen. Tut sehr leid. Die dumm. Bloß alberne Bodyguard. Ist schmutzig?»

«Nein, nichts passiert.»

Nachdem Mo sich vergewissert hatte, dass mit Rosa alles in Ordnung war, ging sie zurück zum Kontrollpult.

«Du kannst sie nicht waschen?», erkundigte sich Oliver interessiert bei Rosa. «Niemals?»

«Doch, natürlich!» Rosas Nasenflügel bebten. Oh-oh. Sie hatte gerade wieder auf hochnäsig umgeschaltet. «Aber keine Kugelschreibertinte. Die geht nicht ab.»

«Oh, wow! Gucke mal, Kids!»

Erschreckt schauten die Kinder auf. Mo übertrug ein Bild auf den großen Bildschirm.

Es war noch immer hell genug draußen, um den Hof sehen zu können, aber einige Fenster waren schon erleuchtet. Oliver gefielen die Rechtecke aus gelbem Licht, manche mit flimmernden blauen Schatten von Fernsehern. Mo drehte den Ton lauter. Ein Lufthauch bewegte die Blätter an der Eiche, und sie raschelten leise. Oliver hatte einen guten Blick auf den Sandkasten und die Bänke, wo ein Mädchen saß, Musik hörte und ... Oh! War das möglich?

«Oh mein Gott», sagte Iris.

Mo zoomte das Bild näher heran.

Rosa schnappte nach Luft. «Das bin ich! Mein Gott, das bin ich!»

Ein Frösteln durchlief Oliver. Es war das Unheimlichste und Verrückteste, was er je erlebt hatte. Wie konnte Rosa neben ihm stehen *und* gleichzeitig draußen sein? Das Herz schlug ihm so wild in der Brust, dass er dachte, es könnte jeden Moment aus ihm rausspringen und in seine Moca Mola plumpsen.

Rosa keuchte auf, als die andere Rosa draußen aufsprang, jemandem winkte und rief: «Hi! Juhu!» Oliver konnte nicht sehen, wer da kam, aber wer auch immer es war, er oder sie würde gleich ins Bild kommen. ... Und dann war die andere Person da.

Ihnen stockte der Atem. Es war Iris, eine *andere* Iris! Und sie trug genau das Gleiche, was ihre Iris anhatte:

rote Cordhose, eine lila-orange karierte Bluse, grüne Steppweste und die türkisfarbenen Frosch-Clogs. Aber die Iris da draußen fühlte sich wohler in ihrer Haut, und ihre Kleidung wirkte an ihr originell und modisch. Sogar die orangegelben Frösche auf den Clogs waren irgendwie cool. Mo holte sie mit dem Zoom ganz nahe heran.

Die Mädchen draußen küssten sich zur Begrüßung auf die Wange und plumpsten dann gemeinsam auf die Bank, wo sie munter plauderten. «Tolle Clogs», hörten sie die andere Rosa zu der anderen Iris sagen. Ansonsten verstand Oliver nicht viel von dem, was sie sagten, denn es war zu leise, aber das Ganze wirkte wie ein Treffen zwischen sehr engen Freundinnen. Die Rosa draußen legte den Kopf auf die Schulter der anderen Iris, und so hörten sie gemeinsam Musik, jede mit einem Stöpsel von Rosas Kopfhörern im Ohr, und blickten in den dunkelnden Himmel.

«Die beiden sind so ... eng», sagte Rosa ehrfürchtig und starrte mit großen Augen auf den Bildschirm.

«Stimmt», sagte Iris sanft.

Oliver sah, wie Rosa und Iris, *seine* Rosa und Iris, einander kurz wehmütig anschauten. Es war schön. Doch dann war der Augenblick vorbei, und sie wandten sich ab, richteten ihre Aufmerksamkeit wieder auf die beiden Mädchen auf der Bank.

Draußen setzte sich die andere Iris auf und holte etwas aus ihrer Westentasche – eine Zigarette! Sie und die andere Rosa ließen den Blick vorsichtig über den Hof wandern, spähten nach hinten und zu den Fenstern hinauf.

Sie schauten direkt in die Kamera, und Oliver beschlich das komische Gefühl, dass die beiden ihn sehen konnten. Aber das konnten sie natürlich nicht. Dann gingen sie zum Geräteschuppen. Sie versuchten, die Tür zu öffnen, doch sie war abgeschlossen. Also gingen sie am Gartenhaus vorbei und verschwanden aus dem Blickfeld hinter den Bäumen, wo Herr Lindner seinen Komposthaufen hatte.

Unten im Keller stießen die Kinder einen gemeinsamen Seufzer aus, als hätten sie alle den Atem angehalten. «War das krass, oder war das krass?», sagte Iris.

Rosa sah aus wie unter Schock. Sie schluckte schwer. «Es war krass.» Sie atmete hörbar ein und schüttelte sich dann wie ein nasser Hund. «Ich fasse es nicht, dass ich so was sehe. Ich kann's einfach nicht fassen. Wo sind wir? Was ist hier los? Ich will zu meiner Mutter.» Jetzt weinte sie. «Ich will wieder nach Hause.»

Niemandem fiel etwas Tröstliches ein, um sie zu beruhigen. Eine ganze Weile herrschte Schweigen. Denn im Grunde hatte Rosa ihre schlimmsten Ängste in Worte gefasst: Würden sie je wieder nach Hause kommen? Oder waren sie vielleicht für immer in dieser Zeitschleife gefangen?

Doch schließlich ergriff Iris das Wort. «Ich finde, die beiden da draußen sollten nicht rauchen. Das ist voll ungesund. Wir sollten rausgehen und sie davon abhalten.»

Rosa sah auf und kicherte. Ihre Augen waren verquollen und rot. «Ja, gute Idee. Machen wir.»

Oliver war froh, dass die Stimmung sich wieder aufgehellt hatte. Ihm war klar, dass die Mädchen bloß versuchten, Scherze zu machen, denn sie wussten genauso wie Colin und er, in was für einer schwierigen Lage sie sich befanden.

«Hey, Kids, ihr haben kein Musik?», rief Mo, was die Kinder zusammenschrecken ließ. Für eine so kleine Frau hatte sie eine sehr laute, tiefe, ja männliche Stimme.

«Yeah, music!», sagte Barry.

Burly grunzte und strich seine störrischen Haare nach hinten.

«Musik mag diese Zeitreisende am liebsten von frühe 21. Jahrhundert», sagte Mo. «Krach! Viel Krach! Juhu! Hu!» Sie sprang auf und fing an, sich zu drehen und zu singen. Oliver fand, dass sie mit ihrem kahlen Schädel, dem schwarzen Outfit und den schwarzen Stiefeln gut in die Discos passen würde, von denen sein Bruder ihm erzählt hatte.

«Ich hab Musik dabei», sagte Colin und zog sein Pock-Dock heraus.

«You? Music?», spottete Barry. «Woody Music? Buh!» Er riss Colin das PockDock aus der Hand, zeigte es Burly und sagte irgendwas auf Russisch. Der stämmige Mann verdrehte die Augen, schnaubte und grunzte.

Warum waren die so gemein? Sie erinnerten Oliver an seinen Vater, wenn er betrunken nach Hause kam.

«Was haben die?», fragte Iris, aber anstatt ihr zu antworten, trat Colin auf Barry zu und baute sich vor ihm auf. «Gib das wieder her! Sofort.»

«Oooh, little woody wants his PockyDocky», sagte

Barry. Er schob die Hand mit dem PockDock hinter den Rücken. Colin versuchte, ihm das PockDock wegzunehmen, doch Barry gab es schnell an Burly weiter. Und dann warf Burly es wieder Barry zu.

Als Mo die Auseinandersetzung bemerkte, hörte sie blitzschnell auf zu tanzen. «Hey, guys!», sagte sie zu den Männern. Aber die hörten sie nicht. Sie hatten zu viel Spaß dabei, Colin mit seinem PockDock zu ärgern. Sie drückten auf ein paar Pocks, gingen die verschiedenen Funktionen durch. Das 3D-Bild eines tropischen Strandes erschien im Raum, und die Männer warfen sich das PockDock zu wie einen Beachball. «Hey, guys! Stop it!», rief Mo lauter. Keine Reaktion. Schließlich ging Mo zu Barry und knallte ihm einfach eine – *klatsch*! Die Brille flog ihm von der Nase und segelte quer durch den Raum. Mo riss ihn nach unten, er fiel auf die Knie und ließ das PockDock fallen.

Die Kinder waren geschockt.

«Kein Angst», sagte Mo zu den Kindern. «Keine Problem. Die manchmal einfach vergesse, wo sie sind.» Sie gab Colin sein PockDock zurück. «Sie einfach dumm. Sorry.» Sie nahm Barry und Burly beiseite und redete im Flüsterton auf sie ein. Als sie fertig war, kamen die beiden Kerle zu Colin und entschuldigten sich, woraufhin sie Mo zufrieden aus dem Raum scheuchte. «Die helfe Cornelia und Emma», sagte sie zu den Kindern. «Besser so. Bitte, kein Angst. Die okay Bodyguard.» Nach dieser Erklärung ging sie wieder zum Kontrollpult und lehnte sich auf ihrem Drehsessel zurück. «Kein Angst. Das werde supereinfach Job. In. Out. Hallo. Goodbye. Dann ihr wieder zu Hause.» Sie schloss die Augen und schlief sofort ein.

Rosa, Oliver und Iris wechselten vielsagende Blicke: Ihr Leben lag in den Händen von diesen Leuten?

12. KAPITEL

Die Forester

Die Kinder warteten eine Minute, um sicherzugehen, dass Mo auch wirklich schlief.

«Worum ging's denn da eben?», wollte Oliver von Colin wissen. Vorsichtigerweise flüsterte er.

«Typisch», sagte Colin noch immer aufgebracht.

«Typisch für was?», hakte Iris nach. «Sag's uns. Warum haben sie dich so geärgert?»

«Lange Geschichte.»

«Dann gib uns die Kurzversion.»

«Das darf ich eigentlich nicht.» Er sah über die Schulter zu Mo hinüber, wandte sich dann wieder ihnen zu.
«Okay», sagte er. «Ich bin ein Forester. Und die nicht.»

«Ein Forester?», sagte Oliver.

«Wir leben im Wald.»

Iris verdrehte die Augen. «Hallo? Und?»

«Und wir sind ... eine Minderheit.»

«Aha», sagte Rosa. «Dann hat die Welt in der Zukunft
also noch nicht gelernt, zu allen Menschen nett zu sein?»

«Das stimmt nicht!», sagte Colin. «Die Zukunft ...
meine Zukunft ...» Er wirkte kurz verwirrt. «Unsere Zu-

kunft, na ja, also *eure* Zukunft, ist schon okay. Das kann ich euch versichern. Aber es gibt kleine Inseln der ... Dummheit. Und Barry und Burly stammen von so einer. Bei Mo bin ich mir noch nicht ganz sicher. Und diese Typen am Olga-Zhukova-Institut auch – die Junior-Quants, die mich hierhergeschickt haben. Für die sind wir Forester Bürger zweiter Klasse, ein unterentwickeltes Volk, unmodern und einfach, und sie meinen, sie können sich über uns lustig machen.»

«Also», sagte Iris, «dann seid ihr nicht unmodern und –»

«Na hör mal», fiel er ein. «Seh ich etwa unmodern aus?»

«Eigentlich nicht», sagte Iris. «Aber ich bin ja auch 250 Jahre zurück, also was weiß ich schon?»

«Da hat sie nicht ganz unrecht», sagte Oliver kichernd.

Mo schnarchte jetzt.

«Wir sind nicht unmodern oder unterentwickelt. Wir sind bloß nicht so ... technikbesessen wie der Rest der Welt.»

«Warum nicht?», wollte Iris wissen.

«Weil die Technik unserer Überzeugung nach überhandgenommen hat.»

«Inwiefern?»

Colin schüttelte den Kopf.

«Komm schon. Spuck's aus.»

Er trank einen Schluck Mola, um Zeit zu schinden.

«Okay. Anderes Thema», sagte Iris, die merkte, dass es nicht leicht sein würde, Colin Informationen zu entlocken. «Die Forester leben also in Sternwood Forest? Cornelia hat gesagt, dass du da herkommst, richtig?»

«Das nennst du ein anderes Thema?» Er lachte.

«Sternwood Forest. Bist du so eine Art Robin Hood?»

«Der war im *Sherwood* Forest. Und nein, wir Forester sind keine Robin Hoods.»

«Aber Kanadier, nicht?», sagte Iris. «Cornelia hat gesagt, du wohnst in Ontario, Kanada.»

«Es gibt auf jedem Kontinent jede Menge von uns. Ich selbst wohne nicht weit von Toronto.»

«Jede Menge?», fragte Iris. «Geht's auch ein bisschen genauer?»

Oliver lachte. Iris konnte so beharrlich sein, wenn sie auf der Jagd nach Informationen war.

«Insgesamt sind wir ein paar Millionen. Wir leben in Waldgebieten. Es gibt drei oder vier große Siedlungen auf jedem Kontinent. Und ein paar kleinere überall verteilt.»

«Und wovon lebt ihr?», wollte Rosa wissen.

«Du meinst, ob wir von Beeren und Nüssen leben?»

Oliver merkte, dass er Rosa neckte, aber er wusste nicht, ob sie das mitbekam.

«Ich meine, von welcher Arbeit ihr in den Wäldern lebt, du Dummkopf», sagte Rosa lachend.

Oliver schmunzelte: Sie hatte es mitbekommen.

«Hauptsächlich leben wir von der Holzindustrie. Und natürlich von Papier. Und vom Tourismus. Tourismus spielt eine wichtige Rolle. Meine Familie besitzt eine Kette von Boutiquen.»

«Boutiquen?», fragte Rosa interessiert. «Für Comfy-Jacken?»

«Für alles Mögliche, von handgemachten Massivholzmöbeln aus Teakholz über Küchenutensilien, Holzspielzeug und Schmuck bis zu Spezialkleidung aus Papier. Und Souvenirs für Touristen. Wenn Schulklassen zu uns kommen, kaufen sie gern kleine Packungen Papiertaschentücher oder auch Bleistifte. Manchmal Bücher. Die Boutiquen heißen Teaktiques. Aber die meisten sagen einfach Teakies.»

«Das ist echt ulkig», sagte Iris schmunzelnd. «Echt ulkig. Teaktique.»

«Es gibt also noch Bücher?», fragte Rosa. «In unserer Zeit sagen alle, sie würden eines schnellen Todes sterben.»

Colin schüttelte den Kopf. «Hergestellt werden sie seit über zweihundert Jahren nur noch für Forester. Und für Touristen, wenn sie in den Wäldern Urlaub machen oder Ausflüge machen. Und auf Anfrage für Sammler. Aber es werden noch immer Bücher in den großen Bibliotheken aufbewahrt. In Europa gibt es drei davon.»

«Bloß *drei* Bibliotheken in ganz Europa?», fragte Oliver ungläubig.

«Wundert mich nicht», sagte Iris zu Oliver. «Wann warst du denn das letzte Mal in einer Bibliothek?»

«Keine Ahnung. Einmal. In der dritten Klasse.»

«Sag ich doch.» Sie wandte sich an Colin. «Apropos dritte Klasse. Gehen Kinder in der Zukunft noch zur Schule?»

«Forester-Kinder klar, auf jeden Fall. Die Kinder von Urbanites auch, aber die lernen hauptsächlich von zu Hause aus und sitzen dabei in virtuellen Klassenzimmern. Ich hab übrigens gerade Ferien. Deshalb waren wir auch in Europa.»

«Pst», sagte Rosa und schielte zu Mo hinüber, die sich zur Seite gedreht hatte und aussah, als würde sie gleich aus ihrem Drehsessel fallen.

«Wenn sie sich noch mal bewegt», sagte Colin, «höre ich sofort auf. Ich darf euch das gar nicht erzählen.»

«Ist doch egal», sagte Iris. «Wir vergessen es eh wieder.»

«Da ist was dran», sagte Oliver.

«Sie will nicht, dass ihr euch aufregt. Deshalb.»

«Mit ‹sie› meinst du Cornelia?», fragte Iris.

Colin nickte.

«Was könntest du uns denn erzählen, worüber wir uns noch aufregen würden?», fragte Rosa. «Wir sind doch eh schon aufgeregt genug.»

Die Kinder steckten die Köpfe zusammen.

«Also. Es gibt auf allen Kontinenten Bibliotheken», erklärte Colin. «Der europäische Kontinent hat drei. In Bologna, St. Petersburg und in Greifswald. Die sind riesig. Die in Greifswald hab ich neulich besucht. Sie hat über siebzig Millionen Bücher.»

Oliver war auch schon mal in Greifswald gewesen, auf der Rückfahrt von der Kinderkur an der Ostsee. Er und seine Mutter waren durch die Altstadt spaziert und hatten auf dem Marktplatz Pizza gegessen.

«Aber siebzig Millionen ist nichts im Vergleich zu der Menge Bücher, die es im 21. Jahrhundert gab, vor –» Colin bremste sich.

«Vor?», fragte Iris. «Vor was?»

Colin schaute weg. «Vor ... der Erfindung der elektronischen Bücher.»

Iris betrachtete ihn einen Moment, schüttelte dann einen Gedanken ab. «Stimmt», sagte sie. «Die Berliner Staatsbibliothek allein hat einen Bestand von dreiundzwanzig Millionen. Und du redest doch von ganz Westeuropa, oder?» Sie suchte Blickkontakt mit Colin. «Was ist mit all den Büchern passiert?»

Colin schaute erneut weg. Er wollte offensichtlich nicht antworten. Ein Zögern, dann: «Die Forester haben ihre eigenen Bibliotheken. Aber die sind viel kleiner.»

Er verheimlichte ihnen etwas, dachte Oliver. Aber was? Er und Iris wechselten einen Blick.

«Dann sind Bücher in der Zukunft also alle digital?», fragte Rosa.

«Ich glaube schon.» Colin hatte die Fragerei allmählich satt. «Ich meine, ich weiß nicht genau, was die Urbanites lesen. Ich –»

«Urbanites?», unterbrach Iris ihn. «Das Wort hast du vorhin schon mal benutzt. Ich vermute, das sind die Leute, die in Städten leben?»

«Es gibt Urbanites und Foresters. Stadtbewohner und Waldbewohner. Ganz einfach. Die meisten Leute sind Stadtbewohner, da die Weltbevölkerung hauptsächlich in den Städten lebt.»

«Was hat Burly vorhin zu dir gesagt? ‹Du, woody›?»

«Das ist ein abfälliger Ausdruck für einen Forester.»

Die Kinder nickten.

«Urbanites arbeiten hart», sagte Colin. «Sehr hart. Und deshalb mögen sie Aktiv-Unterhaltung nach der Arbeit. Sport und Tanz. Vergnügungsparks. Trinken. Die lesen nicht viel.»

Oliver sah zu Mo hinüber, die noch immer schlief. «Das nennst du hart?», sagte er kichernd. Er wandte sich wieder Colin zu. «Wofür wird Papier denn genutzt? Für Verpackungen?»

«Nicht in den Städten.»

«Aber sie schreiben doch auf Papier, oder nicht? Wenn sie sich Notizen machen und so», meinte Rosa.

«Außerhalb der Wälder schreiben die Menschen nicht mehr im herkömmlichen Sinne.»

«Echt? Nicht mal ... Postkarten?»

Iris lachte. «Wann hast du denn zum letzten Mal irgendwem eine Postkarte geschrieben, Rosa Louisa?»

Rosa sah entgeistert aus. «Dann sind Kulis und Bleistifte bloß Souvenirs?»

«Und Museumsstücke. Antiquitäten.»

«Aha», sagte Oliver. «Deshalb haben sich Barry und Burly so für meine Federtasche interessiert.»

«Sie können auch keine Schreibschrift lesen. Wenn ihr irgendwas geheim halten wollt, benutzt Schreibschrift. Kleiner Tipp von mir.»

«Das ist so ...» Iris suchte nach dem passenden Adjektiv. «... verrückt. Keine Zeitungen, keine Bücher, keine Schrift, aber die Leute müssen doch irgendwie –»

«Kommunizieren?», schlug Colin vor.

Rosa, Oliver und Iris nickten.

«Brain Buttons», sagte Colin und tippte sich an den Kopf. «Alles da drin. Die Welt. In ihren BBs. Brain Buttons.»

«Wow», sagte Oliver. «Das ist voll gruselig. Ihr habt Internet im Kopf?»

«Die Foresters nicht. Nur die Urbanites. Obwohl ich gestern einen provisorischen, absorbierbaren Vierundzwanzig-Stunden-Chip eingesetzt bekommen habe. Die Forester probieren die derzeit aus. Deswegen konnte ich auch das Spiel spielen. Aber inzwischen hat er sich aufgelöst.»

«Echt krass», sagte Iris. «Aber warum im Gehirn? Hätten sie den nicht auch im Nacken einsetzen können? Oder im Ohrläppchen? Oder –»

«Keine Ahnung», sagte Colin.

Oliver wurde das alles zu viel. Er schaute weg. Auf dem großen Bildschirm konnte er sehen, dass es draußen total dunkel war. «Aber die Menschen zeichnen doch wohl, oder?», fragte er Colin.

Colin lächelte verlegen. «Die meiste Kunst, wie ihr sie kennt – Gemälde und Zeichnungen und Skulpturen –, wird in Forester-Kolonien für Dekorationszwecke hergestellt, für die Wohnungen von Stadtbewohnern. Meine Mutter war Künstlerin. Sie hat mit Kohle gearbeitet. Wasserfarben. Öl. Mit allem.» Er schaute die anderen an. «Sie ist bei der Geburt meiner Schwester gestorben. Alle beide.»

«Oh, wie traurig», sagte Rosa und sah Colin sanft an.

«Aber eigentlich hab ich jetzt eine Schwester – sie

heißt Lucia. Die Freundin meines Vaters, Rouge-Marie, hat eine Tochter. Die ist jetzt sieben. Sie ist sehr süß. Ich wünschte, ihr könntet sie kennenlernen.»

«Ich hab auch eine kleine Schwester», sagte Rosa. «Lily.»

«Sie hat sie davor gerettet, von einem Auto überfahren zu werden», sagte Oliver zu Colin.

«Sei still!», sagte Rosa.

«Er soll das ruhig wissen», widersprach Oliver, und dann sah er wieder Colin an. «Sie hat sie weggestoßen und ist dabei selbst angefahren worden. Dabei ist das mit ihrer Hand passiert.»

«Das war mutig von dir», sagte Colin.

Rosa zuckte die Achseln und lenkte das Thema von sich ab, indem sie fragte: «Wie alt warst du, als deine Mutter gestorben ist?»

«Drei. Aber ich kann mich an sie erinnern. Ehrlich. Es ist ein Gefühl. Ein Gefühl von … Wärme. Sie hat mich geliebt. Das kann ich noch immer spüren.»

Einen Augenblick lang sagte keiner was. In der Stille hörten sie Mo im Schlaf murmeln. Rosa seufzte und schenkte sich noch etwas Mola ein. «So viele Informationen …», sagte sie. «Vielleicht ist es gut, dass wir das alles vergessen werden. Ich hab schon richtig Kopfschmerzen.»

Sie nickten erschöpft.

«Ich würde trotzdem gern wissen», sagte Iris, der fast die Augen zufielen, «ob die Forester eine Art Kult sind.»

Colin verzog das Gesicht. «Nein, wir haben nichts mit

Religion zu tun, und wir machen auch nichts Verbotenes oder Perverses oder so. Wir mögen einfach keine Mega-Städte oder Ultrahightech. Wir bleiben unter uns, führen ein einfaches Leben. Obwohl, ich muss sagen, mein Vater ist sehr fasziniert von den Städten. Rouge-Marie ist Physikerin. Sie hat früher am OZI gearbeitet. Und sie kann meinen Vater für viele neue naturwissenschaftliche und technologische Entwicklungen begeistern.»

«Wie das PockyDocky?», neckte Oliver.

Colin lachte. «Das PockDock ist ein uraltes Gerät. Eine Antiquität!»

Oliver kam sich ein bisschen dumm vor, aber woher hätte er das wissen sollen?

Mo bewegte sich. Sie würde jeden Moment aufwachen.

«Eine letzte Frage», sagte Iris leise. Die Kinder rückten wieder so nahe zusammen, dass sich ihre Köpfe berührten. «Eins versteh ich nicht. Wann und warum haben sich die Forester von der Gesellschaft losgesagt? Ein paar Millionen Leute sind schließlich kein Pappenstiel.»

Colin ließ sich mit der Antwort Zeit, aber schließlich sagte er: «Das kann ich euch nicht sagen. Ich hab's versprochen.»

Und Oliver wusste, dass es keinen Zweck hatte, nachzubohren. Colin würde ihnen die Frage nicht beantworten – zumindest noch nicht. Es blieb ohnehin keine Zeit mehr dafür. Cornelia und Emma und Barry und Burly waren wieder da.

«Bereit zum Start?», fragte Cornelia.

Das waren sie. Und wie.

13. KAPITEL

Ab in die Zukunft!

Cornelia erklärte ihnen den Ablauf. In dem grellen Licht des Raums wirkte sie sogar noch älter als eine Stunde zuvor. Oliver fragte sich, ob sie wieder durch die Zeit gereist war, Tage oder gar Wochen irgendwo anders gelebt hatte und gerade rechtzeitig zurückgekehrt war, um sie auf die Reise zu schicken. Das war doch immerhin möglich. Oder fand Cornelia sich vielleicht mehr und mehr mit der Tatsache ab, dass die Lage ziemlich hoffnungslos war? Sah sie deswegen so abgespannt aus?

Als hätte sie seine Gedanken gehört, lächelte Cornelia Oliver zu, redete aber weiter: «Von dem Notausgang führt eine Treppe in den Hof, seitlich vom Gartenhaus. Dieser Ausgang liegt dem Geräteschuppen am nächsten. So müsst ihr nicht über den Hof, wo alle euch sehen können.» Sie sprach schnell und atemlos, und Oliver musste die Ohren spitzen, um auch alles mitzubekommen. «Mo bringt zuerst die Mädchen zum Geräteschuppen. Dann geht Barry mit Colin los. Und danach Burly mit Oliver. Es wird ein bisschen eng da drin werden, aber die Zentrale hielt es für das Beste, wenn ihr alle gemeinsam reist. Wir hatten gehofft, euch Kinder wieder direkt nach Hause bringen zu können, ohne Zwischenstation im OZI machen zu müssen, aber die haben Probleme mit der Kalibrierung. Sei's drum. Das ist ein ganz normaler Vorgang, also macht euch deshalb keine Gedanken.» Ihr Lächeln sollte sie beruhigen, aber es wirkte auf Oliver gezwungen. «Der Direktor hat mir versichert, dass ihr schnellstmöglich durch das Transit-Verfahren im OZI geschleust und nahezu augenblicklich nach Hause geschickt werdet. Colin, du bleibst natürlich dort.» Sie sah ihn aufmunternd an. «Und nicht vergessen, ihr – Rosa, Oliver und Iris – werdet euch nicht an die Ereignisse dieses Nachmittags erinnern, wenngleich möglicherweise ein diffuses Déjàvu-Gefühl zurückbleibt. Also. Ich freue mich schon, euch zu Hause wieder in Empfang zu nehmen.»

«Kommst du denn nicht mit?», fragte Rosa. Sie sah aus, als würde sie gleich wieder weinen. «Ich hab Angst, Cornelia.»

«Ich kann leider nicht mitkommen. Aber es wird alles gutgehen, Liebes. Ehrlich. Falls ihr mich trotzdem braucht, bin ich im Handumdrehen bei euch. Mo weiß immer, wo ich bin.» Sie wandte sich Oliver zu. «Und wie geht es dir?»

Oliver wusste nicht genau, was er auf diese Frage antworten sollte, aber Rosas unglücklicher Gesichtsausdruck rührte ihn an. «Wie Rosa», sagte er. «Ich hab Angst. Und ich muss immer noch niesen, falls du das meinst.»

Die Kinder lachten, Rosa auch, und Oliver wusste, dass er die passende Antwort gegeben hatte.

«Iris?», fragte Cornelia.

«Ich bin wütend. Und daran wird sich auch nichts mehr ändern.»

«Das wollen wir aber nicht hoffen.»

Iris verschränkte die Arme vor dem Körper und reckte das Kinn. «Es ist nicht fair.»

Cornelia seufzte. «Ich weiß. Du hast recht.» Sie sah Rosa an. «Es muss ein Schock für euch gewesen sein, die beiden Mädchen zu sehen.» Dann wandte sie sich an Emma. «Ich denke, wir sind dann so weit.»

Nachdem Rosa, Iris und Mo das Safe-House durch den Notausgang verlassen hatten, zeigte Oliver Colin zum Zeitvertreib den Inhalt seines Federmäppchens, und ehe Oliver sichs versah, war Colin mit Barry verschwunden, und er selbst blieb mit Burly, Emma und Cornelia zurück. Cornelia nahm ihn beiseite. «Egal, was im OZI passiert, Oliver», sagte sie, «ihr drei bleibt zusammen. Immer. Hast du verstanden? *Immer.*» Ihre Stimme hatte einen seltsam beschwörenden Tonfall angenommen. Oliver wollte sie gerade fragen, warum sie das sagte, ob es irgendwas gab, auf das er achten sollte, doch da gab Emma ihm das Zeichen, dass er dran war.

Oliver trottete die Treppe hinauf in die warme, schwüle Abendluft. Er war froh, wieder draußen zu sein. Sie waren zu lange eingesperrt gewesen. Der Himmel war tief nachtblau, und der Hof wurde schwach von einem silbrigen Mond hinter rasch treibenden Wolkenfetzen erleuchtet. In der Ferne grollte Donner, aber das Rauschen der Blätter war unmittelbarer. Trotz des leichten Windes war ihm heiß, er schwitzte, und der Rucksack lag ihm schwer zwischen den Schultern. Er war erschöpft. Wann würde er wieder schlafen können? Und wo würde er sein, wenn er aufwachte? Was erwartete ihn in der OZI-Zentrale? Die Zukunft natürlich! Das Jahr 2273. Ihm war auf einmal klar, dass er in den letzten Stunden nie lange genug allein gewesen war, um richtig nachzudenken. Er hatte keine Zeit gehabt zum Denken, Träumen, Staunen. Aber jetzt endlich dämmerte es ihm: Er würde in die Zukunft reisen. Wahnsinn! Er würde die Augen offen halten und den Verstand wach!

Oliver merkte, wie die Aufregung in ihm wuchs.

Er atmete tief ein – und spürte, wie sich seine Lungen bei dem Gedanken an dieses große Abenteuer weiteten. Ja, es *war* ein großes Abenteuer, und er war fest entschlossen, dass sich ein Teil von ihm daran erinnern würde, erinnern *musste*, wenn er wieder zu Hause war.

Es duftete köstlich. Jemand grillte Steaks auf einem Balkon. Oliver hörte das Fleisch brutzeln. Und er hörte Lachen. Er fragte sich, ob die andere Rosa und die andere Iris noch immer dadrüben hinter den Bäumen waren und heimlich rauchten. Vielleicht waren sie ja auch um den Komposthaufen herum in den Nachbarhof gegangen, der zu dem Gebäude gegenüber gehörte.

«Here, Dagobert», sagte Burly und zeigte Richtung Geräteschuppen.

«Oliver», sagte Oliver. «My name is Oliver. Oliver Valentin Richter.»

Burly grunzte und zog die Tür zum Geräteschuppen

auf. «Enjoy the trip», sagte er, bevor er mit Oliver in den Schuppen trat, wo die anderen schweigend standen und warteten.

Das Letzte, was Oliver sah, bevor sich die Tür schloss, war ein gezackter silberner Blitz, der den Hof erhellte, und eine dicke Ratte, *ihre* Ratte, die sich in die tiefe Schwärze der Bäume flüchtete. Sie war weit, weit weg von zu Hause.

Die Tür fiel zu.

Das Schloss schnappte ein.

Und dann herrschte Finsternis.

14. KAPITEL

Fingernagelpilz

W eiß. Alles war weiß. *Alles.* Oliver schloss die Augen. Die Helligkeit blendete ihn durch die Augenlider hindurch – selbst als er sie fest zukniff. Er öffnete die Augen wieder, und das Gesicht einer Frau schob sich in sein Blickfeld. Das Gesicht war ebenfalls weiß, mit kleinen runden, sehr roten Lippen, wie die Geishas in einer *Geo*-Ausgabe, die er mal im Friseurladen seiner Mutter durchgeblättert hatte. Glattes Haar, glänzend schwarz, ringsum auf eine gerade Länge geschnitten. Sie sah aus wie eine Puppe. Sie lächelte zu Oliver herab. Perfekte, kleine weiße Zähne. «Oliver Valentin Richter?», sagte sie.

«Ja, das bin ich», erwiderte er, geblendet von der Erscheinung der Frau.

«Yes, that's him», sagte eine Männerstimme irgendwo. Aber Oliver war zu benommen, um sich nach dem Mann umzusehen, zu dem sie gehörte.

«Dr. Yuka Shihomi», sagte die Frau. Sie gab ihm die Hand. «Specialist for time travel medicine.»

«Sie ist Spezialistin für Zeitreisemedizin», sagte der Mann, der jetzt links von Oliver in Sicht kam. Er hatte ein bräunliches Gesicht und schwarze Haare, dunkle Augen. «Hallöchen», sagte er leutselig. «Dieser Mann ist euer Übersetzer.»

Oliver schaute sich jetzt um, sah aber sonst niemanden. «Welcher Mann?», fragte er höflich.

«Dieser Mann», sagte der Mann und zeigte auf sich selbst.

«Ach so. Okay.» Oliver war verwirrt.

Der Raum war penibel sauber, hatte zwei weitere weiße Untersuchungstische, milchfarbene Wände, vielleicht aus Glas, einen weißen Tisch mit vier weißen Stühlen, die aussahen, als würden sie schweben, weiße Bodenfliesen. Oliver sah weder Türen noch Fenster.

Eine Wand glitt geräuschlos auf, und Iris kam hereingefegt. Auch sie war ganz in Weiß, irgendwas Weiches und Fließendes.

Der Mann drehte sich zu Iris um, hob den Zeigefinger an die Lippen, dass sie still sein sollte, und wandte sich dann wieder Oliver zu. «Renko Hoogeveen zu deinen Diensten.» Er gab Oliver die Hand. «Euer persönlicher Reiseleiter freut sich, Dr. Shihomis Englisch für euch ins Deutsche zu übersetzen und euer Deutsch für sie ins Englische.»

Oliver schaute sich erneut um.

«Dieser persönliche Reiseleiter», sagte der Mann und deutete auf sich. Wenn er sprach, bewegten sich seine Augenbrauen in alle Richtungen, was sehr komisch aussah, fand Oliver.

«Ach so», sagte Oliver. «Danke.»

Iris konnte keine Sekunde länger warten. Sie sprang zu Oliver hinüber. «Hast du's gemerkt?», fragte sie. «Die benutzen hier das Wort ‹ich› nicht. Und auch nicht ‹mein› oder ‹mich›. Die haben gesagt, die erste Person Singular ist vor zweihundert Jahren unter den Stadtbewohnern aus der Mode gekommen. Total lustig. Aber man gewöhnt sich schnell dran.» Sie musterte Oliver von oben. «Dieses Mädchen wüsste gern, wie du dich fühlst.»

Oliver sah sich um. «Welches Mädchen?»

«Ich, du Blödmann!», lachte sie. «Wie geht's dir?»

«Ach so», antwortete er, «jetzt hab ich's kapiert … Ganz gut, glaub ich.»

«Du warst total weggetreten.»

«Sind wir jetzt wirklich in der Zukunft?»

«Hallo? Wart's ab, bis du die Toiletten siehst!»

Oliver setzte sich auf. Ihm war schwummerig im Kopf. Und seine Bewegungen waren träge, als kämpfe er sich durch einen Teich voll Haferbrei. Als er an sich hinabschaute, merkte er, dass auch er ganz in Weiß gekleidet war. Moment mal? Trug er tatsächlich *Leggings*?! Und *Ballerinaschuhe*? «Entschuldigung?», rief er. «Wo sind bitte meine Sachen? Ich möchte meine Sachen wiederhaben. Und meine Sportschuhe.»

Dr. Shihomi, die ganz nett wirkte, verstand kein Wort, registrierte aber seinen verärgerten Tonfall. Sie lief knallrot an. Der Mann übersetzte Olivers Bitte, und sie erwiderte verlegen etwas auf Englisch.

«Wir bedauern die Unannehmlichkeit», sagte der

Mann. «Eure persönlichen Gegenstände werden gerade dekontaminiert, sagt Dr. Shihomi.»

Oliver fühlte sich so schutzlos, wie er da auf einem Untersuchungstisch saß, und noch dazu in weißen Leggings. «Wie lange dauert das?», fragte er den Mann.

«Wie lange dauert was?»

«Das Dekontaminieren?»

Der Mann wandte sich der Ärztin zu. Sie starrten einander an.

Iris flüsterte Oliver ins Ohr: «Siehst du, wie sie die Augen von links nach rechts bewegen?»

Oliver beobachtete den Mann und die Frau. Tatsächlich, sie bewegten die Augen von links nach rechts. «Ja, stimmt.»

«Ich glaube, die kommunizieren über ihre Brain Buttons. Colin hat uns doch von den BBs erzählt. Weißt du noch?»

Oliver studierte die Erwachsenen wieder einen Moment lang.

«Ich glaube, die machen das, damit wir nicht mitbekommen, was sie sagen», erklärte Iris.

«Das können die?»

«Vermute ich mal.»

Die beiden Erwachsenen merkten, dass die Kinder sie beobachteten. Sofort stellten sie ihr stummes Gespräch ein.

«Dr. Shihomi möchte dir mitteilen, dass die meisten erforderlichen Untersuchungen vorgenommen wurden, während du geschlafen hast», sagte der Mann zu Oliver.

«Untersuchungen?» Das war alles sehr verwirrend. Cornelia hatte doch gesagt, sie würden bloß einen kurzen Zwischenstopp einlegen, in einer Art Quarantäne, und dann sofort nach Hause geschickt werden.

«Wir haben dein Blut untersucht», übersetzte er, «Temperatur, Gewicht, Puls, Körperfunktionen kontrolliert und dich auf Allergien getestet, von denen du unglücklicherweise viele hast. Wir freuen uns aber, sagen zu können, dass wir das Problem behoben haben. Und zu guter Letzt haben wir dich auf Fingernagelpilz getestet.»

«Fingernagelpilz?»

Der Mann zuckte die Achseln. «Berufskrankheit. Kann man nichts machen.»

Oliver betrachtete seine Fingernägel. Er fand, sie sahen vollkommen in Ordnung aus. Irgendwer hatte sie sauber geschrubbt.

«Die Ergebnisse waren negativ», sagte Renko Hoogeveen munter. «Also kein Grund zur Sorge.»

«Aber ich wollte wissen, wie lang das Dekontaminieren dauert.»

Dr. Shihomi lächelte Oliver verständnislos an, so wie Leute lächeln, wenn sie keine Ahnung haben, was vor sich geht – aber ihre Augen bewegten sich rasch von links nach rechts. Wie als Antwort auf ihre Augenbewegung glitt eine Tür auf, und eine hübsche Frau in Weiß mit ultrakurzem, weißem Haar, freundlichen blauen Augen und einem sanften Lächeln kam herein. Sie trug einen blinkenden Werkzeuggürtel, in dem ein Stethoskop, ein

139

Reflexhammer und einige andere Geräte steckten. Sie zog ein Röhrchen mit gelben Tabletten aus der Tasche und überreichte es Dr. Shihomi. «The medicine you asked for», sagte sie.

«Das Medikament, das Sie angefordert haben», übersetzte Renko Hoogeveen und lächelte Oliver und Iris diensteifrig an.

«Thank you», sagte die Ärztin zu der Krankenschwester.

«Danke», übersetzte der Mann für die Kinder.

Oliver und Iris verdrehten die Augen und sagten gleichzeitig mit der Krankenschwester «You're welcome», und alle lachten – das heißt, alle außer der Krankenschwester.

Dr. Shihomi nickte der Schwester zu, die sich auf dem Absatz umdrehte und den Raum ohne ein weiteres Wort verließ.

«Dr. Shihomi möchte sich ein letztes Mal deine Augen anschauen», sagte der Mann zu Oliver. «Sie wird dafür ein Infrarot-Pupillometer benutzen.»

Oliver verzog das Gesicht.

«Das tut nicht weh», sagte Iris.

Die Ärztin beugte sich mit einer kleinen Lampe über Oliver, die ihn an Colins PockDock erinnerte, und leuchtete ihm damit kurz in beide Augen. «Thank you», sagte sie. «Enjoy your visit.»

Renko Hoogeveen erklärte den Kindern, er würde gleich zurückkommen, und bat sie, sich nicht vom Fleck zu rühren. Er ging mit Dr. Shihomi durch eine Wand, die auseinanderglitt wie eine Tür, als sie darauf zutraten. Dann schloss sie sich wieder hinter ihnen.

Iris hüpfte auf Olivers Untersuchungstisch. «Die wollen nur sichergehen, dass wir für die Rückreise fit sind. Ist ja auch vernünftig. Die wollen nicht, dass wir wegen kranker Pupillen oder Fingernagelpilz irgendwo in der Zeit stecken bleiben.»

«Wer hat dir das gesagt?»

«Keiner. Aber das kommt mir einfach logisch vor.»

«Hi noch mal», sagte Renko Hoogeveen. Er war wie eine Schlange, schlich lautlos durch den Raum. «Es ist ein großes Vergnügen für diesen Bibliothekar», sagte er, «dass er gebeten wurde, euer Übersetzer und persönlicher Reiseleiter zu sein.»

Oliver fand, dass der Mann seltsam, irgendwie gestelzt, sprach.

«Sie sind also Bibliothekar?», sagte Iris.

«Ja. Spezialist für Alltagskultur des 21. Jahrhunderts und Chefkurator der Abteilung Coffee-Table-Books der Europäischen Bibliothek in Greifswald.»

«Coffee-Table-Books», sagte Oliver und überlegte, was das sein sollte.

«Bild- und Kunstbände», sagte Iris, als ob sie Olivers Gedanken gelesen hätte.

«Sehr richtig», sagte der Mann.

Aber Iris war nicht zu bremsen. «Viele Leute legen sie zu Hause auf Beistelltische, um damit anzugeben», sagte sie zu Oliver. «Erstmalig erwähnt wurde ein Buch dieser Art 1580, als –»

«Jaja, wir wissen Bescheid», sagte Oliver, der kein bisschen Bescheid wusste, was «Coffee-Table-Books» anging. Seine Eltern hatten weder einen Beistelltisch, noch Bücher, die sie darauflegen konnten, um damit anzugeben, aber er hatte schon verstanden. Außerdem war ein Vortrag von Iris das Letzte, was er gerade hören wollte.

«Falls ihr irgendwelche Fragen oder Wünsche während eures Aufenthaltes in Berlin habt», sagte der Mann, «zögert bitte nicht, sie zu äußern. Und dieser Übersetzer würde euch auch gern das eine oder andere fragen, denn im Zuge seiner Arbeit stößt er häufig auf rätselhafte Wörter, deren Bedeutung er nicht kennt.»

Oliver zuckte die Achseln. «Okay.»

«Bitte», fuhr der Mann fort, wobei ihm die Augenbrauen auf der Stirn tanzten. «Wir ersuchen euch, diese Erfahrung gleichsam als eine wunderbare Reise in ein neues und unbekanntes Land zu betrachten, das –» Plötzlich bewegte der Mann ruckartig den Kopf. «Hoppla. Ein Plinkblink.»

«Ein Plinkblink?», fragte Iris.

«Eine BB-Nachricht», sagte er und tippte sich an den Kopf. «Pardon.» Er schaute auf, bewegte die Augen von links nach rechts und ging dann auf eine Wand zu, die aufglitt, als er näher kam. Er drehte sich zu den Kindern um. «Wartet bitte zwei Minuten!», und weg war er.

«‹Wir ersuchen euch, diese Erfahrung gleichsam als eine wunderbare Reise zu betrachten.› Der klingt, als hätten wir einen zweiwöchigen Urlaub im Hotel Zukunft gebucht», sagte Oliver.

«Offen gestanden, ich wünschte, es wäre so. Ich wünschte, ich wäre nicht fit genug für die Heimreise. Ich hätte nichts dagegen, noch ein bisschen hierzubleiben. Wie lange kann man durchhalten, ohne Heimweh zu kriegen?»

Darüber hatte Oliver noch nie nachgedacht. Er war noch nie ohne seine Mutter von zu Hause fort gewesen, außer um mal bei seinem Freund Jakob zu übernachten und einmal in der fünften Klasse drei Nächte auf Klassenfahrt zum Storkower See. Selbst auf der Kinderkur war sie dabei gewesen.

«Ich glaube, ich könnte eine ganze Weile durchhalten», sagte Iris, ohne auf Olivers Antwort zu warten. «Könnte sogar sein, dass ich überhaupt kein Heimweh bekommen würde. Aber meine Mutter würde sich Sorgen machen. Wir sind ja nur zu zweit. Wusstest du, dass ich einen kleinen Bruder hab? Halbbruder, genauer gesagt? Die haben ihn Spencer genannt. Komischer Name. Den hat bestimmt die Anglophile ausgesucht, mit der mein Vater jetzt verheiratet ist.»

Anglophile, dachte Oliver. Schon wieder ein Wort, das er nicht kannte. Klang wie eine Dinosaurierart, aber das konnte ja nicht sein.

«Sie steht auf alles Britische», sagte Iris beiläufig. «Die Royals, Jane Austen, die Beatles, Wedgwood. Deshalb auch Spencer.»

Aha. Also das war eine Anglophile. Ein weiblicher Dinosaurier, der Wedgwood mochte, was auch immer das war, und seinen Sprössling Spencer nannte. Er sah Iris in die Augen, und sie lächelte ihn zaghaft an. Oliver fragte sich kurz, ob sie die Bedeutung des Wortes extra ins Gespräch hatte einfließen lassen, damit er sich nicht blamierte und vielleicht tatsächlich dachte, eine Anglophile wäre eine Dinosaurierart. Das wäre nett von ihr. Er sah sie wieder an, und diesmal wurde sie rot. Es war unglaublich: Ihre Ohren, ihre Wangen und sogar ihr Hals wurden puterrot. Oliver wandte den Blick ab und versuchte, sich daran zu erinnern, worüber sie vorher geredet hatten ... Ach ja! Von Heimweh. «*Rosa* würde Heimweh bekommen, glaube ich», sagte Oliver.

«Hat sie schon. Das merkt man ihr an.»

«Ja.» Oliver schaute sich um. «Wo ist sie eigentlich?»

Iris zuckte die Achseln. «Keine Ahnung. Ich dachte, *du* wüsstest es.»

«Ich?» Oliver spürte, wie ihm das Herz bis hinab in seine weißen Leggings rutschte. Er sprang auf. Cornelia hatte ihn ausdrücklich gewarnt! *Egal, was passiert, ihr drei bleibt zusammen. Immer. Hast du verstanden? Immer.*

Und dann hörten sie jemanden schreien.

Es war Rosa.

15. KAPITEL

Schwester Nancy

Oliver und Iris waren im Untersuchungsraum gefangen! Sie hatten keine Ahnung, wie man die Wand öffnete, oder war es eine Tür? Was es auch war, sie rührte sich nicht vom Fleck. Sie versuchten, sie aufzudrücken oder aufzustemmen, sie hämmerten und traten dagegen. Vergeblich. Oliver schwenkte die Arme über dem Kopf, wie er das im InterCityExpress machte, wenn er und seine Mutter nach Bad Salzschlirf fuhren. Über den Abteiltüren waren Sensoren, die auf Bewegung reagierten. Aber hier geschah nichts. Und die ganze Zeit hörten sie Rosas Schreie: «Nein! Aufhören! Lasst mich in Ruhe! Hilfe!»

Iris suchte verzweifelt nach einem Knopf oder Schalter. «Es muss doch irgendwo irgendwas geben! Die können mit ihren BBs doch nicht alles machen. Man muss auch manuell einen Raum verlassen können.»

«Rosa!», rief Oliver. Er hoffte, dass irgendjemand kommen würde, wenn auch er anfing zu schreien. «Rosa!»

«Oliver, hilf mir!» Das war Rosa! Und sie brauchte ihn. Aber wo war sie? «Hier!», hörte er sie rufen. Aber wo war «hier»? Und wie kamen sie dahin?

Wie als Antwort auf seine Fragen glitt die Wand links von ihnen auf, und Renko Hoogeveen kam ins Zimmer. «Wo brennt's?», sagte er gelassen. «Schreien ist nicht erl–»

Oliver und Iris flitzten durch die offene Tür in einen weißen Vorraum. Die hübsche Krankenschwester mit dem ultrakurzen weißen Haar, den freundlichen blauen Augen und dem sanften Lächeln saß völlig reglos an einem Schreibtisch.

«Rosa! Wo bist du?», rief Oliver. Er drehte sich zu Renko Hoogeveen um. «Wo ist Rosa? Das andere Mädchen?»

«Sie wird gerade untersucht», sagte der Mann.

«Oliver!», schrie Rosa hinter einer der Wände.

«Die Tür!», sagte Oliver zu ihrem persönlichen Reiseleiter. «Bitte machen Sie die Tür auf.»

Der Mann seufzte, und eine Wand glitt auf. Und da war Dr. Shihomi. Und da war auch Rosa, auf dem Untersuchungstisch, und kämpfte mit der hübschen Krankenschwester mit den freundlichen blauen Augen und dem ultrakurzen, weißen Haar, aber – war das möglich? Hinter Rosa konnten sie wieder die Schwester an ihrem Schreibtisch im Vorraum sehen. Waren das Zwillinge?

Die Schwester am Untersuchungstisch, deren Werkzeuggürtel blinkte, versuchte, Rosa auf dem Tisch zu halten. Aber Rosa wehrte sich mit aller Kraft. Oliver und Iris drängten sich an der Schwester vorbei, die ins Stolpern geriet und beinahe hingefallen wäre.

Rosa war in Tränen aufgelöst. «Die wollen meine Prothese! Aber die kriegen sie nicht! Die nehm ich nicht ab!»

«What now?», fragte die Schwester an Dr. Shihomi gewandt. «What will you have nurse Nancy do now?»

Eine andere Wand glitt auf, und zwei weitere hübsche Krankenschwestern kamen herein. Auch sie trugen blinkende Werkzeuggürtel. Ihre weißen Haare waren ultrakurz, ihre freundlichen Augen waren blau, und sie lächelten sanft.

«Das sind Androiden!», sagte Iris. «Roboter.»

Oliver klappte der Unterkiefer herunter.

Dr. Shihomi hatte den Androiden offenbar einen Befehl geschickt, denn jetzt umstellten alle drei den Untersuchungstisch und versuchten, Rosa nach unten zu drücken. Aber Oliver und Iris konnten sie mit Leichtigkeit beiseitestoßen. Sie waren eindeutig scheue Kreaturen. Das Stoßen und Drängeln schien sie zu verwirren. Rosa sprang von dem Tisch und stellte sich neben Oliver und Iris. «Die sollen verschwinden!», sagte sie zu der Ärztin.

Renko Hoogeveen übersetzte, worauf Dr. Shihomi rief: «Nurse Nancy?»

Alle drei Krankenschwestern drehten sich zu ihr um, und alle drei sagten synchron: «Yes, Dr. Shihomi?»

«Please go now.»

«Okay!», zwitscherten die drei Schwestern namens Nancy und marschierten fröhlich aus dem Zimmer.

«Ich will nicht, dass sich irgendwer meine Prothese ansieht. Sagen Sie das der Ärztin», verlangte Rosa.

Renko Hoogeveen und die Ärztin verständigten sich lautlos, wobei sich ihre Augäpfel von links nach rechts bewegten, dann sagte der Mann: «Dr. Shihomi wird eure

Wünsche selbstverständlich respektieren, und sie möchte euch versichern, dass sie keine bösen Absichten hegt. Aber bitte eine Frage. Die Ärztin würde gern wissen, ob du mit einer Behinderung geboren wurdest oder ob es sich um eine Amputation handelt.»

«Sagen Sie ihr, das geht sie einen Quark an!» Rosas Nasenflügel bebten.

Die Augen des Mannes wurden schmal. «‹Das geht sie einen Quark an?› Quark? Diese Formulierung ist mir nicht bekannt.»

«Sagen Sie ihr, ich bin nicht verpflichtet, ihr irgendwas zu erklären. Basta.»

«‹Basta›? Ist das deutsch?»

«Sagen Sie's ihr einfach, bitte.»

Er nickte und sagte es ihr. Die beiden Erwachsenen setzten sich an einen Schreibtisch und fingen wieder mit der Augäpfel-Nummer an.

«Aber, Rosa. Vielleicht sollte sie doch mal einen Blick drauf werfen», sagte Iris. «Ich glaube, die machen sich bloß Sorgen um unsere Gesundheit. Und wenn wir schon eine Ärztin aus der Zukunft hier haben, die sich auf Zeitreisemedizin spezialisiert hat, sollten wir ihr vielleicht vertrauen und sie machen lassen, wozu sie ausgebildet wurde.»

«Hmpf», sagte Rosa und sah Oliver an. «Wie verhält es sich mit dir, Schwanensee?» Sie blickte kurz auf seine weißen Leggings und die weißen Ballerinas.

Oliver freute sich so sehr darüber, dass Rosa ihn nach seiner Meinung fragte, dass ihn die Anspielung auf das

Ballett, das er zufällig mit seiner Mutter zu Weihnachten im Fernsehen gesehen hatte, nicht weiter störte. «Ich denke», sagte er, «du solltest tun, was du für richtig hältst.» Natürlich wollte sie genau das hören. Doch dann kam etwas, das sie nicht hören wollte: «Aber vielleicht solltest du mal fragen, *warum* sie die Prothese sehen will. Kann sein, dass sie ja gute Gründe dafür hat.»

Rosa schmollte. «Wo ist Colin? Der hätte vielleicht auch noch eine Meinung dazu.» Sie rief Renko Hoogeveen zu: «Wissen Sie, wo Colin ist? Der Junge, der bei uns war? Colin Julio Aaronson-Aiello.»

«Er wird gerade von unserem Team befragt», sagte Renko Hoogeveen und stellte gleich eine Gegenfrage: «Hast du vielleicht irgendwelche neuen Gedanken im Hinblick auf die Untersuchung deines linken Arms?»

Rosa sagte so hochnäsig, wie sie nur konnte: «Ich möchte wissen, *warum* die Ärztin sich meine Prothese anschauen will.»

Er nickte und wandte sich wieder an Dr. Shihomi.

«Kluge Entscheidung, Rosa», sagte Iris. «Und ich sag dir auch, warum.»

Rosa und Oliver verstanden sich ohne Worte, als sie einander ansahen und die Augen verdrehten.

«Ich hab mal irgendwo gelesen», begann Iris, «Zeitreisen ähnelt einer Teleportation, was wiederum ein bisschen Ähnlichkeit mit faxen und scannen hat. An Punkt A wird ein Objekt entmaterialisiert. Dann werden alle seine Eigenschaften durch ein Wurmloch an einen anderen Ort geschickt, Punkt B, und dort wieder zusammengesetzt, sodass eine exakte Kopie des Objektes entsteht. Falls das alles stimmt, könnte unterwegs im Wurmloch vielleicht irgendwas mit deiner Prothese passiert sein. Für diesen Fall solltest du dich einfach vergewissern, dass für die Rückreise wieder alles in Ordnung gebracht ist.»

Rosa runzelte die Stirn. «Bild dir bloß nicht ein, dass ich dich frage, was ein Wurmloch ist. Will ich überhaupt nicht wissen.»

«Du vielleicht?», fragte Iris Oliver. «Ist sehr faszinierend. Ehrlich.»

Oliver schüttelte den Kopf. «Nein danke. Vielleicht ein andermal.»

Etwas an Iris' Erklärung machte Oliver gerade zu schaffen. Er sah im Geist das Faxgerät seiner Mutter im Hinterzimmer ihres Friseursalons und die Kopien, die oft fleckig und verschmiert rauskamen, manchmal sogar gestreift.

«Was du eben gesagt hast», sagte er zu Iris, «könnte auch bedeuten, dass nicht nur etwas mit unbelebten Objekten schiefgehen könnte, also mit Gegenständen wie Rosas Prothese, sondern auch mit *uns*. Es wäre doch möglich, dass die Zeitmaschine oder was auch immer das ist, meine Nieren zum Beispiel nicht richtig scannt und ich dann später Nierenversagen kriege oder so.» Der Vater von seinem Vater, Opa Erich, war vor Olivers Geburt an Nierenversagen gestorben, und sein Vater hatte immer Angst, dass ihn das gleiche Schicksal ereilen würde.

«Tja», begann Iris, wurde aber durch den persönlichen Reiseleiter unterbrochen.

«Eine kurze Unterbrechung bitte, wenn ihr nichts dagegen habt», sagte Renko Hoogeveen. «Um deine Frage zu beantworten», sagte er zu Rosa. «Dr. Shihomi möchte sichergehen, dass an der Amputationsstelle keine Entzündung entstanden ist. Sie hat Bedenken, den Arm unserer Technologie auszusetzen, ohne sich zuvor davon überzeugt zu haben, dass alles so ist, wie es sein sollte.»

Rosa stieß einen tiefen Seufzer aus. «Wenn's denn sein muss. Aber nur, wenn sie dabeibleiben dürfen», sagte sie und zeigte auf Oliver und Iris.

Oliver fand Rosas Forderung erstaunlich. Endlich würde er sehen, wie ihr Arm aussah!

«Thank you», sagte Dr. Shihomi zu Rosa.

Die Ärztin war ein Musterbeispiel für Effizienz und Konzentration. Sie trat an Rosas linke Seite, krempelte den flügelförmigen Ärmel von Rosas Kaftan hoch und legte ihn über Rosas Schulter, sodass die Prothese frei lag. Oliver und Iris traten näher, auf Rosas rechter Seite.

Die Prothese war hautfarben und sah ein bisschen so aus wie eine Hartschalensocke. «Das ist der Schaft», sagte Rosa zu Oliver und Iris und deutete auf ihren Unterarm. «Ich hab ihn im Geräteschuppen abgestellt, sonst müsste ich jetzt die Batterie ausmachen, ehe ich ihn abnehme. Die Hand wird auf- und abgeschraubt, aber das finden die meisten gruselig, deshalb mach ich das jetzt nicht.»

Und dann – *schwupp* – zog sie das ganze Ding ab! Sie hielt den Schaft so, dass Oliver und Iris reinschauen konnten. Er roch irgendwie verschwitzt. «Er ist leer, bis auf die Elektroden», sagte sie.

Dr. Yuka Shihomi interessierte sich mehr für Rosas Stumpf. «I see», sagte die Ärztin. «A transradial amputation.»

Renko Hoogeveen wollte übersetzen. «Eine trans–»

«Das kann ich selbst übersetzen», fiel Rosa dem Mann ins Wort. «Es ist eine transradiale Amputation», sagte sie. «Das heißt eine Amputation am Unterarm.»

«Please?», sagte Dr. Shihomi scheu. Rosa schluckte schwer und nickte. Die Ärztin nahm den Stumpf in die Hand.

Oliver hielt die Luft an. Er konnte sich nicht mal ansatzweise vorstellen, wie es sich anfühlte, ein Körperteil zu verlieren, eine Hand, ein ganzes Stück von einem selbst. Nicht nur darum, weil man eine Hand zum Essen und Trinken brauchte, um sich anzuziehen, sondern weil sie einfach zu einem gehörte, zu einem selbst.

Der Arm ließ Rosa verletzlich aussehen. Aber Oliver wusste auch, dass sie stark war. Das musste sie sein, dachte er, um den Unfall zu verkraften und ihr Leben zu meistern.

Auf einmal hatte Oliver das Bedürfnis, Rosa zu umarmen oder ihre Wange zu streicheln. Das war ein eigenartiges Gefühl. Es erinnerte ihn an das erste Mal, als er den Labradorwelpen seiner Cousine Janina gesehen hatte, Coco. Oliver hatte den Welpen immerzu anschauen und die Nase an seinem Gesicht reiben müssen. «Du bist ein zärtlicher Bursche, was?», hatte Tante Gitta gesagt, während sie ihn mit Coco beobachtete. Zärtlichkeit. Ja. Vielleicht war Zärtlichkeit das Gefühl, das er für Rosa empfand.

Jetzt, nachdem Rosa endlich die Entscheidung getroffen hatte, ihren amputierten Arm zu zeigen, schien sie sich zu entspannen. Sie erklärte sogar, wie die Elektroden in der Prothese durch den Kontakt mit der Haut ihre Muskelkontraktionen registrierten und so die künstliche Hand öffneten und schlossen.

Schwester Nancy trat ins Zimmer. Sie wusch Rosas Arm, während Dr. Shihomi genau zuschaute.

«Thank you, Rosa», sagte die Ärztin. «Your arm is fine.»

Rosa schob ihren Stumpf wieder in die Prothese. «Können wir dann jetzt endlich nach Hause?», fragte sie die Ärztin.

«Leider noch nicht», sagte hinter ihnen jemand auf Deutsch mit starkem englischem Akzent.

Die Kinder drehten die Köpfe zu einer Tür, die gerade aufglitt, und ein Riese – ein etwa zwei Meter zwanzig großer Mann – kam herein. Seine Haut war gebräunt, seine Haare grau, er trug einen braunen Cordanzug und eine von diesen Cowboykrawatten, die sie aus Western kannten. Die mit goldenen Spitzen verzierte Lederschnur wurde von einem dekorativen Verschluss, einer Art Brosche, zusammengehalten, das der Mann wie einen Krawattenknoten bis zum Hals hochgeschoben hatte. Die Brosche war eine gelbe Scheibe mit einem Smiley-Gesicht aus kleinen schwarzen Steinen.

«Kinder», sagte Renko Hoogeveen, ihr Übersetzer und persönlicher Reiseleiter, «das ist Professor Grossmann, der geschätzte Direktor des Olga-Zhukova-Instituts für Angewandte Physik.»

«Hallo, Leute», sagte der Professor. «Tut uns leid wegen der Verzögerung. Bedauerlicherweise könnt ihr noch nicht sofort wieder nach Hause.»

«Genial!», sagte Iris begeistert.

Doch aus Rosas Gesicht wich alle Farbe.

16. KAPITEL

Der GoWay

Das Deutsch von Professor Grossmann ließ einiges zu wünschen übrig, wie sich herausstellte. Sein Brain Button übersetzte das Deutsch der Kinder gut genug, um sie auch ohne Renko Hoogeveens Hilfe verstehen zu können, doch er zog es vor, seine eigenen Worte von Renko Hoogeveen für die Kinder ins Deutsche übersetzen zu lassen. Auf diese Weise teilte er Rosa, Oliver und Iris mit, wie aufregend es war, sie kennenzulernen, und was für eine Ehre es war, ihr Gastgeber zu sein. Er hatte nicht zum ersten Mal das Vergnügen, Besucher aus der Vergangenheit zu empfangen, aber die früheren waren nicht so jung gewesen wie sie. Er würde sich freuen, sie zum Abendessen einzuladen und ihnen am nächsten Tag, nachdem sie sich ausgeschlafen hatten, die Gelegenheit zu geben, die Berliner Metropolregion zu besichtigen. «Ihr habt einen weiten Weg hinter euch», sagte er und lachte über seinen eigenen Scherz, «ihr müsst euch ordentlich ausschlafen.»

«Aber Cornelia Eichfeld hat uns gesagt, wir könnten gleich wieder nach Hause!», protestierte Rosa. «Sie hat nichts davon gesagt, dass wir über Nacht bleiben müssen.»

«Bedauerlicherweise war Ms. Eichfeld nicht befugt, euch irgendwelche Auskünfte zu geben, wie oder wann wir in der Lage sein werden, euch nach Hause zu schicken. Sie hat es sicherlich gut gemeint, aber sie ist nicht in alle damit verbundenen Aspekte eingeweiht.»

«Das ist nicht fair!», sagte Rosa, schon wieder den Tränen nahe. «Ich will nach Hause.»

«Und wir wollen euch nach Hause bringen», sagte der Professor durchaus herzlich. Er sah Oliver und Iris an. «Habt ihr beide es auch so eilig?»

«Diese Zeitreisende aus dem 21. Jahrhundert hätte nichts dagegen, noch ein bisschen zu bleiben», sagte Iris ohne das Ich-Pronomen zu benutzen. «Sie interessiert sich sehr für Zeitreisetechnologie und alle Fortschritte, die die Menschheit seit dem 21. Jahrhundert gemacht hat. Und auch wenn wir uns an nichts erinnern werden, sobald wir wieder zu Hause sind, hofft diese Zeitreisende dennoch, dass ein Nachklang ihrer Erfahrung aus dem Jahr 2273 irgendwie in ihrem Gedächtnis haften bleibt, um zu einem zukünftigen Zeitpunkt abgerufen zu werden.»

«Sehr schön gesagt, junge Dame, sehr schön gesagt.» Professor Grossmann klopfte Iris auf die Schulter. «Es ist sehr richtig von dir, solches Interesse zu zeigen. Wir werden unser Bestes tun, um deine Neugier zu befriedigen.» Er wandte sich Oliver zu. «Und du, junger Mann?»

Oliver war hin- und hergerissen. Er hatte durchaus

Lust, sich die Sehenswürdigkeiten anzuschauen, aber sein Gefühl mahnte ihn, auf der Hut zu sein. «Ich denke, eine Nacht ist okay», sagte er. «Aber es ist schon ein bisschen unheimlich, an einem Ort sein zu müssen, der einem so fremd vorkommt. Und noch dazu in Ballerinas und Leggings.»

Rosa brachte unter Tränen ein Lächeln zustande, und Iris lachte, aber offenbar verstanden weder Professor Grossmann noch Renko Hoogeveen, was daran lustig war.

«Was du Leggings nennst», sagte Renko, «nennen wir Lizzies. Das ist ein Spitzname für ‹Elizabethans›, ein relativ neuer Trend in der Beinbekleidung für Herren und Damen gleichermaßen. Sie sind den Hosen nachempfunden, die Männer im Elisabethanischen Zeitalter trugen. Im Museum der Europäischen Kulturen haben wir einige Porträts hängen, die die Mode des ausgehenden 16. Jahrhunderts dokumentieren.»

Falls die Kinder es zuvor noch nicht bemerkt hatten, so wussten sie jetzt, dass Männer im 23. Jahrhundert ihre Mode tatsächlich sehr ernst nahmen. Renko Hoogeveen selbst sah ziemlich retro aus, fand Oliver. Er trug eine weiße Schlabberhose und ein weißes, kimonoartiges Oberteil, als wäre er soeben aus dem Yogazentrum von gegenüber gekommen.

«Ich habe eigentlich nichts gegen ... Lizzies», sagte Oliver, «aber kann ich nicht doch lieber meine eigenen Sachen tragen, sobald die ... dekontaminiert sind?»

«Absolut», sagte der Professor. «Absolut. Morgen.»

«Und Sie schicken uns so zurück, dass wir in unserer Zeit keine Zeit verlieren? Als Colin an die Tür geklopft hat, war es kurz nach vier Uhr nachmittags.»

«Colin?»

«Das ist der Forester-Junge, Sir», sagte Renko.

«Ah ja», sagte der Professor und nickte.

«Wir kehren also genau zu dem Zeitpunkt zurück, an dem wir aufgebrochen sind?», hakte Oliver nach.

«Ja, selbstverständlich.»

«Aber da wären wir doch ein oder mehrere Tage älter», fügte Iris hinzu, «je nachdem, wann wir zurückkehren, natürlich. Weil wir ja hier einen oder mehrere Tage gelebt haben. Ist die Vermutung dieser Zeitreisenden richtig?»

«Ja, vollkommen richtig!» Der Professor wandte sich an Dr. Shihomi. «Wären Sie wohl so freundlich, den Kindern ihren Alterungsprozess zu erklären?»

«Gern», sagte die hübsche, sanfte Ärztin. «Eure Nägel und eure Haare werden ein kleines bisschen länger sein, aber nicht so viel, dass es auffällt. Einige eurer Körperrhythmen könnten ... aus dem Gleichgewicht geraten. Schlafrhythmus, Verdauung, bei den Mädchen der Monatszyklus. Zudem –»

«Das dürfte fürs Erste genügen», unterbrach der Professor sie. «Dieser eine Tag macht nicht viel aus.»

«Aber –», setzte Dr. Shihomi an.

«Noch weitere Fragen?», fragte der Professor die Kinder, ohne auf Dr. Shihomis Unterbrechung einzugehen.

Erstaunlicherweise hatte Iris keine Fragen mehr.

«Dann würde ich sagen: Auf geht's!», erklärte Renko,

woraufhin er und Professor Grossmann die Kinder durch ein Labyrinth von sich öffnenden Türen und Wänden führten – gefolgt von Dr. Shihomi –, bis sie auf einen breiten Gang aus grellem Licht und glänzendem Stahl traten. Fahrsteige, zwei Bahnen in jeder Richtung, erstreckten sich vor und hinter ihnen, so weit das Auge reichte.

«GoWay!», rief Renko Hoogeveen, trat auf den Fahrsteig und surrte von dannen. «Kommt mit, Kinder!»

Sobald Oliver festgestellt hatte, dass er nicht der Einzige war, der Ballerinas und Lizzies trug, folgte er dem Reiseleiter auf den GoWay.

«Hier sieht's aus wie in einem Flughafen», sagte Rosa, die Globetrotterin. Ihre Augen waren kreisrund vor Verwunderung – und ihre Tränen vergessen.

«Nur größer. Viel, viel größer», sagte Iris. «Das ist ein Hyper-Flughafen!»

Sie sahen Oliver an. Aber was sollte er sagen? Bad Salzschlirf hatte weder einen Flughafen noch Fahrsteige. «Wahnsinn!», sagte er, obwohl er den GoWay zugegebenermaßen unheimlich fand, auch wenn er nicht genau sagen konnte, wieso.

«Der GoWay des Olga-Zhukova-Instituts erstreckt sich – wie auch das Institut selbst – über mehrere unterirdische Ebenen», sagte Renko Hoogeveen, der nun ganz in seine Rolle als Reiseleiter geschlüpft war. «Derzeit sind wir in südlicher Richtung in Untergeschoss 7 unterwegs.»

Professor Grossmann hatte sich anscheinend ausgeklinkt und kommunizierte mit seinem BB, vielleicht auch mit Dr. Shihomi, die neben ihm stand. Ihre Augäpfel hüpften über die virtuellen Bildschirme in ihren Gehirnen.

«Wenn ihr mal an der nächsten Kreuzung nach unten schaut», fuhr Renko Hoogeveen fort, «seht ihr noch mehr unterirdische Fahrsteige und über euch den weltberühmten Boulevard Sub Level One.»

Ganz oben, vielleicht zehn Stockwerke über ihnen, kreuzten sich weitere GoWay-Fahrbahnen, und noch mal zehn Stockwerke oberhalb fiel Sonnenlicht durch eine Kuppel herein, durch die sie blauen Himmel erahnen konnten. Oliver dachte, dass er noch nie ein schöneres Gebäudeinneres gesehen hatte.

«Wie spät ist es eigentlich?», fragte Oliver Renko. Es kam ihm vor wie mindestens Mitternacht, aber das konnte ja nicht sein, wenn der Himmel blau war. «Und welcher Monat? Welches Jahr?»

«Es ist Dienstag, der 3. Juni 2273. 18:39:22 Uhr. Es ist ein schöner Tag, 24 Grad Celsius, leichter Wind. Für morgen ist ähnliches Wetter vorhergesagt. So, jetzt bleibt bitte dicht hinter mir. Wir wollen euch schließlich nicht verlieren.» Er schaltete wieder auf Reiseleiter-Modus. «Einige Etagen über uns liegt Sub Level One, ein weltberühmter Einkaufsboulevard, vergleichbar mit den Boulevards des 21. Jahrhunderts, die ihr kennt: Fifth Avenue in New York, Rodeo Drive in Beverly Hills, Avenue Montaigne in Paris, die Ginza in Tokio.»

Keiner der Namen sagte Oliver irgendwas.

«Der Kurfürstendamm», sagte Rosa. «In Berlin.»

Renko blieb stehen. «Der Kurfürstendamm? Hm. Sagt mir nichts.» Er neigte den Kopf, um auf seinen BB zuzugreifen.

«Ehrlich?», sagte Oliver. «Sie haben wirklich noch nie vom Kurfürstendamm gehört?»

Renko zuckte die Achseln. «Kennt ihr etwa die Namen von sämtlichen Dorfstraßen in Deutschland im Jahr 1765?»

«Aber der Kurfürstendamm ist keine Dorfstraße!»

«Im Vergleich zu unseren Boulevards schon.» Er lachte leise, dann zwinkerte er Oliver zu. «Dieser Reiseleiter macht nur Witze. Natürlich kennen wir den Kurfürstendamm. Also: Der OZI-GoWay ist mit dem größten unterirdischen Fußgänger-Highway auf dem europäischen Kontinent verbunden. Er erstreckt sich zehn Kilometer in alle Richtungen. Das OZI liegt mehr oder weniger genau in der Mitte. Aber Untergrundstädte sollten für euch nichts Neues sein. Im frühen 21. Jahrhundert hatten die meisten Weltmetropolen unterirdische Geschäftsviertel – wenngleich natürlich nicht immer mit Fahrsteigen versehen.»

«Meine Mutter hat für ein Reisemagazin die Untergrundstädte von Toronto und Montreal fotografiert», sagte Rosa.

«Exakt», sagte Professor Grossmann, der ins reale Leben zurückgekehrt war – zumindest lange genug, um diesen kurzen Kommentar von sich zu geben, eh er wieder zur Arbeit gerufen wurde. «Pardon», sagte er dann. «Ein Plinkblink.»

161

Rechts und links des GoWays waren Eingänge zu Büros und Geschäften. Oliver sah ein BB-Reparaturzentrum, einen SwiftShuttle-Eingang, ein Hotel, Imbissstände, die Cafeteria NerdNasch, Boutiquen, Lebensmittelläden. Hologrammschilder tauchten vor ihnen in der Luft auf, während sie dahinglitten, und kündigten Kreuzungen an – K 63, K 64 und immer so weiter. Wenn sie die Querstraßen hinunterschauten, sahen sie weitere Fahrsteige, die sich parallel zu ihrem an der Nord-Süd-Achse entlangbewegten. «Das ist wie Manhattan», sagte Rosa. «Es ist rechtwinklig angelegt. Wie ein Gitter. Da kann man sich kaum verlaufen.»

Sie näherten sich einem riesigen Platz. Das Hologrammschild bezeichnete ihn als «OZI Grand Concourse». Es war eine große Kreuzung aus Fahrsteigen, Brücken und Übergängen, die kreuz und quer zusammenkamen und sich gabelten.

«Hier überschneidet sich der verkehrsreiche Ost-West-Fahrsteig mit der Nord-Süd-K-Linie», erklärte Renko Hoogeveen, der auf den linken Fahrsteig wechselte, um auf einen Fahrsteig zu biegen, der in östlicher Richtung lief. «Wir sind nämlich hier auf der K-Linie.»

Gerade als Oliver dem Reiseleiter folgen wollte, bemerkte er zwei Männer neben dem Fahrsteig, die ihm bekannt vorkamen. Waren das die Clouseaus? «Seht mal!», sagte er zu Rosa und Iris.

Ja! Das waren sie! Ob die Clouseaus sie auch erkannt hatten? Rosa riss Renko Hoogeveen am Ärmel. «Die Männer dadrüben», sagte sie und zeigte auf die Clouseaus. «In den Trenchcoats und den Filzhüten. Wissen Sie, wer die sind?»

Renko Hoogeveen schaute hin. «Trenchcoats?»

«Dadrüben», sagte Oliver ungeduldig. «Die Männer in den Regenmänteln.»

«Mit den Filzhüten», sagte Iris. «Wie Detektive sie immer tragen.»

«Detektive? Dieses Wort kennen wir nicht.» Renko Hoogeveen, stutzig, befragte offenbar seinen BB. «Aha», sagte er schließlich. «Detektive. Sherlock Holmes. Miss Marple. Die drei Fragezeichen.» Er blickte wieder auf, aber die Männer waren inzwischen in der Menge verschwunden.

Die Kinder tuschelten untereinander. Suchten die Clouseaus nach ihnen? Und falls ja, warum? Ob sie Professor Grossmann einweihen sollten? Aber weder Rosa noch Oliver waren davon überzeugt, dass sie ihm vertrauen konnten.

«Colin!», rief Rosa. «Seht mal! Das ist Colin!»

Colin, noch immer in seiner alten Kleidung, stand mit einer ihnen unbekannten Frau vor einem Restaurant namens *Olga*. Als sie näher kamen, stellten sie fest, dass die Frau Mo war!

Mo war nicht mehr schwarz gekleidet und nicht mehr kahl geschoren, sondern trug ein blaues Gewand und einen gleichfarbigen Lockenkopf. Rosa rannte bis zu der Kreuzung und warf sich in Colins Arme. Oliver fühlte einen Stich.

«Dagobert!», rief Colin, als Oliver von dem GoWay

stieg. «Schön, dich zu sehen, alter Junge. Echt schicke neue Klamotten!» Er betrachtete grinsend Olivers Leggings und Ballerinas.

«Dagobert?», sagte Renko.

«Mein Spitzname», sagte Oliver.

Renko legte den Kopf schief – vermutlich, um auf seinen BB zuzugreifen. «Wieso kommt der Name Dagobert diesem Bibliothekar bekannt vor?», sagte der. «Dagobert? Hm.»

«Zentrale machen immer Murks», sagte Mo zu den Kindern, «aber heute nicht. *Olga* gute Platz für Esse. Beste Küche. Ihr wichtige Besucher.»

Die Kinder freuten sich über das Wiedersehen, und die Erwachsenen brauchten ein Weilchen, sie alle gemeinsam in das Restaurant zu bugsieren. Aber gerade als Oliver durch die Gleittür trat, bemerkte er wieder die beiden Clouseaus, die er nur wenige Minuten zuvor entdeckt hatte. Diesmal sah Mo sie auch. «Oh-oh», sagte sie. «Here we go again!»

17. KAPITEL

Restaurant Olga

D as Essen im Restaurant *Olga* war eine komplizierte Angelegenheit. Schon allein die Bestellung eines Getränks für die Kinder gestaltete sich schwierig. Colin, als Forester geboren und aufgewachsen, kannte sich mit dem Lebensstil der Urbanites nicht aus und hoffte, das Lokal würde Cola haben. Rosa, Oliver und Iris, Fremde im 23. Jahrhundert, hofften, eine Mola zu bekommen. Da beides nicht auf der Speisekarte stand, lösten die Kinder mit ihrer Bestellung bei der Androidenkellnerin Svetlana eine heillose Verwirrung aus. Schließlich bestellte sich Colin einen eisgekühlten Ingwer-Zing, ein Erfrischungsgetränk, das aus den Blüten eines mutierten Himalaya-Edelweiß hergestellt wurde. Es galt jedoch als Stimulans und durfte daher nicht an Gäste unter vierzehn Jahren ausgeschenkt werden. Rosa, Oliver und Iris bestellten sich Berryolas, wie sich herausstellte, so etwas Ähnliches wie Smoothies aus frischen Beeren.

Das Restaurant, benannt nach Olga Zhukova, die als Erste den Neuen Nobelpreis für Physik erhalten hatte und 2020 in Minsk, Weißrussland, geboren worden war, servierte russische Küche in einem Retro-Ambiente à la Mitte des 21. Jahrhunderts. Oliver fühlte sich an Restaurants erinnert, die er kannte, auch wenn er nicht gerade häufig auswärts essen ging.

Im Jahr 2273 waren menschliche Kellnerinnen eine Rarität und nur in Edelrestaurants zu finden. Restaurant *Olga* zählte zu ebensolchen Etablissements. Daher wurde eine menschliche Kellnerin angefordert, nachdem die Androidin Svetlana ausfiel. Professor Grossmann und seine Begleitung hatten so lange bei ihr an der Sprach- und Tonsteuerung herumgespielt, bis sie kollabierte. Unglücklicherweise hatte Ludmila, die einzige menschliche Kellnerin vor Ort, gerade alle Hände voll zu tun mit acht Quants aus Novosibirsk, weshalb Professor Grossmann und seine Begleitung warten mussten.

Zu allem Übel fingen Rosa, Oliver und Iris an, alarmierende Symptome dessen zu zeigen, was Dr. Shihomi als «Zeitlag» bezeichnete, eine extreme Form von Müdigkeit und Reizüberflutung verbunden mit starkem Schwitzen und Kopfschmerzen.

Endlich kam Ludmila, und alle bestellten das empfohlene Tagesmenü, um den Ablauf zu beschleunigen: Als Vorspeise gab es eine karamellisierte Zwiebelsuppe mit einem großen Croûton, als Hauptgericht eine gebackene Seezunge mit Sauerrahmsoße an Roter Bete und zum Dessert russischen Obstkuchen mit Kirschsoße. Die Kinder hätten sich auch über ein Würstchen gefreut, mussten aber erfahren, dass fast alle Stadtbewohner kein Fleisch zu sich nahmen, die meisten jedoch Fisch aßen.

Die Kinder konnten kaum noch die Augen aufhalten, während sie auf das Essen warteten. Ihr Puls wurde schwach, und ihnen war schwindelig. Dr. Shihomi verabreichte ihnen je eine Tablette aus dem Spender, den Schwester Nancy ihr mitgegeben hatte. Das Medikament schien ihr Energielevel rasch wieder in die Höhe zu treiben, denn schon bald lachten und plapperten sie munter drauflos und verputzten ihr Essen mit großem Appetit (obwohl Rosa sich weigerte, die Rote Beete zu essen) – das heißt, bis Professor Grossmann sie höflich darauf aufmerksam machte, dass alle im Restaurant sie beobachteten. Die Kinder blickten sich um. Tatsächlich, die anderen Gäste schauten mit großer Neugier zu ihnen herüber.

«Ihr Kids zu laut für 23. Jahrhundert», sagte Mo. «Besser ihr sein leise und still. Leute hier sein zurückhaltend. Mit sechs Jahre Kinder lerne sich beherrsche. Ihr verstehe?»

Oliver fand, sie waren überhaupt nicht laut. Aber jetzt wusste er, was ihm auf dem GoWay und auch hier im Restaurant so seltsam erschienen war. Alles und jeder war so still! Die Androiden sprachen leise, ihre Lämpchen blinkten, piepsten und klingelten nicht, Menschen verständigten sich stumm über ihre BBs oder im Flüsterton. Die Mechanik des GoWays war lautlos, weiche Schuhabsätze machten das Gehen geräuschlos.

«Warum dürfen wir nicht laut sein, wenn uns danach ist?», wollte Oliver wissen. «Warum sollen Menschen leise sein, wenn sie keine Lust dazu haben?»

«Und ich möchte wissen», sagte Rosa, «warum die

Menschen in Berlin nicht mehr Deutsch sprechen, aber die Forester schon. Was ist passiert?»

«Und was ist aus dem ‹Ich› geworden?», fragte Iris herausfordernd. «Warum wird es nicht benutzt? Wie kriegt man Abermillionen Menschen dazu, auf die erste Person Singular zu verzichten? Das versteh ich nicht.» Sie gähnte und schüttelte den Kopf, um wacher zu werden.

Der Professor fand ihre Fragen amüsant, aber Oliver merkte ihm an, dass er sie nicht wirklich ernst nahm. Wieder bewegte er mit Dr. Shihomi die Augen hin und her.

«Ihr Kids mache Problem für OZI», sagte Mo leise zu den Kindern, sodass Renko es nicht mitbekam. «Die wollen Beste für euch, aber nicht möge Widerspruch.»

Der Professor lächelte die Kinder freundlich an. «Eure Fragen werden zu gegebener Zeit beantwortet werden, aber wenn wir jetzt ins Detail gingen, würdet ihr ganz sicher mitten in der Erklärung einschlafen. Und wir müssen wirklich zusehen, dass ihr in euer Schlafquartier kommt. Also greift zu, esst euren Nachtisch, es sei denn, ihr habt eine Frage, die leicht zu beantworten ist.»

«Wo ist das Klo?», fragte Iris. «Leicht genug?»

Der Professor lachte und erklärte Iris, wo die nächste Damentoilette war. Mo begleitete sie. Oliver fragte sich, ob sie gar nichts ohne Aufpasser tun durften.

«Noch mehr leichte Fragen?», erkundigte sich der Professor, «denn, falls nicht, sollten wir –»

«Doch, Sir», sagte Colin. «Ich hab eine Frage. Was passiert mit den Junior-Quants, die diesen Jugendlichen auf eine so gefährliche Reise durch die Zeit geschickt haben?»

«Man wird sie zur Verantwortung ziehen», sagte Professor Grossmann, «aber das ist ein heikles Problem.»

«Dieser Jugendliche wüsste nicht, was daran heikel sein soll, Sir. Was die getan haben, war eine Straftat. Punkt. Wir hätten da draußen sterben können.» Colin deutete auf Rosa und Oliver. «Wir alle vier. Straftaten zwischen Urbanites und Forestern verstoßen gegen unsere Gesetze genauso wie gegen eure!»

Oliver, der aufmerksam zuhörte, registrierte, dass Colin das Wort «Sir» benutzte und von sich in der dritten Person sprach. Vor allem fiel ihm die Leidenschaft des Jungen auf, die so ganz anders war als die Gleichmut der Erwachsenen.

«Junger Mann, kein Grund, sich so aufzuregen», sagte Professor Grossmann. Er lockerte seine Smiley-Brosche. Oliver sah, dass das Smiley auf der Brosche nicht mehr so breit lächelte, und fragte sich, ob es sich je nach Körpertemperatur des Trägers veränderte. Seine Mutter hatte so einen Ring – einen Stimmungsring – von einem Exfreund.

«Die Junior-Quants sind minderjährig», fuhr der Professor fort, «somit handelt es sich um ein eher geringfügiges Delikt als um eine schwere Straftat.»

«Wir wären fast gestorben!» Colins Stimme war laut, und das ganze Restaurant schaute zu ihnen herüber.

«Falls unsere Untersuchung zu demselben Ergebnis kommt», antwortete Professor Grossmann ruhig, «wird ein Gericht entscheiden, ob die Junior-Quants gemäß Erwachsenenrecht angeklagt werden sollten. Aber dafür müsste es sich wirklich um einen äußerst schwerwiegenden Verstoß handeln.»

«Was könnte denn schwerer wiegen als das Leben von vier Jugendlichen? Wenn wir Urbanites wären, würden Sie nicht so mit uns reden! Urbanite Jugendliche werden mit mehr Respekt behandelt!» Colin wurde laut – selbst für die akustischen Gewohnheiten im 21. Jahrhundert. Zu allem Übel übersetzte Renko Hoogeveen für Rosa und Oliver und dann für Iris, die gerade zurückgekommen war und wissen wollte, worüber in ihrer Abwesenheit gesprochen worden war, das alles auch noch auf Deutsch. Dadurch klangen Colins Aussagen noch eindringlicher, als sie ohnehin schon waren.

Ein Gast am Nebentisch stand auf und baute sich vor ihnen auf. «Würde der Forester-Junge bitte so freundlich sein, leiser zu sprechen? Dies ist ein öffentlicher Raum. Wenn er Krach schlagen will, sollte er dahin zurückgehen, wo er hingehört.»

Das brachte Colin erst recht in Rage. Er sah aus, als wollte er am liebsten aufspringen und den Mann verprügeln. Aber er tat es nicht – hauptsächlich deshalb, weil Mo ihm eine Hand auf den Arm legte und ihn bremste. Falls Colin es vorher noch nicht erkannt hatte, so wusste er es jetzt: Maureen Zheng-Hu-O'Reilly hatte einen Körper aus Stahl. Ihre Hand war genauso unbezwingbar wie Rosas Prothesengriff. Mit Mo sollte man sich besser nicht anlegen.

Professor Grossmann entschuldigte sich bei dem anderen Gast, der zurück zu seinem Platz ging, und Colin fand seine Beherrschung wieder.

«Es ist schon sehr spät», sagte Dr. Shihomi, etwas aus der Fassung gebracht. «Die Kinder sind reizbar. Ihre Körper müssen sich erholen. Diese Ärztin empfiehlt Nachtruhe. Sofort.»

«So sei es», sagte der Professor.

Die Kinder waren tatsächlich übermüdet, und sie waren froh, dass sie nicht zurück zu ihrem Schlafquartier laufen mussten. Sie ließen sich einfach vom GoWay bis zum K-Lane-Eingang des Instituts tragen ...

Doch als sie am OZI ankamen, erwartete sie eine gewaltige Enttäuschung. Der Professor eröffnete ihnen, dass Colin sie am nächsten Tag nicht auf ihrer Tour durch die Metropolregion begleiten würde. Sein Vater, Raoul Aaronson-Aiello, war da und würde ihn gleich mit nach Hause nehmen, nach Sternwood Forest auf dem nordamerikanischen Kontinent.

Colin machte einen Aufstand – er hatte sich darauf gefreut, wenigstens noch einen Tag mit seinen Freunden aus dem 21. Jahrhundert zu verbringen. Rosa, die den Jungen offensichtlich sehr gern hatte, war am Boden zerstört. Auch Oliver ging das viel zu schnell. Colin wuchs ihm allmählich ans Herz – er war schwer beeindruckt gewesen von der Art, wie Colin dem Professor die Meinung gesagt hatte. Und es gab noch so viel, was Oliver über die Foresters und das Leben im 23. Jahrhundert erfahren wollte. Vielleicht war das ja genau der Grund, warum

Professor Grossmann sie trennen wollte. Sie sollten nicht mehr mit Colin reden können.

«Zieht den Abschied nicht zu sehr in die Länge», sagte Professor Grossmann. «Es nützt nichts, sich über etwas aufzuregen, was sich nicht ändern lässt.»

Immerhin ließen die Erwachsenen den Kindern einen Moment für sich.

«Endlich allein», sagte Colin leise, damit niemand ihr Gespräch belauschen konnte. «Ich wollte euch noch was Seltsames erzählen. Als wir in dem Restaurant waren und der Mann an den Tisch kam, hatte ich so ein komisches Gefühl, als hätte ich das alles schon mal erlebt. Aber richtig sicher war ich mir nicht. Es war ganz merkwürdig.»

«Déjà-vu», sagte Iris.

«So was in der Art, ja», sagte Colin. «Aber es war eher so, als hätte ich was darüber gelesen oder gehört. Das gleiche Gefühl hatte ich auch schon im Buchladen BLÜHENDE PHANTASIE.» Er sah Oliver an. «Als ich mir deine Zeichnungen angesehen hab. Das war, als hätte ich die schon früher mal gesehen.»

«Kinder», sagte Renko Hoogeveen, der sich angeschlichen hatte und sie zusammenfahren ließ. «Habt ihr euch verabschiedet?»

«Wir haben noch nicht mal angefangen», sagte Rosa. «Dann macht.»

Die Kinder steckten wieder die Köpfe zusammen.

«Das war der aufregendste Tag meines Lebens!», sagte Colin, nahm seine Baseballmütze ab und fuhr sich mit den Fingern durchs Haar. «Iris, als wir in der Buchhand-

lung BLÄTTERRAUSCHEN waren und später im Geräteschuppen, da hab ich gedacht, ich bin in ein defektes Spiel
geraten, aber wenigstens bist du dabei. Ich hab gedacht,
wenn uns irgendwer da rausholt, dann Iris.»

Iris lächelte. Hätte sie so gelächelt, als sie in dem dunklen Schuppen waren, hätte ihr Gesicht den Raum genauso erhellt wie Colins PockDock. Bei ihrem Lächeln wurde
Oliver warm ums Herz.

«Und was dich angeht, Rosa», sagte Colin, dessen tür-
kisfarbene Augen feucht wurden, «du bist emotional –
stimmt. Und aufbrausend – stimmt. Und hochnäsig – keine Frage. Aber ... du bist eine Kämpferin. Die hübscheste
Kämpferin, der ich wahrscheinlich je in meinem Leben
begegnen werde.»

Rosa, den Tränen nahe, nickte bloß.

Colin wandte sich Oliver zu. «Dagobert», sagte er
und nahm Oliver spielerisch in den Schwitzkasten, «du
wirst uns noch alle überraschen.» Er verpasste Oliver eine
freundschaftliche Kopfnuss und ließ ihn dann los. Oliver
wäre fast hingefallen, konnte sich aber noch abfangen
und boxte Colin versöhnlich gegen den Arm.

«Aua!», rief Colin und umarmte Oliver dann. «Ich
werde dich vermissen, Dagobert.»

«Ich dich auch, Kumpel.»

Die Eingangstüren vom Olga-Zhukova-Institut glit-
ten auf. Dr. Shihomi und Mo nahmen die Kinder mit hinein. Oliver blickte über die Schulter und winkte Colin.
Colin winkte lächelnd zurück – und irgendwas sagte Oliver, dass er ihn nicht zum letzten Mal gesehen hatte.

18. KAPITEL

Das Große Staunen

Die Kinder schliefen tief, und als sie erwachten, schien wie vorhergesagt die Sonne. Nach einer ganzen Reihe von Tests unter der Leitung von Dr. Shihomi durften sie ihre eigenen Sachen anziehen und wurden dann eiligst zum Frühstücksraum des OZI im 30. Stock gebracht, zum Breakfast Balcony. Dort erwartete sie nicht nur ein atemberaubender Blick auf das neue Berlin, sondern auch ein herrliches Frühstück mit locker-luftigem Rührei, Räucherfisch, Fruchtsäften, knusprigem Müsli, zartweichem Käse und etwas, das sich Leckerli-Deli nannte, ein Brotaufstrich aus Honig und Nüssen und anderen erstaunlich leckeren Dingen. Dr. Shihomi erlaubte ihnen, alles zu essen, was sie essen wollten, hielt sie aber dazu an, etwas vom Pu-Erh-Tee zu trinken, von dem sie sagte, es sei ein bewährtes Allzweckmittel, das auch gegen Zeitlag wirkte. Doch der Pu-Erh-Tee schmeckte bestenfalls metallisch – als würden sie an einer Euro-Münze herumlutschen. Die Kinder tauften ihn «Pfui-Erh-Tee», und zum ersten Mal erlebten sie, dass die sonst so nüchterne Dr. Shihomi schmunzelte! Damit nicht genug, sie kicherte sogar, als sie Iris' Clogs sah. «Oh», sagte sie. «Amphibians. How sweet!»

Als sie von der Terrasse, die nach Norden ging, über Berlin sahen, erkannten die Kinder Überreste des Brandenburger Tors – «Heute heißt es das ‹Zerstörte Tor›», sagte Renko Hoogeveen, der sich inzwischen zu ihnen gesellt hatte. Sie entdeckten die Spree, die sich östlich und westlich durch die Landschaft wand, und auch den Tiergarten, der keinen Zoo mehr beherbergte und in ‹Garten der Welteinheit› umbenannt worden war, wie ihr Reiseleiter erklärte. Die meisten Provinzen der Welt hatten dort ihre Konsulate.

«Wieso Konsulate und keine Botschaften?», fragte Iris. «Ist Berlin denn nicht die Hauptstadt von Deutschland?»

«Schon seit über zwei Jahrhunderten nicht mehr», sagte Renko. «Es ist die größte Stadt in der deutschen Provinz, aber deren Hauptstadt ist La Palma auf der Insel Mallorca. Die wurde Deutschland im Jahr 2025 zugesprochen, nachdem Deutsche vom Festland sie überrannt hatten. Und –»

Oliver hob die Hand. «Aber warum wurde sie denn von Deutschen überra–»

Renko Hoogeveen schätzte es nicht, unterbrochen zu werden. Er redete einfach weiter. «Im Jahr 2095, als die Weltregierung Triple G an die Macht kam, wurde La Palma zur Offshore-Hauptstadt der deutschen Provinz erklärt.»

«Wow», sagte Rosa. «Meine Tante und mein Onkel haben ein Haus auf Mallorca. Vielleicht werde ich ja eine von den Deutschen sein, die es überrennen.» Sie blickte einen Moment verwirrt. «Oder vielmehr, von heute aus betrachtet, also von 2273 aus, *war* ich vielleicht eine von den Deutschen, die es überrannt *haben*. Vergangenheit. Und ...» Ihre Stimme erstarb. Sie wirkte immer verwirrter. «Das ist ein gruseliger Gedanke – eigentlich nicht mehr am Leben zu sein.» Sie sah Renko an. «Können wir rausfinden, wie wir gelebt haben ... und ... gestorben sind?»

«Das ist nicht vorgesehen, und es ist nach der Institutsverordnung für Time-Travel-Angelegenheiten verboten.»

Rosa schien erleichtert. «Ist auch besser so.»

Oliver stimmte ihr zu.

Aber Iris dachte noch immer über Mallorca nach. «Mallorca ist so weit weg! Wie konnte es da zur Hauptstadt von Deutschland werden? Und wieso haben ‹Deutsche vom Festland› es überrannt?»

Renko seufzte. «Lange Geschichte. Wir hoffen, das alles heute Nachmittag erklären zu können. Vorläufig möge euch die Erklärung genügen, dass wir jetzt eine vereinte Weltregierung haben, das Triple G, das General Global Government. GGG. Ergo Triple G.»

«Jedes Land der Welt gehört diesem ... Triple G an?», fragte Iris.

«Jede *Provinz*», verbesserte Renko Hoogeveen. «Außer einer. Die Provinz Schweiz bleibt lieber neutral, doch wir glauben, es ist nur eine Frage der Zeit, bis auch sie beitritt.»

«Ist das so eine Art Vereinte Nationen?», fragte Iris.

«Möglich ...», sagte Renko zaghaft. Anscheinend wusste er nicht so genau, was die Vereinten Nationen waren.

«Dann werden Länder jetzt Provinzen genannt?», fragte Oliver.

«Da ist zunächst die Unterteilung in autonome Kontinente, sieben an der Zahl. Jeder Kontinent hat Provinzen, beispielsweise China auf dem asiatischen Kontinent oder Kalifornien auf den nordamerikanischen, Deutschland und Frankreich auf dem europäischen Kontinent. Die Hauptstadt Europas ist Brüssel. Und die Provinzen haben ebenfalls Hauptstädte.»

«Klingt logisch. Wie die Europäische Union», sagte Iris.

«Aber das erklärt noch nicht, wieso hier kein Deutsch gesprochen wird», sagte Rosa.

«Später», sagte Renko. «Die Erklärung folgt später.»

«Aber wann später? Wir wollen nach Hause ... später.» Rosa malte um das «später» Anführungszeichen in die Luft.

«*Du* willst nach Hause», sagte Iris. «Halt mich da raus.»

Oh-oh, dachte Oliver. Iris und Rosa zanken sich wieder. Jedenfalls, ganz gleich, wann sie nach Hause reisen würden, zuvor würde ihnen jemand eine ganze Menge erklären müssen. Aber bis dahin war er schon mal froh, dass er wieder seine eigenen gewaschenen Sachen trug und seinen Rucksack umgeschnallt hatte. Er fühlte sich, als könnte er noch mal tausend Jahre in die Zukunft und wieder zurück reisen und wäre immer noch fit genug, um auf einem Strand Schlittschuh zu laufen – rückwärts, wenn's sein musste!

«Dieser Bibliothekar», sagte Renko Hoogeveen über sich und unterbrach Olivers Gedanken, «hat viele Fragen zur Kultur und zum Alltagsleben des 20. und frühen 21. Jahrhunderts. Er würde sich geehrt fühlen, wenn ihr ihm einige Fragen beantworten könntet. Vielleicht erinnert ihr euch, dass schon gestern davon die Rede war.»

Die Kinder signalisierten mit einem Achselzucken «Okay», und nach einem überschwänglichen Dankeschön spähte der Mann in seinen BB. «Ah ja», sagte er nach einem Moment. «In deutschsprachigen Texten haben wir einen Verweis auf die ‹Pilzköpfe› gefunden. Wir können uns jedoch nicht erklären, warum dieser Terminus zur Beschreibung von – so vermuten wir zumindest – Musikern verwendet wird. Wäret ihr vielleicht in der Lage, uns da weiterzuhelfen?»

«Die Pilzköpfe?», wiederholte Oliver kopfschüttelnd. «Keine Ahnung.» Er sah Rosa an.

«Die *Beatles* wurden als ‹Pilzköpfe› bezeichnet», sagte Iris.

«Käfer?», fragte Renko Hoogeveen perplex. «Warum sollten irgendwelche Käfer als Pilzköpfe bezeichnet werden?»

«Nein, die B-e-a-t-l-e-s», buchstabierte Iris langsam. «Nicht die ‹b-e-e-t-l-e-s›. Das war eine Musikgruppe aus Liverpool.»

«Aha. Das könnte passen. Und warum Pilzköpfe?» Seine Augenbrauen hüpften auf der Stirn auf und ab.

«Ich glaube, wegen ihrer Frisuren», sagte Iris. «Die sahen aus wie Champignons. Aber die Bezeichnung war nur in Deutschland üblich. In englischsprachigen Ländern nannte man sie die Mopheads.»

«Mop? Was ist ein Mop?»

«Hallo?», sagte Rosa ungläubig. «Ein Mopp! Damit wischt man den Boden.»

«Ach, richtig», sagte er. «Wir wischen keine Böden. Menschen jedenfalls nicht. Vielleicht war mir das Wort deswegen erst mal fremd. Bei uns wischen Androiden die Böden.» Er lächelte. «Danke sehr. Diese Information war sehr hilfreich. Die nächste Frage stammt aus dem Bereich Reisen. Was bitte schön bedeutet das Wort ‹all-inclusive›?»

«Das weiß ich!», sagte Rosa stolz, wurde aber unterbrochen, weil Mo auftauchte, um Dr. Shihomi abzulösen.

Wieder einmal hätten die Kinder ihre Aufpasserin kaum wiedererkannt. Auf vollem Blondhaar trug sie eine grüne Filzkappe mit spitzem Schirm und einer langen Feder, grüne Lizzies, durchsichtige Stiefel und eine mit silbrigen Pailletten besetzte Tunika, sodass Oliver unwillkürlich an einen Hightech-Robin-Hood im Kettenhemd denken musste.

«Ihr starre Bodyguard an», sagte Mo, «aber alle andere starre euch an. Ihr fragen, warum? Weil ihr euch kleiden wie Forester. Nicht viele Forester besuch Berlin. Dachte bloß, ihr solle wisse.»

«Aber Colin und sein Vater besuchen Berlin», sagte Rosa.

179

«Colins Vater ist anders. Er ist Techniknarr und haben Freunde unter den Urbanites. Er auch hat Stadtbewohner als Freundin. Heißt Rouge-Marie. Sie war wichtige Quant hier.»

«Aber jetzt nicht mehr?»

«Jetzt sie wichtige Quant in New York.»

«Woher wissen Sie das alles?», fragte Rosa.

«OZI-Bodyguard alles wisse, was wisse muss. Rouge-Marie umgezogen, weil sie näher zu Colins Vater wolle. Verrückte Welt. Quant und Forester sehr verrückt. Sie gelernt sogar für ihn Deutsch. Komisch Vogel, wer zum *Spaß* Deutsch lerne wolle?» Mo verdrehte die Augen, um ihr Unverständnis zu demonstrieren.

Oliver betrachtete Mo einen Moment. Er konnte nicht behaupten, dass er sie mochte – hauptsächlich, weil er nicht abschätzen konnte, ob sie Freund oder Feind war. Auf jeden Fall war sie eine leidenschaftliche Bodyguard, so viel war klar. Und ihre Loyalität galt dem OZI. War das gut für sie drei? Oder schlecht?

Oliver wurde in seinen Grübeleien durch Renko unterbrochen, der ihnen das Tagesprogramm erläuterte. Die Zeit reichte nur für eine Sightseeing-Tour in der Metropolregion Berlin. Sie würden eine Spielhalle im GoWay-Komplex besuchen. Anschließend –

«Eine Spielhalle?», fragte Iris. «Das ist doch voll retro. Kann man denn hier nicht einfach zu Hause spielen? Wann immer einem danach ist?»

«Doch, kann man, ja», sagte Renko Hoogeveen. «Aber viele Leute kommen zusammen, um gemeinsam zu spielen, zu essen, zu trinken und sich zu amüsieren.» Er stierte in seinen BB. «Und dann besuchen wir die Europäische Bibliothek in Greifswald an der Ostsee –»

«Das war die Bibliothek, die Colin schon mal besucht hat!», sagte Rosa.

«Greifswald?», fragte Oliver. «Die Metropolregion von Berlin?»

«Das liegt doch über zweihundert Kilometer entfernt», sagte Iris.

«Das sehr nah, Pummelchen», sagte Mo. «Bloß fünfzehn Minuten mit SwuttleX.»

«SwuttleX?», echoten alle drei Kinder und lachten über das ulkige Wort.

«Swift Shuttle Express», sagte Mo. «Wir fliegen nonstop nach Greifswald. Sehr schnell, ja?»

Wir fliegen? Wow! Oliver würde endlich fliegen! Aber Moment! Mussten sie denn tatsächlich eine Bibliothek besuchen? «Wer reist denn schon in die ferne Zukunft, um dann eine *Bibliothek* zu besuchen?», sagte Oliver.

«Es ist ein weltberühmtes Gebäude mit einer phantastischen Architektur», sagte ihr Reiseführer, der etwas säuerlich auf die Frage reagierte. «Es steht unter Denkmalschutz. Und außerdem brennt der Direktor der Bibliothek darauf, euch kennenzulernen.»

«Sehr wichtiger Mann», sagte Mo. «Wichtiger als Professor Grossmann.»

Die Kinder stimmten dem Programm zu und wurden in Windeseile zur Spielhalle The Great Amazing gebracht.

Oliver hatte sich irrtümlicherweise eine Spielhalle mit endlosen Kickertischen und riesigen Video-Spielautomaten mit blinkenden Lichtern und den klassischen Bloop-, Klingel-, Pieps- und Huptönen vorgestellt. Aber als er den Game-Room betrat, war es so still wie in der Friedhofskapelle, als Oma Greta gestorben war. Er sah Ruhesessel, die ihn an moderne Zahnarztstühle erinnerten. Alle waren mit Sichtschutzwänden umstellt, damit niemand sich beim Spiel beobachtet fühlen musste.

«Das ist ja wie in der ersten Klasse im Flugzeug», sagte Rosa.

«Die neusten Spiele werden meist nur für BB-User entwickelt», erklärte Renko den Kindern. «Aber da Kinder normalerweise erst im Alter von sechs Jahren mit BBs ausgestattet werden und viele BB-Funktionen erst im Laufe der Jahre lernen, stehen ihnen eine Vielzahl von Unterhaltungsprogrammen zur Verfügung, die dank der Verwendung von Game-Brillen eine vollständige Immersion ermöglichen – ganz ähnlich wie eure Virtual-Reality-Headsets im 21. Jahrhundert, die ein realistisches Spielerlebnis gewährleisten sollten.»

«Die werden noch nicht serienmäßig für den Markt produziert», sagte Iris. «Dürfte aber bald so weit sein.»

«Dann ist das jetzt eure Chance! Ihr werdet die Ersten sein!»

Rosa entschied sich für die Simulation «Winterwunderland». Hinterher, als sie über ihre Auswahl sprachen, verstand Oliver Rosas Wunsch, in einer ungefährlichen Situation herausfinden zu wollen, zu welchen Leistungen sie mit ihrem Handikap fähig war. Bis auf einen bösen Sturz auf einer vereisten Piste, als sie auf Skiern durch einen Wald fuhr, genoss sie es von der ersten bis zur letzten Sekunde. «Ich hab mir echt weh getan!», sagte sie hinterher, als sie aus dem Great Amazing humpelte. «Und meine Finger sind noch immer steif gefroren.»

Oliver und Iris fassten nacheinander ihre Hand an. Es stimmte! Sie war eiskalt! Erstaunlich.

Oliver und Rosa waren von Iris' Wahl überrascht: «Fashion Fun Progression.» Sie dachten, Iris würde sich etwas intellektuell Anspruchsvolleres aussuchen. Eine Kamera scannte ihr Gesicht und ihren Körper, und dann generierte das Programm Bilder von ihr in Intervallen von jeweils sieben Jahren, von 14 bis 84. Sie fand sich in unterschiedlichen Situationen und Settings wieder, jedes Mal anders angezogen, und dazu gab es eine Vielzahl von Figuren, mit denen sie interagierte: mit 14 auf einem ersten Date – «Da hab ich einen umwerfend aussehenden Jungen geküsst! Ich hab's echt überall gespürt!»; mit 35 auf einem Kongress, wo sie einen Vortrag über Genetik hielt; mit 49 in einer BB-Werkstatt, wo sie ihren Brain Button reparieren ließ. Iris war hin und weg: «Aber mit 84 hab ich mich allmählich alt gefühlt. Ich hab sogar gerochen wie eine alte Dame! Die haben mir so einen blumigen Duft verpasst. Es war unheimlich. Also hab ich Schluss gemacht und bin wieder zurück zu dem Jungen, als ich 14 war.»

Oliver, den die gigantische Auswahl an Spielen zunächst überfordert hatte, landete schließlich in der Abteilung «Thrills and Chills» für Teenager von 13 bis 18. Nach langem Hin und Her entschied er sich für «Space Walk». Sobald das Spiel hochfuhr, fand er sich in einer Raumschiffkabine wieder, wo er schwerelos hin und her schwebte, überwältigt von der Detailgenauigkeit der Inszenierung. Er konnte alles, wirklich alles um sich herum hören, sehen, berühren, spüren, riechen, schmecken. Eine Stewardess servierte ihm in einem Beutel einen stark gewürzten Spicer, den er mit einem Strohhalm trank. Er verschluckte sich, und die Flüssigkeit flog ihm aus dem Mund und schwebte als rote, durchscheinende Blase durch die Kabine. Danach bot ihm die Stewardess gefriergetrocknetes Chinagemüse als Imbiss an. Das Gericht wurde mit heißem Wasser aufgewärmt und war sogar recht schmackhaft, obwohl er es direkt aus dem Plastikbeutel schlürfte.

Oliver konnte jetzt nachvollziehen, warum Colin tatsächlich geglaubt hatte, er wäre in einem Spiel, als er im Buchladen aufgetaucht war. Man konnte das wahre Leben von der virtuellen Realität kaum unterscheiden.

Nach seiner Astronautenmahlzeit war Oliver startklar für den Weltraumspaziergang. Die Stewardess half ihm, zuerst seine Raumunterwäsche, dann Raumanzug und -stiefel anzuziehen und schließlich das Lebenserhaltungssystem anzulegen, das auf seinem Rücken ruhte. «Aber wie funktioniert es?», fragte er, weil er für den Fall, dass irgendwas schiefging, lieber wissen wollte, welchen Knopf er drücken musste. «Don't worry», sagte die Stewardess, «you're doing fine.»

Sobald er in Anzug und Handschuhen steckte, eingemummelt wie ein Kleinkind im Schneesturm, wurde Oliver unruhig. Er spürte sein hämmerndes Herz und seinen flachen Atem. Er wusste, es war bloß ein Spiel, aber es fühlte sich so unglaublich real an! Die Stewardess sicherte ihn mit einer Halteleine, setzte ihm einen Helm auf, und er war startbereit. Er wurde durch eine Luke bugsiert – und dann war er draußen im Weltraum!

Zuerst dachte Oliver, er würde sterben. Er bekam keine Luft. Er war zu verängstigt und zu überwältigt von der schieren Unendlichkeit des Universums, um noch Sauerstoff aus dem Lebenserhaltungssystem zu saugen. So durch das tintenschwarze, geräuschlose Vakuum des Alls zu treiben, das nur schwach von Milliarden Lichtpunkten der Sterne erhellt wurde, hinein in das absolute Nichts, war zutiefst beängstigend. Er fühlte sich völlig allein da oben zwischen den Sternen, so absolut allein im Angesicht des Todes, der Zeit, der Ewigkeit, des Universums, verlassen von allem und jedem.

Er schwebte immer weiter weg vom Mutterschiff, wusste nicht, wo oben und unten war, taumelte vorwärts und dann rückwärts, sank tiefer, stieg höher, alles in Zeitlupe, und hörte dabei keinen Laut, nichts außer seinem eigenen rasenden Puls. Seinen Puls? Ja! Sein Herz schlug. Er atmete. Er lebte!

Erleichterung durchströmte ihn. Er entspannte sich.

In der Ferne sah Oliver einen Streifen Gelb in dem Schwarz. Er leuchtete unter ihm. Dann war er über ihm. Oliver kreiselte, doch dann konzentrierte er sich auf den gelben Streifen, der ihm irgendwas sagen wollte. Er verlor ihn aus den Augen. Er fand ihn wieder. Was wollte er ihm sagen? Jetzt waren es zwei helle gewölbte Streifen: gelb und dann weiß. Und dann erschien ein strahlendes Blau. Die Farben schienen die Kontur eines Halbkreises zu bilden: außen gelb, dann weiß, dann blau. Oliver fixierte ihn, versuchte zu verstehen, was er da sah … Und endlich, mit einem Aufkeuchen und Tränen, die um seine Augen eine Blase bildeten, begriff er, was er da sah. Es war die Erde! Es war sein Zuhause! Am Rande des Lichts erkannte er ein blaues Meer. Eine braune Landmasse. Grün. Wolkenfetzen. Die gelb-weiß-blau gewölbten Lichtstreifen umrissen den Planeten. Und dann verstand er, was das Licht war. Es war die aufgehende Sonne! Und genau in dem Moment, als er das dachte, erhob sich ein Ball aus Licht – die Sonne selbst! – aus der Dunkelheit hinter der Silhouette des Globus und blendete ihn mit seiner Leuchtkraft. Und dann sah er die Erde. Sah sie ganz. Und sie war schön.

Er schwebte schwerelos und ruhig atmend durchs All, überglücklich, dass er Zeuge dieses grandiosen Schauspiels geworden war. Er würde liebend gern alles vergessen, absolut alles seit dem Klopfen an der Tür von BLÄTTERRAUSCHEN, wenn er nur das Geschenk dieser einen Erinnerung behalten dürfte, dieses eine Wunder und seine Freude darüber, dieses Große Staunen erlebt zu haben.

19. KAPITEL

Brr

Die Kinder waren begeistert. Ein derart großartiges Erlebnis in der Spielhalle Great Amazing hatten sie nicht erwartet. Und der Tag war noch jung!

Aber sie fühlten sich seltsam matt. Rosa war in ihrer Spielstation sogar ohnmächtig geworden, nachdem sie in einer alpinen Skihütte eine virtuelle Tasse Kakao getrunken hatte. Mo verteilte sogleich Zeitlag-Tabletten, und bald fühlten die Kinder sich wieder frisch.

Nach einem raschen Gang über den GoWay zur SwuttleX-Haltestelle vom OZI wurden sie zum ebenerdigen Abfluggate hochgezoomt. Wieder registrierte Oliver, wie still alles war. Der GoWay, die an- und abfahrenden SwuttleXs, die Menschenmenge, die Fahrstühle, die Warteschlangen, alles war nahezu geräuschlos.

«Es ist so still hier», sagte Oliver.

«Gruselig!», sagte Rosa.

«Großartig», sagte Iris.

«Diese Bodyguard mag laute 21. Jahrhundert lieber», sagte Mo.

Renko Hoogeveens Reisegruppe durfte an den anderen Pendlern vorbeimarschieren und das SwuttleX ohne jede Wartezeit besteigen. Ganz vorn in dem durchgehenden Oberdeck waren Plätze für sie reserviert. Es war, als würden sie oben in der ersten Reihe eines Doppeldeckerbusses sitzen, dachte Oliver, nur tausendmal besser, weil sie fliegen würden. Und die Fenster reichten vom Boden bis zur Decke! Okay, vorhin war er noch schwerelos im Weltraum geschwebt, und so ein Weltraumspaziergang war wahrscheinlich eindrucksvoller als ein SwuttleX-Flug, dennoch würde er jetzt durch die Luft sausen – in echt!

Die Türen schlossen sich, und das SwuttleX, das in einem Schacht angedockt war, startete. Einen Moment lang hatte Oliver das Gefühl, dass sein Magen sich noch immer im OZI-Untergeschoss 1 befand, während alle anderen Teile seines Körper schon in der Erdstratosphäre angekommen waren.

Das SwuttleX raste hoch, bis es seine Reiseflughöhe erreicht hatte, verharrte einen Moment auf der Stelle – Oliver blickte nach unten und dachte, er würde gleich den Mut verlieren – und schoss dann voran. Sie waren auf dem Weg nach Greifswald!

Die Fahrt fühlte sich ein bisschen an wie eine Freizeitparkattraktion, auch wenn die meisten Passagiere saßen und standen, sich unterhielten und an ihren Spicers und Tees und kalten Getränken nippten. Es waren Pendler auf dem Weg zu ihren Jobs in Greifswald, oder vielleicht zur Uni in der alten Hansestadt oder zu Orten noch weiter nördlich. «In Greifswald», erklärte Renko Hoogeveen, «besteht die Möglichkeit, in das dänische SwuttleX-Netz umzusteigen, das viele Zielorte in Skandinavien und der Arkti… hoppla! Ein Plinkblink!» Er legte den Kopf schief, und seine Augäpfel scannten eine BB-Nachricht. «Aha.» Er sprach die Kinder an. «Ja. Dieser Übersetzer wurde daran erinnert, euch nach dem Ausdruck ‹all-inclusive› zu fragen. Wir wurden vorhin beim Frühstück unterbrochen, als ihr ihn erklären wolltet. Wisst ihr noch?»

«Ja», sagte Rosa. «Natürlich. All-inclusive heißt, man macht Urlaub in einem Hotel für einen festen Preis, in dem alles enthalten ist: das Zimmer, Mahlzeiten, Getränke, Trinkgelder, sämtliche Unterhaltungsangebote und Kurse wie Yoga oder Schwimmen oder Korbflechten.»

«Korbflechten?»

«Wenn das angeboten wird», lachte Rosa.

Oliver, der beobachtete, wie die Stadt Berlin in Windeseile verschwand und sich in Landschaften verwandelte, fand die Fahrt durchweg faszinierend, wenn auch nicht ganz so spektakulär wie seinen virtuellen Weltraumspaziergang. Nichtsdestotrotz wünschte er sich, sein Bruder Thilo könnte dabei sein. Thilo hätte einen Riesenspaß daran gehabt, die Welt in atemberaubendem Tempo vorbeirasen zu sehen. Das war doch eindeutig aufregender und viel ungefährlicher als S-Bahn-Surfen! Und Olivers Eltern hätten es auch genossen. Er hatte schon länger nicht mehr an seinen Vater gedacht…

«Schade, dass meine Schwester Lily nicht hier ist», sagte Rosa. «Ich vermisse sie. Sie wäre bestimmt gern hier oben.»

«Ja», sagte Iris. «Ich habe gerade an meine Mutter gedacht.»

«Und ich an meinen Bruder», sagte Oliver. Nie im Leben hätte er zugegeben, dass er auch an seinen Vater gedacht hatte.

«Da ist Greifswald!», sagte Mo.

Direkt vor ihnen lag die strahlend blaue Ostsee. Die Stadt mit ihren roten Ziegeldächern, die sich bis ans Meer erstreckte, näherte sich rasch. Aber das Erstaunlichste war nicht die Stadt, die größer wirkte, als Oliver sie in Erinnerung hatte, sondern etwas, das haargenau so aussah wie ein Eisberg in ihrer Mitte! Der ringsum verglaste und verspiegelte Bau stieg unregelmäßig an und schraubte sich höher und höher, bis er schließlich in eine Spitze mündete, die alle Gebäude in seiner Nähe winzig erscheinen ließ.

«Brr», sagte Mo. «Verdammt kalt da.»

Renko warf Mo einen missbilligenden Seitenblick zu und sprach dann die Kinder an. «Liebe Freunde, vor euch seht ihr den Arbeitsplatz dieses Bibliothekars, der auf dem ganzen Globus als eines der Elf Weltwunder bekannt ist: die Europäische Bibliothek Greifswald, liebevoll der ‹Eisberg› genannt.»

Die ersten Passagiere auf dem Oberdeck erhoben sich von den Sitzen. «Letzter Halt, Greifswald», kam eine Durchsage. «Rückreise nach Wien über Berlin, Dresden, Prag um 11.22 Uhr. Bitte Vorsicht beim Aussteigen.»

Es war leicht, ein Transportmittel zur Europäischen Bibliothek zu finden: Sie schnappten sich Fahrräder, die vor der SwuttleX-Station in einem Share-a-Bike-Depot bereitstanden. Während sie zur Bibliothek radelten und die Stadt mit ihrem architektonischen Mix aus Alt und Neu bestaunten, kamen sie an vereinzelten Fußgängern und programmgesteuerten Robotaxis vorbei. «Aber Fahrräder», sagte Reiseleiter Renko, «sind das beliebteste Transportmittel für Kurzstrecken wie diese.»

Die Zweiräder sahen nicht viel anders aus als ihre eigenen Räder im 21. Jahrhundert, doch die Kinder waren fasziniert von Bedienelementen für allerlei Funktionen wie Navigation, Automatikgangschaltung und fest programmierte Routen, auf denen sich der Radler bequem zurücklehnen und dem Fahrrad die ganze Arbeit überlassen konnte. Die Kinder waren jedoch froh, sich ein bisschen bewegen zu können. Es war ein schöner Junimorgen, sie fuhren gut gelaunt über die markierten Radwege, atmeten die Mischung aus Seeluft, Blumenblüten, Linden und frisch gemähtem Gras ein. Hier und da stieg ihnen der aromatische Duft von pikanten und süßen Snacks in die Nase, die auf der Strecke von Roboverkäufern angeboten wurden. Oliver kam der Gedanke, dass er den Frühsommer noch nie so genossen hatte wie just in diesem Moment – frei von Allergien!

Nach wenigen Minuten erreichten sie den Haupteingang der Bibliothek. Als sie die Fassade hinaufschauten, ganz hinauf bis zur Spitze des Gebäudes, kamen sie sich winzig vor.

«Die Bibliothek», sagte Renko, «wurde an der Stelle des ausgebombten mittelalterlichen Doms von Greifswald erbaut.»

«In dem Dom war ich schon mal!», sagte Oliver, stolz, mit etwas aufwarten zu können, das weder Rosa noch Iris erlebt hatten. «Hat es hier einen Krieg gegeben?»

«Wann?», fragte Rosa besorgt.

Oliver sah, dass Renko und Mo einen vielsagenden Blick wechselten.

«Kinder», sagte Renko, «ihr stellt schwierige Fragen. Wenn ihr den Direktor der Europäischen Bibliothek zum Mittagessen trefft, könnt ihr *ihn* fragen. Abgemacht?» Dann ging er wieder zur Tagesordnung über. «Die Europäische Bibliothek Greifswald betreut die weltgrößte Sammlung von Büchern auf dem westlichen europäischen Kontinent. Die Bibliothek von St. Petersburg beherbergt die osteuropäische Sammlung und die in Bologna ist für Südeuropa zuständig.»

Sie betraten das Gebäude. Obwohl die Eingangshalle von Glas, Spiegeln und Sonnenlicht beherrscht wurde, wirkte sie so finster wie ein Mausoleum.

«Es ist so leer», flüsterte Oliver.

«Und unheimlich», bemerkte Rosa.

«Gespenstisch», fügte Iris hinzu.

Sie sprachen im Flüsterton, aber ihre Stimmen hallten von den Wänden und weißen Marmorböden wider. Und es war kalt. «Eisig hier drin», sagte Rosa mit klappernden Zähnen. *Brr.*

«Heißt nicht umsonst Eisberg!», sagte Mo.

«Dieser Reiseleiter möchte darauf hinweisen», sagte Renko, «dass es hier keineswegs ‹eisig› ist. Die Raumtemperatur im Magazin wird bei konstanten 15,5 Grad Celsius gehalten und in den Räumen bei konstant 17 Grad. Das kann schwerlich als eiskalt bezeichnet werden. Aber wir haben Comfys für euch, wenn ihr möchtet.»

Und ob sie Comfys wollten! Eine Androidin am Empfang verteilte sie, und Augenblicke später war den Kindern nicht mehr kalt.

«Aber das Gebäude wird aus einem anderen Grund ‹Eisberg› genannt», dozierte Renko Hoogeveen. «Wie bei Eisbergen befindet sich der Großteil des Baus unterhalb der Oberfläche, anders ausgedrückt: unterirdisch. Zwölf Stockwerke tief. Das Magazin trägt den Spitznamen ‹die Katakomben› – der letzte Ruheplatz für die Bücher des alten Europa.»

Die Besucher aus dem 21. Jahrhundert folgten ihrem Fremdenführer hinunter in die Katakomben, vorbei an Gutenberg-Bibeln, an einer Erstausgabe von Goethes *Leiden des jungen Werthers* und sogar an einem Quelle-Katalog aus dem Jahr 1992. Anschließend fuhren sie mit dem Korkenzieher, einer gewundenen Rolltreppe, wieder vom Erdgeschoss bis fast zur Spitze des Gebäudes, von wo sie einen schönen Ausblick über die Stadt hatten. Und dann war es Zeit für das Mittagessen. Sie kehrten zurück zum 15. Stock, wo sie mit dem Direktor der Bibliothek, Dr. Dr. Dr. h. c. Rirkrit Sriwanichpoom zu Mittag verabredet waren.

«Müssen wir alle drei Doktortitel aufzählen, wenn wir ihn ansprechen?», fragte Iris.

«Einer reicht», sagte Mo.

«Aber zwei wären besser», sagte Renko und warf Mo

wieder einen tadelnden Blick zu. «Drei klingen manchmal so, als würde man sich über ihn lustig machen. Wenngleich dieser Bibliothekar ihn immer mit allen drei anspricht, um seinen Respekt zu zeigen.»

«Dann sagen wir einfach Dr. Dr. Poom?», fragte Oliver.

«Sriwanichpoom!», sagte Renko. «Dr. Dr. Dr. honoris causa Rirkrit Sriwanichpoom. Der Name ist Thai.»

«Und honoris causa?», fragte Rosa.

«Das ist Latein! Er hat eine Ehrendoktorwürde», sagte Iris, ehe Renko Hoogeveen auch nur den Mund öffnen konnte, um zu antworten.

Im Foyer des Restaurants «Fifteenth Floor Food» schaute Oliver sich eine Ausstellung an, während Renko ihnen einen Tisch besorgte und Mo mit Rosa und Iris verschwand, damit die beiden sich die Hände waschen konnten.

Die Ausstellung hieß «Love in the Time of Caffè Latte». Oliver sah sieben Glasvitrinen. In jeder Vitrine lag ein offenes Notizbuch. Die Seiten blätterten automatisch um, sodass sich die Besucher jede einzelne Seite des Buchs anschauen konnten.

«Diese Ausstellung gehört zur ständigen Sammlung der Bibliothek», sagte Renko Hoogeveen. «Möchtest du eine Übersetzung des Begleittextes?»

Oliver zuckte die Achseln. «Von mir aus.»

Renko Hoogeveen setzte eine ernste Miene auf und las vor: «Die ständige Sammlung der Europäischen Bibliothek Greifswald freut sich, sieben deutschsprachige Tagebücher (2003–2011) präsentieren zu können, allesamt verfasst von der dreizehn- bis einundzwanzigjährigen Eliana Lorenz aus Berlin, Deutschland, geboren: 22. Mai 1990, gestorben: nicht bekannt. Die Tagebücher wurden 2259 in einem wasserdichten Koffer auf dem Grund des Saaler Bodden bei Wustrow, Fischland-Darß gefunden, Koordinaten 54 °20'31,9"N 12 °25'22,0"O. Es ist nicht bekannt, wie der Koffer an den Fundort gelangte, aber es herrscht weitgehende Einigkeit darüber, dass sein Inhalt, bekannt als die ‹Eliana-Tagebücher›, zu den aufschlussreichsten Dokumenten über das Leben junger Menschen in Westeuropa um die Jahrtausendwende zählen. Die Dokumente wurden von Dr. Renko Hoogeveen vom Archiv für die toten Sprachen, Europäische Bibliothek Greifswald, ins Late European English (LEE) übertragen.»

«Hey, das sind Sie!», sagte Oliver.

«In der Tat», sagte der Mann, unübersehbar stolz auf sich. «Und die Übersetzung der Tagebücher war sehr viel Arbeit. Oh! Du hast diesen Übersetzer gerade an etwas erinnert. ‹Barbie und Ken.› Wer sind sie? Die Tagebuchschreiberin erwähnt, dass eines ihrer Tagebücher, das einen Vinyl-Einband hat, wie Barbie und Ken riecht. Wir haben unser Archiv nach diesbezüglichen Informationen durchforstet, sind aber leider nicht fündig geworden.»

«Sie haben echt noch nie von denen gehört?», fragte Oliver grinsend. «Das sind Puppen.» Er hob beide Hände, um ihre Größe anzudeuten. «Die sind etwa ... fünfundzwanzig Zentimeter groß. Sehen aus, wie ... ein Mann und eine Frau aussehen sollten.»

«Aussehen sollten?» Die Augenbrauen des Mannes

schlugen Wellen, was ihn überaus verdutzt aussehen ließ. «Du meinst ... konventionelle Schönheit?»

«Ja, genau. Sie ist total schlank, schmale Taille, langes blondes Haar und blaue Augen. Und sie ist ...» An der Stelle wurde er rot. «Sie ist ... oben gut gebaut. Und er ist blond und blauäugig und hat jede Menge Muskeln.»

«Und auch oben gut gebaut?»

Oliver kicherte. «Breite Schultern. Wie ein Typ. Die Mädchen können Ihnen aber mehr dazu sagen. Über die ganzen Klamotten und so.»

«Vielen herzlichen Dank für diese Information. Wenn du möchtest, kannst du dir jetzt die Tagebuchseiten genauer anschauen. Du drückst diesen Knopf hier», sagte er und führte es gleichzeitig vor. «Hiermit hältst du die Seite an ... hiermit kannst du zurückblättern ... oder weiter. Und wenn du durch dieses Lesegerät da schaust ... kannst du die Seite heranzoomen. Wir machen das alles mit unseren BBs, aber diese Bedienelemente wurden speziell für Kinder ohne BB-Service entwickelt ... Oh, einen Moment bitte. Ein Freund.»

Oliver beobachtete, wie Renko in ein Gespräch mit ein paar Leuten verwickelt wurde, die gerade aus dem Restaurant kamen. Dann wandte er sich wieder den Vitrinen zu. Eine Zeichnung in einem der Bücher ließ ihn stutzen. Es war ein Gebäude, das aussah wie der Zauberwürfel, den seine Mutter ihm geschenkt hatte, als er elf wurde. Darunter hatte die Tagebuchschreiberin notiert: «Jugendherberge, 2011.» Ein erklärender Text dazu besagte, dass die Tagebuchschreiberin vermutlich die Architektin des «Rubik» war, eines nach dem Erfinder des Zauberwürfels benannten Gebäudes in Berlin in der Euclid Lane. Der Bau erinnerte Oliver an die nagelneue Jugendherberge ganz in der Nähe vom Haus seiner Cousine Janina in Reinickendorf. Das wäre doch ein toller Zufall, wenn es dasselbe Gebäude wäre!

«Seht mal», sagte Oliver zu Rosa und Iris, die von der Damentoilette gerade zurückkamen. «Ich glaube, die Jugendherberge kenne ich.» Er erzählte den Mädchen, was Renko ihm zu den Tagebüchern gesagt hatte. Iris keuchte auf.

«Was ist?», sagte Rosa. «Was ist?»

Iris' Mund stand so weit offen, dass ein kleiner Vogel hätte reinfliegen können. «Oh. Mein. Gott!», sagte sie. «Ich kenne sie! Sie war meine Babysitterin, als ich klein war. Eliana Lorenz!» Iris war so aus dem Häuschen, dass ihre schwarzen Locken praktisch vom Kopf hochsprangen. «Ich hab euch doch erzählt, dass ich mal eine Babysitterin hatte, deren Vater auch so türkisblaue Augen hatte wie Colin, wisst ihr noch? Das war sie! Eliana! Sie hat ständig in ihr Tagebuch geschrieben. Daran erinnere ich mich. Das ist unglaublich. Seht mal, ich hab Gänsehaut!»

«Du kennst Eliana Lorenz?», fragte Renko Hoogeveen, der plötzlich wieder neben ihnen stand. «Du musst mir alles über sie erzählen!»

Oliver fand, das klang kaum wie eine Bitte, sondern eher wie ein Befehl, aber Iris schien das nicht so zu sehen.

«Ich weiß nicht, ob ich Ihnen da viel erzählen kann», erwiderte sie, «aber sie war –»

«Nicht hier!», sagte eine herrische Stimme hinter ihnen.

Die Kinder wirbelten herum und sahen sich einem imposanten Mann gegenüber, der sie eindringlich studierte.

«Das ist höchst interessant», sagte der Mann zu Iris. «Du kennst die Verfasserin der Tagebücher? Vielleicht könntest du uns später mehr über sie erzählen.»

«Kinder», sagte Renko Hoogeveen, «ich möchte euch den Direktor der Europäischen Bibliothek Greifswald vorstellen, Dr. Dr. Dr. h. c. Rirkrit Sriwanichpoom.»

Oliver musste blinzeln. Alles an dem Direktor blendete. Er strahlte stärker als die Sonne. Oliver hätte schwören können, dass Lichtfunken von seinem glitzrigen weißen Anzug sprangen, wenn er sich bewegte. Sein Haar war lang und weiß und zu einem akkuraten, gepflegten Pferdeschwanz gebunden, seine Zähne waren weiß und spitz und groß wie bei einem Raubtier, seine Augen perlgrau. Er schien in Eau de Cologne gebadet zu haben. Oliver fing an zu schwitzen, weil der Mann eine solche Hitze ausstrahlte. Oder vielleicht schwitzte er, weil er Angst hatte? Denn beim Anblick dieses Mannes sagte ihm sein Bauchgefühl, dass Rosa, Iris und er vielleicht soeben den Teufel kennengelernt hatten. Er erinnerte Oliver an seinen Vater: nach außen hin charmant, aber im Innern so gefährlich wie ein Pitbull an einem heiß-schwülen Sommertag.

Oliver ahnte, dass es sich bald herausstellen würde, ob sein Bauchgefühl richtig oder falsch war. Bei dem Gedanken durchlief ihn ein Frösteln.

20. KAPITEL

Generation Dark Winter

Dr. Dr. Dr. h. c. Rirkrit Sriwanichpoom hörte sich selbst gern reden. Er sprach kenntnisreich über viele Themen: das Konservieren von Büchern, das Restaurieren von Büchern, das Übersetzen, Digitalisieren und Katalogisieren von Büchern. Er wusste, wie man sich auf einer Safari kleidete, was man zu einem Ball oder auf einer Wanderung durch die Alpen anzog, wann man barfuß ging, flache Schuhe trug oder Stiefel. Und er konnte bis ins letzte Detail erklären, wie man Hummer pochierte, Rühreier briet, Spargel anbaute, erntete, zubereitete und verspeiste. Falls jemand eine Information benötigte, die nicht in der BB-Datenbank, genannt «Encyclopedia Universa», kurz Cyclops, zu finden war, wusste Dr. Dr. Dr. h. c. Rirkrit Sriwanichpoom die Antwort oder wo sie sonst zu finden war. Und falls nicht, kannte er zehn Leute, die es wussten. Er benutzte gern die erste Person Plural, das königliche «Wir», wenn er von sich selbst sprach. So sagte er beispielsweise: «Wir sprechen Italienisch, Französisch, Russisch, die toten Sprachen Niederländisch und Dänisch, selbstverständlich Englisch, und natürlich unsere Muttersprache Thai und die Hauptsprache auf dem asiatischen Kontinent, New Standard Mandarin.» Es wurde gemunkelt, dass der Direktor der EB-Greifswald Gedanken lesen konnte. Oliver konnte das selbst feststellen, als die Vorspeise serviert wurde.

Noch nie hatte Oliver so etwas Schönes zu essen gesehen. Es war wie Heiligabend, kurz bevor er die Geschenke auspackte. Das glänzende Geschenkpapier, die Schleifen, das Lametta, die Weihnachtsbaumanhänger, die eingepackten Kartons: verschiedene Formen und Größen unter dem geschmückten Baum! Es war alles zu schön, um es aufzureißen. Und wenn er es dann tat, war er unweigerlich enttäuscht: eine schlappe handgestrickte Mütze oder ein Gutschein für ein paar Turnschuhe, die er für die Schule brauchte, oder noch wahrscheinlicher: ein Paar Socken. Und genauso ging es ihm mit der Vorspeise im Restaurant Fifteenth Floor Food. Es war nur wenig auf dem Teller, aber das war zu hübsch, um es einfach aufzuessen. Ob diese Himbeer-Ingwer-Kräuter-Salat-Variation so gut schmecken würde, wie sie aussah? Die Sprossen und Blätter und Babykarotten waren sorgfältig auf einem Bett aus gerösteten Semmelbröseln auf dem Teller arrangiert, als wären sie Blumen in einem englischen Garten, die Petersilie und Korianderblättchen an langen Stängeln standen senkrecht und ähnelten Bäumen. Am liebsten hätte Oliver seinen Skizzenblock und seine Buntstifte hervorgeholt und ein Bild von seinem Salat gemalt.

«Guten Appetit», sagte Rirkrit Sriwanichpoom in die

Runde. Jeder griff nach seiner Gabel, nur Oliver nicht. Der Direktor der Bibliothek lachte. «Am liebsten würdest du vorher ein Bild davon malen», sagte er zu Oliver. «Richtig?»

Oliver machte große Augen. Woher wusste der Mann das?

«Unsere Handys wurden im OZI beschlagnahmt», sagte Rosa, «sonst könnten wir Fotos machen.»

«Beschlagnahmt?», sagte der Direktor. Kleine verärgerte Funken schienen in seinen Augen zu tanzen. «Wir glauben, den Technikern des OZIs ging es lediglich darum, Informationen über die Kommunikationstechnologien in eurer Zeit zu sammeln. Das kann ja wohl kaum als Beschlagnahmung bezeichnet werden. Neugier wäre wohl eher das passende Wort.» Er beäugte Rosa, und sie hielt seinem Blick trotzig stand. «Du, junge Dame, magst das Eau de Cologne dieses Direktors nicht, richtig?»

Rosa lief rot an. «Wie ...?», stotterte sie.

Der Direktor konnte also auch ihre Gedanken lesen, dachte Oliver.

Der Mann wandte sich Oliver zu und deutete auf das Essen. «Na?»

Oliver stach seine Gabel in den Salat. Oje. Die Augenweide schmeckte tatsächlich wie ein Paar Socken.

Als sie mit der Vorspeise fertig waren und auf den Hauptgang warteten, räusperte Renko sich. «Die Kinder haben viele Fragen, Sir», sagte er zu seinem Chef.

«Jaja», sagte der Direktor ausweichend. «Gleich.» Er sah die Kinder an. «Mögt ihr Eiscreme?»

Sie nickten.

«Dann könnt ihr euch auf unser Dessert freuen. Greifswald ist berühmt für das beste Cubice der Welt.»

«Cubice?», sagte Iris.

«Heutzutage wird Eiscreme in kleinen Würfeln, im Englischen heißt das *cubes*, serviert», erklärte Renko Hoogeveen. «Wie Pralinen. Sehr fein. Sehr exquisit.»

«Nicht wie in 21. Jahrhundert», sagte Mo. «Fette Eisklumpe auf brüchige Waffel. Manchmal Eis fällt runter, wenn du nicht lecke. Alles tropfe auf Hände und schmiere um Mund, und manchmal du sogar bekomme Eis in Nase.»

Die Kinder kicherten. Mo konnte manchmal richtig lustig sein. Sie kriegten sich vor lauter Kichern gar nicht mehr ein. Und als sie dann aufhörten, war ihnen plötzlich schlecht.

«Zeitlag», sagte Mo. «Alle zwei Stunde Pille nehme, Dr. Shihomi sagt. Gut gegen Zeitlag-Übelkeit.»

Sie nahmen die Pillen und fühlten sich umgehend besser. Nicht gerade pudelwohl, aber wohl genug, um weiterzuessen.

Die Kellner kamen dann mit den wunderschönen Hauptspeisen. Auf Empfehlung des Direktors hatte Oliver Seeteufel mit Pfifferlingen und schwarzem Knoblauch bestellt. Das Gericht war ein so prächtiger Anblick, dass er es kaum übers Herz brachte, es zu essen. Aber er hatte Hunger! Und diesmal schmeckte es sogar noch besser, als es aussah.

Der Direktor der Bibliothek nahm einen Happen von seinem Fisch und tupfte sich dann den Mund mit einer

Serviette ab. «Vielleicht möchten die Kinder uns ein wenig über sich erzählen?» Er sah Rosa, Oliver und Iris an. «Woher kennt ihr euch?»

«Wir sind zusammen in einem Leseclub», erklärte Iris. «Aber das wissen Sie doch bestimmt schon. Cornelia Eichfeld hat Ihnen alles über uns berichtet, oder etwa nicht?»

Der Direktor setzte sich aufrechter hin. Seine Augen wurden schmal. «Du bist die Schlaue, nicht wahr?»

«Wir sind alle schlau!», sagte Rosa empört. «Wir lesen.» Sie sah Oliver an. «Nur er nicht. Cornelia will ihn aber retten – mit Büchern.»

«Haha.» Oliver verdrehte die Augen.

«Jaja, selbstverständlich», sagte der Direktor, um Rosa zu beruhigen. «Ihr seid alle schlau. Jeder auf seine eigene Art.» Er klang, als würde er sich über sie lustig machen. «Tja, wie goldig – ein Leseclub. Ihr wisst natürlich, dass Bücher nicht mehr hergestellt werden.»

«Selbstverständlich», entgegnete Iris.

Dr. Dr. Dr. h. c. Rirkrit Sriwanichpoom musterte Iris. «Du bist zwölf?»

«Ja, aber ich lese Bücher für eine wesentlich ältere Zielgruppe – auf akademischem Niveau nämlich.»

«Mr. Hoogeveen erwähnte, dass du einige Fragen hast?»

«Und ob.»

«Die haben wir alle», berichtigte Rosa.

Der Direktor ging nicht auf Rosa ein und sprach weiter mit Iris. «Deine Gedanken sind nicht so leicht zu lesen, Kind. Dieser Direktor kann deine Fragen nicht erraten.»

Iris wusste nicht, ob das ein Kompliment sein sollte oder nicht, also stellte sie einfach eine ihrer Fragen: «Warum wird in Deutschland nicht mehr Deutsch gesprochen?», fragte sie.

«Das ist natürlich eine interessante Frage, aber nicht ganz zutreffend», sagte er. «Viele in der Provinz Deutschland lebende Forester sprechen Deutsch, ebenso wie Forester in anderen Regionen. Sie machen es sich zur Aufgabe, die toten Sprachen zu erlernen, und sprechen sie, wann auch immer sie können, damit sie nicht vollends aussterben. Das ist sehr verdienstvoll von ihnen, findest du nicht?»

Die Kinder nickten.

«Und eine kleine Zahl von Urbanites benötigen Deutschkenntnisse für ihre Arbeit», fuhr der Bibliotheksdirektor fort. «Dr. Hoogeveen zum Beispiel oder auch Maureen Zheng-Hu-O'Reilly.» Er lächelte Mo an.

«Mo und Herr Hoogeveen sind die Ausnahme», sagte Iris. «Ich vermute mal, dass Deutsch heutzutage mehr oder weniger ausgestorben ist – wie Niederländisch und Dänisch. Sie haben sie vorhin als ‹tote Sprachen› bezeichnet.»

«Ja, richtig. Diese Sprachen, und dazu zählt auch Deutsch, waren zu Beginn des 22. Jahrhunderts weitestgehend ausgestorben. Grund dafür war die Massenmigration aus Nord- und Westeuropa im 21. Jahrhundert.»

«Aber warum?», fragte Iris. «Warum eine Massenmigration? Warum haben die Menschen Europa verlassen? Herr Hoogeveen hat davon gesprochen, die Deutschen hätten Mallorca ‹überrannt›.»

«In der Tat, das haben sie. Eine herrliche Insel. Durchaus verständlich, dass so viele dahin wollten.»

Oliver hatte das starke Gefühl, dass der Direktor sich vor einer konkreten Antwort drückte. «Warum?», fragte er unverblümt. «Was ist passiert?»

Olivers Ungeduld schien den Direktor zu überraschen. «Die Antwort darauf wird dir nicht gefallen, junger Mann.» In diesem Moment kam es Oliver so vor, als würde ein Raunen durch das Restaurant laufen, als würden alle im Raum gespannt auf die Worte des Direktors warten, als würden alle, nicht bloß ihr Tisch, den Atem anhalten. Als der Direktor weitersprach, merkten die Kinder, dass seine Stimme nicht mehr so herablassend klang und einen ernsten Tonfall angenommen hatte.

«Die Menschheit wurde im 21. Jahrhundert nahezu ausgelöscht», begann der Direktor, «aber wie ihr seht, ist es uns gelungen, doch zu überleben.» Er lächelte grimmig, legte eine Pause ein, um wieder einen Happen von seinem Fisch zu nehmen, kaute bedächtig und blickte dann zu den Kindern auf. «Leider gibt es keine schonende Art, euch das zu erzählen.»

Die Kinder warteten mit trockenem Mund und rasendem Puls.

«Es begann 2018», sagte der Bibliotheksdirektor. «Am 30. August 2018. Es kam aus heiterem Himmel – ein Angriff mit biologischen Waffen auf Kassel, Deutschland.

Die Terroristen wurden nie gefunden. Das Virus, das sie in die Welt setzten, war gegen jede Impfung resistent. Es mutierte und breitete sich rasend schnell aus.»

«2018?», sagte Rosa. «Das ist ja schon in ein paar Jahren!»

«Wenn wir das der Genauigkeit halber klarstellen dürften», sagte der Bibliotheksdirektor fast behutsam, «war es vor 255 Jahren.»

Rosa schloss den Mund, aber ihre Lippen zitterten.

«Die Menschen nannten die Krankheit die Deutsche Pest», fuhr der Direktor fort. «Sie breitete sich zu einer Pandemie aus und wütete jahrzehntelang. Erst wurde Deutschland unter Quarantäne gestellt, dann ganz Westeuropa. Chaos brach aus. Es kam zu einer Massenmigration aus Nordeuropa. So gingen Deutsch, Niederländisch und Dänisch verloren. Die Flüchtlinge lernten die Sprache ihrer Gastländer. Es folgte eine Katastrophe auf die andere. Hungersnot, Zerfall der Städte, Kontamination, Krieg, Gewalt auf den Straßen. Und das Virus verbreitete sich unaufhaltsam weiter, dezimierte die Weltbevölkerung. Im Jahr 2050 brannte die Menschheit schließlich die großen Städte nieder, um die Welt von dem Virus zu befreien. Aber auch unsere Kultur, unsere Kunst, unsere Bücher wurden vernichtet, vor allem in Europa. In diesem Erdteil verloren wir alles: unsere Bevölkerung, unsere Sprachen, die Städte. Europa lag in Schutt und Asche. Als alles vorbei war, hatten das Virus und seine Nachwirkungen über zwei Milliarden Menschenleben gekostet. Dieses Zeitalter ging als Dark Winter in die Geschichte ein. 2018 bis 2095.»

Der Direktor war fertig. Lange Zeit sagte niemand etwas. Oliver starrte auf seinen Teller, wo ein paar Pfifferlinge in einer bräunlichen Soße schwammen. Er meinte, Rosa weinen zu hören. Iris atmete flach.

Oliver schluckte etwas Luft, bevor er sprach. Er bemühte sich sehr, nicht die Stimme zu heben. «Aber Menschen haben überlebt», sagte er. «Oder? Sie haben gesagt, dass Menschen überlebt haben.»

«Selbstverständlich», sagte der Bibliotheksdirektor.

«Wir könnten also überleben. Die Chance besteht.»

«Eine Chance? Selbstverständlich.»

«Wir können irgendwo anders hingehen.» Seine Stimme wurde jetzt lauter. Leute schauten zu ihnen herüber. «Wir können Europa verlassen, bevor es passiert! 2018 bin ich schon sechzehn. Wir können nach … Amerika gehen. Oder Afrika. Australien. Wir können uns retten. Und unsere Familien.»

«Oder Mallorca», sagte Rosa. Tränen liefen ihr über die Wangen. «Mein Onkel hat ein Haus auf Mallorca. Das hat einen Swimmingpool. Meine Schwester und ich können dahin.»

«Ms. Zheng», sagte der Direktor zu Mo. «Gehen Sie bitte mit diesem weinenden Kind zur Damentoilette.»

Mo erhob sich, und obwohl Renko Hoogeveen einen Moment brauchte, um für die Kinder zu übersetzen, wusste Rosa irgendwie schon, was los war. «Nein!», sagte sie. «Es geht schon wieder. Alles okay. Bitte.» Sie nahm ihre Serviette und wischte sich das Gesicht. «Sehen Sie? Ich weine nicht mehr.»

«Aber wir werden es nicht wissen», sagte Iris mit erstickter Stimme zu Rosa und Oliver. «Wir werden nicht wissen, dass der Dark Winter kommt. Wenn sie uns zurückschicken, werden wir uns an gar nichts erinnern.»

«Das ist richtig», sagte Dr. Dr. Dr. h. c. Rirkrit Sriwanichpoom. «Ihr werdet euch an nichts erinnern. Und darin, meine Freunde, liegt euer Dilemma.»

Zwei Kellner brachten das Dessert: sechs eisgekühlte Teller, jeder arrangiert mit zwölf Cubice-Kunstwerken, bestehend aus einem zartlila Würfel Blaubeereis, einem rosaroten mit roten Stückchen – Kirscheis. Gelb, grün, weiß und so weiter. Dr. Dr. Dr. h. c. Rirkrit Sriwanichpoom nahm seinen Dessertlöffel und fischte eine Pistazie von einem grünen Würfel auf dem Teller vor ihm.

Die Kinder stierten lange Zeit ausdruckslos auf ihr Dessert. Oliver spürte, wie sein Magen sich zusammenzog, verkrampfte und fest wurde, bis er selber zu einem eiskalten Würfel geworden war. Er hatte Angst.

Auf den Tellern begannen die Eiscremewürfel zu schmelzen.

«2018 bis 2095», sagte Oliver. «Das ist praktisch unser ganzes Leben.»

«Ja», sagte der Direktor. «Vollkommen richtig. Deshalb nannte man euch auch Generation Dark Winter.»

21. KAPITEL

Das Dilemma

Der Rückflug mit dem SwuttleX von Greifswald nach Berlin verlief verständlicherweise nicht so fröhlich wie der Hinweg. Ja, er war sogar richtig deprimierend. Rosa, Oliver und Iris fragten sich nicht nur besorgt, wann (und ob!) sie in ihre eigene Welt zurückkehren würden – niemand hatte ihnen diese Information bislang geben können –, sondern schlugen sich jetzt auch mit dem entsetzlichen Wissen herum, dass ihre eigene Welt sich auf eine Apokalypse zubewegte. Eine trostlosere Perspektive konnte es kaum geben.

«Wir müssen Cornelia sprechen», sagte Rosa. «Sofort. Wisst ihr noch, dass sie gesagt hat, sie würde kommen, wenn wir ihre Hilfe bräuchten?»

«Wir könnten Mo bitten, ihr eine Nachricht zukommen zu lassen», sagte Oliver. «Das war so vorgesehen.»

Mo war gerade an der Getränketheke des Oberdecks, um sich einen Spicer zu holen. Renko Hoogeveen unterhielt sich ein paar Meter entfernt angeregt mit ein paar Kollegen, außer Hörweite, aber nicht außer Sicht.

«Können wir ihr trauen?», fragte Rosa.

«Vielleicht nicht», sagte Oliver. «Aber haben wir eine andere Wahl? Was meinst du, Iris?»

«Offen gesagt, ich frage mich, warum Dr. Dr. Dr. h. c. Rirkrit Sriwanichpoom uns das alles überhaupt erzählt hat», sagte Iris. «Das kommt mir merkwürdig vor. Er hätte es uns auch genauso gut *nicht* erzählen können, dann wären wir nach Hause gefahren und hätten keine Ahnung gehabt, wie alle anderen auch. Ich denke, er wollte uns mit diesem ganzen Dark-Winter-Zeugs Angst einjagen.»

«Meinst du, er hat gelogen?», fragte Oliver.

«Nein. Das glaube ich nicht. Es klingt alles schlüssig. Vermutlich wollte Cornelia deshalb nicht, dass Colin uns davon erzählt. Das kann ich gut nachvollziehen. Nur *warum* macht dieser Mann uns dann Angst?»

«Sag's schon!», sagte Rosa genervt. «Sag uns, was du denkst. Ich weiß, dass du eine Theorie hast.»

«Wenn du darauf bestehst», sagte Iris und senkte die Stimme. «Ich denke, er verfolgt eine ganz bestimmte Absicht. Er hat gesagt, es wäre ein ‹Dilemma›.»

«Was ist ein Dilemma?», wagte Oliver zu fragen, obwohl er wusste, es war eine blöde Frage. Aber besser eine blöde Frage stellen, dachte er, als blöd sein.

Rosa sah Oliver an, als wäre er der begriffsstutzigste Mensch, der je einen Fuß in ein SwuttleX gesetzt hatte. «Ehrlich, Oliver ...», begann sie.

Er wartete darauf, dass die Guillotine niedersauste.

«Ehrlich?», sagte sie. «Ich weiß es auch nicht so genau.»

Unglaublich! Oliver traute seinen Ohren nicht. Rosa hatte zugegeben, dass sie genauso dumm war wie er!

«Das bedeutet, dass wir eine schwierige Entscheidung treffen müssen», sagte Iris. «Ein Dilemma ist, wenn du zwischen zwei Möglichkeiten entscheiden musst, von denen keine besonders angenehm ist. Also wirklich, Leute, das Wort lernt man doch spätestens in der sechsten Klasse.»

Rosa verdrehte die Augen. «Na, wenn du so superschlau bist, dann verrate uns doch mal, welches Dilemma er meint?»

«Ich weiß nicht genau.»

«Na bitte.»

«Habt ihr Kids Geheimnis?», sagte Mo, die mit ihrem Spicer zurückkam. «Ihr flüster immer.»

Oliver sah Iris an. Sie nickte. Er sah Rosa an. Die nickte auch.

«Mo», sagte Oliver. «Was wir heute gehört haben, hat uns Angst gemacht.»

«Ja», sagte sie. «Sehr schlechte Nachricht für euch. Sorry, Mr. Kritzel-Mann. Dark Winter war keine Ponyhof.»

«Und jetzt wollen wir unbedingt nach Hause», fuhr Oliver fort. «Wir haben gedacht, Cornelia Eichfeld kann uns möglicherweise helfen, schnell nach Hause zu kommen. Meinst du, du könntest ihr vielleicht eine Nachricht zukommen lassen?»

Mos Gesicht wurde schlagartig rot vor Zorn. Als sie sprach, war sie zwar nicht laut, aber ihre Haltung war unmissverständlich. «Was ihr meine, mit wem ihr rede? Diese Frau Bodyguard für OZI, nicht Botendienst. Cornelia Eichfeld keine Hilfe. Wieso ihr das denke? Ihr hier.

Nicht da. Sie da. Nicht hier. Wir so tun, als ob nie gefragt. Verstande?»

«Aber –»

«Genug!», sagte sie und schnitt Oliver das Wort ab. «End of story!»

«Aber was hat der Bibliotheksdirektor mit ‹Dilemma› gemeint?», fragte Rosa.

«Diese Bodyguard nur weiß, was weiß muss. Du wissen woll, was ist Dilemma, Püppchen? Du erfahre früh genug.»

Und sie hatte recht. Sie erfuhren es früh genug – genauer gesagt, noch am selben Tag, nach ihrer Nachmittagsuntersuchung und dem Schläfchen, das Dr. Shihomi verordnet hatte.

«Ein Schläfchen?», sagte Oliver entgeistert. «Ich habe kein Schläfchen gemacht, seit ich drei bin!»

«Wenn du kein Schläfchen machen möchtest», sagte Dr. Shihomi, streng, «mach ein Nickerchen.»

«Hä?», sagte Oliver. «Was meinen Sie –»

Die Glastür glitt auf und schloss sich dann hinter Dr. Shihomi. Somit waren die Kinder wieder eingesperrt, doch sie waren so übermüdet, dass sie dachten, es wäre vielleicht doch nicht schlecht, kurz die Augen zu schließen …

Sechs Uhr abends wurden sie von Renko Hoogeveen geweckt. Sie nahmen ihre verordnete Medizin ein, waren aber noch immer müde und verschlafen und hatten Kopfschmerzen, als sie zu einem Gespräch mit Professor Grossmann und Dr. Shihomi gebeten wurden.

Professor Grossmann kam ohne Umschweife zur Sache. «Uns ist zu Ohren gekommen, dass unser Kollege an der Europäischen Bibliothek, Dr. Dr. Dr. h. c. Sriwanichpoom, leider etwas voreilig war und Informationen über den Dark Winter preisgegeben hat, was wir selber in einer geschützteren Umgebung tun wollten. Wir bedauern diesen Verstoß gegen die Etikette. Wir können uns gut vorstellen, dass euch diese Information beunruhigt hat. Wir möchten eure schlimmsten Ängste jedoch –»

«Beunruhigt? Natürlich sind wir beunruhigt», sagte Rosa. «Was denken Sie denn? Wir haben Angst, und wir wollen nach Hause!»

Der Professor schien erstaunt. «Ihr wollt noch immer nach Hause, obwohl ihr wisst, dass eure Welt dem Untergang geweiht ist? Interessant. Wir möchten eure schlimmsten Ängste jedoch –»

«Wieso wundert Sie das?», sagte Rosa hochnäsig. «Wir haben Familien. Außerdem, wo sonst können –»

«Warte mal kurz, Rosa», unterbrach Iris sie. «Er möchte uns was sagen.» Sie wandte sich dem Professor zu. «Sie möchten unsere schlimmsten Ängste jedoch was?»

Der Professor schaute zu Dr. Shihomi hinüber, die ganz still dasaß, die Hände vor sich gefaltet. Oliver merkte, dass der Professor versuchte, ihren Blick aufzufangen, aber sie hielt den Kopf gesenkt – fast, als wollte sie vermeiden, ihrem Chef in die Augen zu sehen. Schließlich gab der Professor auf und legte die Karten auf den Tisch. «Kinder», begann er, «wir möchten euch einen Vorschlag machen. Er könnte vielleicht helfen, eure schlimmsten

Befürchtungen zu besänftigen.» Er beugte sich vor, und die Brosche seiner Krawatte fing das Licht ein. Es war eine gläserne Brosche mit einem Bild des Planeten Erde von oben, blau und grün. Oliver konnte unter den Wolken den Umriss des europäischen Kontinents erkennen. «Wir möchten, dass ihr gründlich über unser Angebot nachdenkt, ehe ihr eine Entscheidung trefft», fuhr der Professor fort. «Bitte schlaft einmal drüber.»

«Drüber schlafen?» Rosa fiel beinahe von ihrem Stuhl. «Soll das heißen, wir müssen noch eine Nacht hierbleiben?», kreischte sie.

«Fühlt ihr euch nicht wohl hier?», fragte der Leiter des OZI gelassen. «Habt ihr nicht alles, was ihr euch nur wünschen könnt? Essen und Trinken, so viel ihr wollt. Bequeme Betten und Zimmer. Es ist ein Abenteuer. Es ist –»

«All-inclusive!», sagte Renko. «Es ist ein All-inclusive-Ferienparadies.»

Alle starrten Renko verständnislos an.

«Sorry», sagte Renko. «Dieser Übersetzer hatte gerade ein Aha-Erlebnis.»

«Ihre Aufgabe hier ist Übersetzen, Mr. Hoogeveen. Mehr nicht», sagte der Direktor pikiert. «Verstanden?»

«Ja, Sir.»

«Rosa, hören wir uns doch erst mal an, was der Direktor zu sagen hat», meinte Iris. «Ablehnen können wir immer noch.»

Rosa setzte sich wieder und verschränkte die Arme vor der Brust.

«Danke», sagte der Professor zu Iris. «Wir haben nur

sehr selten Besucher aus der Vergangenheit. Und noch nie so junge, sagen wir ‹gartenfrische› wie euch. Wir sind sehr daran interessiert zu verstehen, wie euer Gehirn arbeitet, was für Krankheiten ihr schon hattet, wie ihr mit Emotionen umgeht und, natürlich, wie ihr auf Zeitverschiebungen und auf Zeitlag reagiert. Wir würden euch gern ein paar Tage beobachten.»

«Wir sollen also als Versuchskaninchen herhalten?», fragte Rosa.

«Wir sind eine humane Gesellschaft. Unser Hauptanliegen ist die Verbesserung unserer Lebensqualität. Wenn der Dark Winter uns irgendwas gelehrt hat, dann ist es die Erkenntnis, dass das Überleben der Gemeinschaft an erster Stelle kommt. Das ist übrigens einer der Gründe, warum das Personalpronomen ‹ich› seine Bedeutung verloren hat. Als Überlebensstrategie war es unerlässlich, dass wir uns selbst als ein ‹Wir› betrachteten. Wie dem auch sei, wir suchen unentwegt nach Wegen, die Vergangenheit besser zu verstehen, weil wir hoffen, daraus nutzbringende Erkenntnisse für uns heute und morgen zu gewinnen. Wir würden uns geehrt fühlen, wenn ihr euren Besuch bei uns noch ein paar Tage verlängert. Wir würden euren Aufenthalt so angenehm wie möglich gestalten, und im Gegenzug würdet ihr uns erlauben, eure Gedanken- und Gefühlswelt zu erforschen. Sobald unsere Arbeit abgeschlossen ist, schicken wir euch nach Hause – falls das euer Wunsch ist.»

Es war still im Raum, während die Kinder diese Information verarbeiteten.

«Was heißt, ‹falls das unser Wunsch ist?›», fragte schließlich Oliver. «Heißt das, wir könnten uns auch entscheiden zu *bleiben*?» Es war ein irrwitziger Gedanke. Ganz gleich, wie wütend er auf seinen Vater und seinen Bruder war, ganz gleich, wie düster ihre Zukunft im Hinblick auf den Dark Winter aussah, die Vorstellung, nie wieder nach Hause zu kommen, seine Mutter nie wiederzusehen, nie mehr mit den Jungs von der Schule Fußball zu spielen, kam ihm absolut verrückt vor. Wie konnten die das auch nur vorschlagen? Das Ganze war absurd!

«Ja, ihr könnt bleiben, wenn ihr das möchtet. Oder auch heimkehren, das heißt, wenn wir unsere Arbeit abgeschlossen haben.»

«Und wie lange würde das dauern?», fragte Oliver.

«Eine Woche, höchstens zwei.»

Dr. Shihomi rutschte auf ihrem Stuhl hin und her, sagte aber nichts.

«Und dann könnten wir zurück nach Hause? Und genau in dem Moment wieder dort ankommen, in dem wir verschwunden sind?», wollte Oliver wissen.

«Ja.»

«Aber was hätten wir davon?», fragte Rosa. «Ein ‹bequemes Bett› und ‹Essen und Trinken, so viel wir wollen› haut mich nicht gerade vom Hocker. Schließlich werden wir uns ja sowieso an nichts erinnern. Wieso sollten wir bleiben wollen, ob nun für ein paar Tage oder für immer?»

«‹Für immer› können wir leider nicht anbieten, zumindest noch nicht. Es ist uns noch nicht gelungen, den Schlüssel zur Unsterblichkeit zu finden – obschon wir auf einem sehr guten Weg sind. Aber solltet ihr euch entscheiden zu bleiben, kämt ihr zweifellos in den Genuss der Vorteile, die alle unsere Bürger genießen – eine durchschnittliche Lebenserwartung von hundertfünfzig Jahren, um nur ein Beispiel zu nennen. Ihr würdet von vielen Krankheiten verschont bleiben, die euch in eurer Welt heimsuchen.» Er wandte sich an Rosa. «Wir könnten dich beispielsweise problemlos mit einer neuen Hand ausstatten, Rosa. Aber vor allen Dingen müsstet ihr nicht das Grauen des Dark Winter erleben. Ihr wisst doch wohl, dass in den Anfangsjahren des Dark Winter zwei Drittel der europäischen Bevölkerung ausgelöscht wurden?» Er legte eine kurze Pause ein, ehe er weitersprach. «Dennoch könnt ihr selbstverständlich zurückkehren, falls das euer Wunsch ist.»

«Sie wollen uns unter Druck setzen, damit wir einwilligen!», sagte Rosa. «Und zwar, indem Sie uns Angst vor dem Dark Winter einjagen und mit der Möglichkeit winken, ihm zu entgehen.»

«Nein, ganz und gar nicht, Kindchen. Wir möchten euch nur klarmachen, was euch erwartet. Und welche Alternativen ihr habt.»

Oliver wusste, dass er auf gar keinen Fall für immer hier bleiben würde. Aber selbst wenn er sich dazu bereit erklären würde, noch ein paar weitere Tage dranzuhängen, brauchten sie mehr Informationen. Er hob eine Hand, um sich zu Wort zu melden, doch Dr. Shihomi kam ihm zuvor.

«Sir», sagte Dr. Shihomi, «wenn es so ist, wie Sie sagen, dass die Kinder wissen sollten, was sie erwartet, dann sollten wir vielleicht –»

«Dr. Shihomi, einen Moment bitte. Oliver wollte eine Frage stellen?»

Oliver schüttelte den Kopf. «Schon gut. Lassen Sie Dr. Shihomi ruhig –»

«Du wolltest doch etwas fragen, Oliver», sagte der Professor mit großem Nachdruck. «Bitte, nur zu.»

Dr. Shihomi seufzte.

«Ich wollte fragen», sagte Oliver, «ob es uns gutgehen wird, wenn wir bleiben. Ich fühl mich echt komisch, irgendwie müde. Und –»

«Selbstverständlich bleibt ihr gesund. Diese Symptome habt ihr bald überstanden.»

Dr. Shihomi bewegte sich unruhig hin und her.

«Also», sagte Rosa. «Das ist ja alles gut und schön, aber ich will nach Hause. Und zwar am liebsten sofort.»

«Tut uns leid, das zu hören, Rosa», sagte der Professor. «Wir würden dich gern noch ein wenig hierbehalten.»

Rosa rieb sich die Stirn und sah Dr. Shihomi an. «Ich habe Kopfweh.»

Dr. Shihomi sah besorgt aus. «Vielleicht müssen wir deine Medikamentendosis neu austarieren.»

«Rosa, du hast gefragt, was ihr davon hättet. Ihr solltet wissen, dass wir vorhaben, euch gegen die Deutsche Pest zu impfen, falls ihr noch ein bisschen bei uns bleibt. Und vielleicht auch gegen einige andere Krankheiten, die euch zu schaffen machen könnten.»

«Als da wären?», fragte Iris.

«Schluckauf zum Beispiel.»

«Sie machen Witze», sagte Rosa empört.

«In der Tat», sagte der Professor. «Das war ein Scherz, aber ihr scheint nicht zu Scherzen aufgelegt. Kinder, glaubt uns, ihr wäret praktisch übermenschlich, falls und wenn ihr nach Hause zurückkehrt. Und hier wird man euch für Helden halten, falls ihr bleibt.» Er lächelte sie herzlich an.

Niemand lächelte zurück.

«Das soll also das Lockmittel sein?», sagte Rosa schließlich. «Dass Sie uns gegen die Deutsche Pest impfen? Sie könnten uns doch auch jetzt sofort impfen und dann gehen lassen. Und vielleicht könnten Sie uns ja noch vor ein paar anderen *echten* Krankheiten bewahren, ich denke da an Krebs und Herzkrankheiten, Diabetes und –»

«Langsam, langsam, junge Dame», sagte der Professor.

Oje, dachte Oliver. Jetzt wird Rosa zickig.

«Und außerdem», sagte Rosa, «ob ich eine Heldin bin oder nicht, ist mir so was von egal.»

«Sie ist nämlich schon eine!», sagte Oliver. «Sie hat ihre Schwester davor gerettet, überfahren zu werden.»

«Das hörten wir bereits», sagte der Professor und lächelte Rosa an.

«Lass das, Oliver!», sagte Rosa wütend. «Sprich nicht darüber!»

«Professor», sagte Dr. Shihomi, «die Kinder sind extrem aufgewühlt. Und hypernervös. Das liegt am Zeitlag. Sie brauchen Ruhe.»

«Gewiss», sagte er leicht angesäuert. «Selbstverständlich.» Er sah Rosa, Oliver und Iris an. «Die Immunisierung gegen die Deutsche Pest kann nicht an einem Tag durchgeführt werden. Dafür brauchen wir mindestens eine Woche. Noch weitere Fragen?»

«Darf ich bitte zusammenfassen, um sicherzugehen, dass wir uns richtig verstanden haben?», fragte Iris.

Der Professor nickte.

«Entweder, wir kehren zum nächstmöglichen Zeitpunkt nach Hause zurück», begann Iris, «erinnern uns an gar nichts und fallen wahrscheinlich dem Dark Winter zum Opfer. Oder: Wir bleiben auf unbestimmte Zeit und werden hier alt. Oder aber: Wir bleiben hier, all-inclusive ...» Sie lächelte Renko Hoogeveen zu. «... helfen Ihnen, Informationen aus uns herauszuholen, werden gegen verheerende Krankheiten wie Schluckauf geimpft, die uns in unserer Welt ereilen könnten, und fahren dann nach Hause, vergessen alles, was hier passiert ist, haben aber eine gute Chance, den Dark Winter zu überleben.»

«Richtig.»

«Also, wenn ihr mich fragt, liegt die Entscheidung auf der Hand. Warum sollen wir nicht noch ein paar Tage bleiben? Wir wären doch dumm, es nicht zu tun.»

«Ganz unsere Meinung, junge Dame!», sagte der Professor. «Ganz unsere Meinung.»

Aber irgendwas stimmte nicht an der Überlegung, dachte Oliver. Irgendwie kam ihm das nicht wie ein «Dilemma» vor – zumindest nicht so, wie Iris es im SwuttleX erklärt oder wie der Direktor der Bibliothek es formuliert hatte. Es war eine leicht zu treffende Entscheidung, nicht die schwierige Wahl zwischen zwei Übeln. Oliver nahm sich vor, Iris danach zu fragen, sobald sie allein wären.

Leider ergab sich eine ganze Weile keine Gelegenheit dazu. Trotz seines Nickerchens fielen Oliver die Augen zu, noch bevor sie wieder in ihrem Zimmer waren, und als er erwachte, war Iris verschwunden.

22. KAPITEL

Helden und Heldinnen

Irgendetwas stimmte nicht. Das wusste Oliver gleich, als er die Augen aufschlug.

Es war dunkel im Raum, aber er konnte die Umrisse von Rosa sehen, die aufrecht im Bett saß. «Was ist?», fragte er.

«Sie ist weg. Iris ist weg.»

Oliver setzte sich auf und schaute zu Iris' Bett hinüber. Es war leer. Er blickte Richtung Bad. Die Tür stand offen.

«Da ist sie nicht», sagte Rosa. «Ich hab schon nachgesehen.»

«Hat sie dir gesagt, wo sie hinwollte?»

«Als ich aufgewacht bin, war sie weg.»

Oliver schüttelte den Kopf, um richtig wach zu werden. «Ich kann mich gar nicht erinnern, wie ich ins Bett gekommen bin.» Falls Iris was passiert war, wäre das seine Schuld. Er hatte es Cornelia versprochen!

«Du bist im Besprechungsraum eingeschlafen. Ein Android hat dich hierhergetragen.» Oliver meinte, ein leises Kichern zu hören, aber gleich darauf klang Rosa wieder ernst.

«Ich habe Angst, Oliver», sagte sie.

Oliver wollte schon «Ich auch» sagen, beschloss aber, dass das unklug wäre. Außerdem, wenn er nichts sagte, würde das Angstgefühl vielleicht wieder weggehen. «Musst du nicht», sagte er stattdessen. «Später gibt's bestimmt noch genug Gelegenheit, Angst zu haben. Wir wissen doch gar nichts Genaues. Vielleicht konnte sie einfach nicht schlafen und ist spazieren gegangen.»

«Spazieren?» Rosa stieß ein verächtliches Schnauben aus. Sie hatte recht, dachte Oliver. Das war Quatsch.

Rosa legte sich wieder hin. Oliver auch.

«Vielleicht sollten wir versuchen zu schlafen», sagte Rosa dann mit dünner Stimme.

Oliver schloss die Augen und lauschte. Es war nichts zu hören außer Rosas Atem.

«Oliver?»

«Mhm?»

«In Büchern und Filmen sind die Kinder immer so mutig und tun sich zusammen, um gegen die Bösen zu kämpfen, selbst wenn die Bösen Erwachsene sind, oder? Die sind immer so tapfer und laufen so zielstrebig durch die Geschichte, stimmt's? Sie treiben die Handlung voran, die zücken ihre Schwerter gegen das Böse, lassen sich irgendwelche Zaubersprüche einfallen und nehmen einfach ihr Schicksal selbst in die Hand. Sie stehen nie tatenlos herum, die warten nicht, bis die anderen was tun, um dann darauf zu reagieren, richtig?»

Oliver hatte nicht viele Bücher gelesen, aber er hatte jede Menge Filme gesehen, und er wusste genau, was sie meinte. «Ja», sagte er. «Die retten immer die Welt. Wie kommst du jetzt darauf?»

«Ich glaube, das stimmt alles nicht. Im wahren Leben läuft das anders. Das ist bloß Wunschdenken. Ich wette, nicht mal die Leute, die so was schreiben, glauben selbst dran. Aber sie schreiben es, weil alle solche Geschichten lesen oder sich so was im Kino und im Fernsehen anschauen wollen.»

«Das klingt so ...» Oliver fiel das Wort nicht ein, das er brauchte. «Wie nennt man das, wenn Leute irgendwelche Dinge tun, ohne wirklich dran zu glauben, bloß weil sie was davon haben?»

«Opportunistisch?»

«Ja», sagte er. «Genau. Es klingt opportunistisch.»

«Manche von ihnen sind bestimmt opportunistisch. Garantiert. Aber ich glaube, genauso viele wollen Kindern wirklich Mut machen, weil sie denken, sie tun was Gutes, das heißt, sie wollen Kindern das Gefühl geben, dass sie was bewegen können und sogar ein Recht darauf haben. Denn wenn wir nicht daran glauben, dass wir irgendwas ändern und uns ein gutes Leben erkämpfen können, wie traurig wäre das denn? Verstehst du, was ich meine?»

Er verstand sie nur zu gut.

«Aber die Sache ist die», redete Rosa weiter, «wie sollen Kinder die Welt retten? Wir sind doch bloß Kinder, oder? Wir können nicht so viel machen. Wir sind keine Helden und Heldinnen. Wie jetzt zum Beispiel. Du und ich. Was tun wir? Wir warten bloß. Wir wissen nicht mal, wie man diese dämlichen Glasschiebetüren aufkriegt. Kannst du dir vorstellen, dass wir die Welt retten?»

Sie hatte recht. «Irgendwie nicht.»

«Ich weiß nicht mal, wer die Bösen sind. Gegen wen müssen wir hier kämpfen?»

Sie schwiegen einen Moment, doch dann brachen die Worte aus Rosa heraus, laut und unerwartet, wie Feuerwerkskörper mitten in einer stillen Nacht. «Ich hab Angst, Oliver! Ich will nicht weinen. Aber ich kann nicht anders.» Sie schluchzte. «Ich will nach Hause. Aber ich weiß nicht, wie. Allein schaffen wir das nicht. Es ist egal, ob wir mutig sind oder nicht. Es hilft nicht!»

Rosa war nur ein paar Schritte entfernt. Ehe Oliver wusste, was er tat, war er bei ihr. Er legte seine Hand auf ihre, kniete sich auf den Boden neben ihr Bett. Er hielt sie fest und wiegte sie hin und her. «Es wird schon», sagte er. «Ich weiß es.» Aber sie hörte nicht auf zu weinen. Also umschloss er sie noch fester, bis er nach wenigen Augenblicken merkte, dass er gar nicht ihre gute Hand hielt, die rechts war, sondern ihren Stumpf. Er konnte die Narbe spüren. Aber sie hatte den Arm nicht weggezogen. Und er wollte auch nicht, dass sie ihn wegzog. Die Haut war weich und warm und glatt. Sie fühlte sich schön an. Es war richtig, Rosa zu halten.

Sie blieben eine ganze Weile so – noch lange nachdem Rosas Tränen versiegt waren und sie wieder gleichmäßig atmete. «Danke», sagte sie schließlich. «Danke, Oliver.»

Olivers Kopf lag auf Rosas Kissen. Er hatte keine Ahnung, wie er dahin gekommen war. Er setzte sich auf, reckte sich. «Klar doch», sagte er, aber die Worte blieben ihm im Hals stecken, und sie lachten.

«Vielleicht sollten wir versuchen zu schlafen», sagte Rosa.

Oliver ging zurück zu seinem Bett und schlüpfte unter die Decke. Er machte das Licht aus. Ein paar Minuten horchte er in die Stille hinein. Rosa war wahrscheinlich eingeschlafen, dachte er, als er das leise Surren der aufgleitenden Wand hörte. «Iris?», flüsterte er.

Keine Antwort.

Rosa bewegte sich im Schlaf, setzte sich dann in der Dunkelheit auf, lauschte ebenfalls.

«Ich bin's», sagte Iris.

Oliver und Rosa keuchten auf.

«Wo bist du gewesen?», wollte Oliver wissen und knipste das Licht wieder an.

«Du kannst doch nicht einfach verschwinden, ohne uns was zu sagen!», empörte sich Rosa.

«Ihr habt geschlafen!», entgegnete Iris.

«Wie bist du rausgekommen?»

«Ich konnte nicht einschlafen und wollte mir ein bisschen die Beine vertreten. Da kam dann Mo und hat die Tür aufgemacht. Ich hab sie gefragt, wie man die aufkriegt, aber sie hat bloß die Schultern gezuckt. Sie hat mir einen Tee gemacht und mich auch wieder hergebracht.» Sie blickte auf, ließ den Blick über die Zimmerdecke huschen. «Die müssen hier irgendwo Sichtkontakt haben.»

«Sichtkontakt?», echote Rosa. «Wie?»

«Überwachungskameras», erklärte Oliver.

«Überwachungskameras», sagte Iris und schlüpfte in ihr Bett. «Wie altmodisch.»

Rosa und Oliver legten sich wieder hin. Oliver schaltete das Licht aus.

Sie lagen einen Augenblick ruhig da.

«Ich schwöre, wenn wir je wieder nach Hause kommen», sagte Rosa in die Stille hinein, «dann tue ich alles, aber wirklich alles, worum meine Mutter mich bittet.»

«Und ich schwöre, ich sträube mich nie wieder dagegen, zum Kieferorthopäden zu gehen», sagte Iris. «Ich hasse Zahnärzte, aber ich gehe hin. Versprochen.»

«Und ich schwöre, falls ich hier je wieder rauskomme», sagte Oliver in Gedanken noch bei dem Gespräch über Bücher, das er gerade mit Rosa hatte, «lese ich ein Buch, und hinterher diskutiere ich mit euch drüber.»

«Oh, oh, oh», sagte Rosa. «Sei vorsichtig bei Versprechungen, junger Mann.»

«Dito, junge Frau!», lachte Oliver.

Wieder langes Schweigen.

«Äh, Leute ...?», sagte Iris.

«Hm?», sagte Oliver, der sich schläfrig fühlte.

«Ich muss euch was sagen.»

«Mhm», sagte Rosa.

Oliver schnarchte leise.

Auch Rosa schlief jetzt.

Iris fielen die Augen zu ...

Oliver war unsicher, ob er eingeschlafen war oder nicht, jedenfalls war er plötzlich hellwach und wusste, dass jemand im Raum war. Er wusste nicht, wieso er das wusste, aber er spürte deutlich, dass jemand da war. Sein Magen zog sich zusammen.

«Oliver?», flüsterte Rosa. «Ich höre jeman–»

Hielt jemand Rosa den Mund zu?

Oliver wollte das Licht anmachen, doch da legte jemand eine Hand fest auf seinen Mund. Er erstarrte.

«Kein Wort», flüsterte ein Mann auf Deutsch. «Verstanden?»

Oliver war wie gelähmt vor Schrecken.

«Hast du verstanden?», sagte der Mann und griff noch fester zu.

Oliver nickte.

«Anziehen.» Der Mann drückte Oliver ein Bündel Kleider in die Hand. «Schnell!»

Oliver stellte fest, dass es seine eigenen Kleidungsstücke waren. Er hörte, wie der Mann etwas aufhob, das ein dumpfes Geräusch machte, und er sah, dass auch Rosa und Iris sich anzogen. War noch jemand anders bei ihnen?

Mit zitternden Händen gelang es Oliver, sich Jeans, T-Shirt und Hoodie anzuziehen. Der Mann reichte ihm seine Socken. Seine Schuhe.

«Meine Prothese!», hörte er Rosa sagen. «Die lädt auf.»

«Psst!», befahl eine Frauenstimme. Es war nicht Mo. Und auch nicht Dr. Shihomi.

Oliver hörte, wie Rosa ihre Prothese anzog.

«Fertig?», sagte der Mann zu Oliver.

«Mein Rucksack. Ich brauch meinen Rucksack!»

«Leise!», befahl der Mann mit tiefer und bedrohlicher

Stimme. Er zog Oliver hoch, quetschte seinen Arm. Oliver zuckte vor Schmerz zusammen.

«'tschuldigung», sagte der Mann. Einen Moment lang fragte sich Oliver, ob der Mann ein Verbündeter war. Aber wer waren hier die Guten? Und wer die Bösen?

Der Mann zischte Oliver ins Ohr: «Tu, was ich sage, sonst ... Verstanden?»

Oliver nickte ängstlich.

«Keine Angst. Ich bin ein Freund», sagte der Mann dann.

Ein Freund? Das glaubte Oliver nicht. Und sein Arm auch nicht.

«Ready?», sagte der Mann.

«Yes», sagte die Frau.

Der Mann legte seine linke Hand um Olivers rechten Arm. Es tat weh. «Bleib immer dicht neben mir», befahl er. «Ich will dir nicht weh tun müssen.»

Wer waren diese Leute? Wo brachten sie sie hin? Waren das die Clouseaus? Und was wollten sie von ihnen?

Der Mann zog Oliver auf eine Wand zu. Oliver hörte, wie sie leise aufglitt. Und dann gingen sie hindurch.

23. KAPITEL

Rettung

Im Nebenraum war es dunkel, aber Oliver konnte erkennen, dass jemand am Schreibtisch saß, und er schnappte nach Luft.

«Pst!», sagte der Mann und zog Oliver weiter.

Als sie näher kamen, erkannte Oliver Schwester Nancy, die an ihrer Andockstation saß und darauf wartete, von einem BB-Befehl zum Leben erweckt zu werden. Sie gingen an ihr vorbei zu einer weiteren Glaswand.

Oliver hörte Rosa und Iris vor sich gehen. Solange die Mädchen bei ihm waren, war ihre Lage noch nicht hoffnungslos.

«Moment!», rief Iris. «Mein Clog.»

Die Frau fluchte halblaut und ging dann ein paar Schritte zurück.

«Hab ihn!», sagte Iris.

Sie schlichen durch ein Wirrwarr von dunklen Gängen. Wände öffneten sich surrend vor ihnen und schlossen sich hinter ihnen wieder. Oliver fragte sich, wie der Mann und die Frau überhaupt etwas sehen konnten. Die Frau, die voranging, schien den Weg gut

230

zu kennen, das merkte man, weil sie an keiner Stelle irgendwie zögerte.

Nachdem sie gefühlt gute zehn Minuten unterwegs waren, sagte die Frau: «Now.»

Olivers Augen hatten sich etwas an die Dunkelheit gewöhnt. Der Mann lockerte seinen Griff um Olivers Arm und nahm mit der anderen Hand eine Art Sehvorrichtung ab, die er um den Kopf getragen hatte. Vielleicht war das eine Infrarotbrille, mit der man im Dunkeln sehen konnte. So was hatte Oliver mal im Film gesehen. «Wir nehmen den Fahrstuhl rauf aufs Dach», sagte der Mann. Er sprach noch immer leise, aber es kam Oliver so vor, als würde er alle drei Kinder ansprechen. Seine Stimme war tief und voll und eigentlich gar nicht so bedrohlich, aber Oliver hatte noch immer Angst. Durch eine Tür drang etwas Licht, und Oliver konnte sehen, dass der Mann ungewöhnlich groß war, langes dunkles Haar hatte und Olivers Rucksack auf dem Rücken trug. Seinen Rucksack! «Falls uns jemand anhält», sagte der Mann, «haltet ihr den Mund. Ihr überlasst uns das Reden. Ist das klar?»

Oliver blickte zu den dunklen Umrissen von Rosa und Iris hinüber. Sie nickten. Er nickte auch. «Wer sind Sie?», fragte Oliver.

«Schsch», zischte die Frau streng.

Oliver konnte die Frau nicht gut sehen, aber sie war schlank und für eine Frau sehr groß, aber nicht so groß wie der Mann.

Die Tür glitt auf, und dahinter brannte Licht. Oliver blinzelte – das Licht tat ihm in den Augen weh. Sie näherten sich einem Glaskäfig. Vom gegenüberliegenden Ende des Ganges kamen Leute auf sie zu. Sollte er vielleicht um Hilfe rufen? Er könnte dem Mann gegen das Schienbein treten, Iris und Rosa packen, um Hilfe rufen und wegrennen. Aber vielleicht würden sie dann dem Feind in die Arme laufen. Wenn er nur wüsste, wer der Feind war! Die Fahrstuhltür öffnete sich, sie traten ein und fuhren nach oben.

Oliver betrachtete ihre Entführer. Der Mann war jünger als sein Vater; er hatte einen muskulösen, aber schlanken Körperbau. Seine Hände sahen kräftig aus. Oliver dachte, dass er mit diesen Händen bestimmt jemandem den Hals umdrehen konnte. Die Frau war etwa Mitte dreißig und sah nicht aus wie eine Entführerin, eher wie ein Model oder ein Filmstar. Ihr Haar war kupferfarben und wellig, ihre Augen grün, und sie starrte geradeaus, angespannt und konzentriert.

Der Fahrstuhl sauste immer weiter nach oben, vorbei an zahllosen Untergeschossen, passierte das Erdgeschoss und fuhr höher und höher, bis sie schließlich das Dach erreichten.

Oliver spürte die kühle Nachtluft im Gesicht. Auch hier oben war es dunkel, aber er konnte die Lichter der Stadt in der Tiefe sehen, bis zum Horizont. Im Osten ging die Sonne auf.

«Schnell», sagte der Mann zu den Kindern.

Auf einem Schild stand *Airmobiles: OZI North Deck G.* Sie liefen an endlosen Reihen parkender Autos vorbei – nein, wohl eher nicht, dachte Oliver. Vielleicht waren das

Helikopter oder Flugzeuge – schließlich hatte auf dem Schild «Airmobiles» gestanden.

«There!», sagte die Frau.

Sie bogen nach links. Die Tür zu einem Airmobile öffnete sich. Jemand saß vorne, aber Oliver konnte in der Dunkelheit nichts Genaues erkennen. Die Frau mit den roten Haaren stieg in die Fahrerkabine. Der Mann hob Iris und Rosa und zum Schluss Oliver in die Heckkabine und stellte dann den Rucksack neben Oliver auf den Fensterplatz. Er selbst stieg vorne ein. Noch ehe die Tür richtig zu war, hatten sie schon abgehoben. Das Airmobile stieg lautlos in die Luft.

Olivers Kehle schmerzte. Sie war ausgedörrt, und als er versuchte zu schlucken, konnte er nicht. Neben ihm hatte Rosa seinen Arm gepackt. Ihre Fingernägel gruben sich in seine Haut. Es tat weh, aber er wagte es nicht, etwas zu sagen. Wer waren diese Leute? Wo brachten sie sie hin?

Das Airmobile stieg steil nach oben und schoss dann vorwärts. Ein, zwei Minuten schwiegen alle. Oliver kam es vor wie Stunden. Dann lehnte sich der Mann zurück und stieß einen Schrei aus: «Juhuuu!», brüllte er.

Oliver zuckte zusammen.

«Wir haben's geschafft!», schrie der Mann. «Wir haben's geschafft!» Er lachte und johlte. «Bist du sicher, dass du alle Kameras deaktiviert hast?», fragte er die Frau.

«Ja», sagte sie. «Aber die werden trotzdem rausfinden, wer es war. Früher oder später.»

Hinter Oliver, Rosa und Iris begann ein diffuses, goldenes Licht zu leuchten.

«Keine Bewegung!», sagte eine vertraute Stimme. «Ihr seid verhaftet!»

Die Kinder fuhren herum. Es war Colin! Er grinste.

«Oh, du bist das!», rief Rosa – und dann fing sie an zu schluchzen. Richtig laut. «Du bist das!», kreischte sie. «Du bist das!» Sie hob den Arm und boxte Colin mit ihrer guten Hand. Wieder und wieder. «Du hast uns zu Tode erschreckt. Zu Tode!»

«Hilfe! Gnade!», rief Colin lachend.

Der Mann vorne kam endlich wieder zu Atem. «Ich bin Raoul», sagte er. Er beugte sich nach hinten und gab den Kindern die Hand. «Raoul Aaronson-Aiello, Colins Vater. Und das ist Rouge-Marie Moreau, die Urheberin dieses genialen Fluchtplans. Tut mir leid, dass wir euch nicht von Anfang an sagen konnten, wer wir sind. Wir hielten es für besser, wenn ihr möglichst wenig wisst, für den Fall, dass die Sache schiefgeht.»

Rouge-Maries Sitz drehte sich, und sie sah die Kinder jetzt an. Sie gab jedem eine schöne, schlanke Hand. «Freut mich, euch kennenzulernen.»

«Rouge-Marie ist ein Quant», sagte Colin. «Sie weiß absolut alles, was man über Zeitreisen wissen muss. Sie hat früher für das OZI gearbeitet.»

«Noch wichtiger ist», sagte Raoul, der noch immer ein bisschen außer Atem war, «sie weiß absolut alles, was man wissen muss, um euch drei unbemerkt aus dem OZI rauszuholen. Und ihre Infrarot-BB-App war äußerst praktisch! Ich dagegen musste diese alberne Brille tragen.»

Die Frau lächelte die Kinder an. «Wir haben schon viel über euch gehört.»

«Ich will ja keine Spielverderberin sein», sagte Rosa, «aber kann mir bitte mal jemand sagen, wohin wir fahren?» Sie schaute aus dem Fenster, wo der Himmel rasch heller wurde. Draußen zischten andere Airmobiles vorbei.

«Wenn du wissen willst, wohin wir fahren», sagte die Airmobile-Pilotin, die noch immer mit dem Rücken zu ihnen saß, «dann frag doch einfach die Pilotin.»

Sie drehte sich um und strahlte sie an.

Die Kinder schnappten nach Luft. «Cornelia!»

«Was bin ich froh, euch zu sehen!», sagte Cornelia. «Ich habe gehört, ihr hattet ein bisschen Schwierigkeiten, nach Hause zu kommen?»

«Hallo?», sagte Rosa entrüstet. «Ein bisschen?»

«Das war ein Scherz, Rosa», sagte Iris mit einem vernichtenden Blick. «Sogar ich hab das mitgekriegt.»

«Streitet ihr Mädchen euch immer noch?», fragte Cornelia mit einem Seufzen.

«Kein Kommentar», sagte Rosa.

«Also, mein Liebes», sagte Cornelia, «um deine Frage zu beantworten, wir sind auf dem Weg in die Forester-Kolonie ‹Hercynian Forest› im Harz. Dort seid ihr sicherer.»

Auf der Rückbank tippte Colin Oliver auf die Schulter. «Rutsch bitte mal ein Stück, Dagobert.»

Oliver stellte seinen Rucksack auf den Boden und schob sich widerwillig auf den Fensterplatz. Colin drängte sich zwischen sie, legte einen Arm um Oliver und den anderen um Rosa. «Ist das schön, euch wiederzusehen!»

Oliver wünschte, er würde noch immer neben Rosa sitzen. Andererseits freute er sich auch, Colin zu sehen. Außerdem hatte er jetzt einen herrlichen Blick aus dem Fenster. Er griff rasch nach Skizzenblock und Stift und zeichnete drauflos.

Die Aufregung hatte die Kinder erschöpft. Sie flogen schweigend durch den frühmorgendlichen zartrosa Himmel. Oliver wurde schläfrig, während er zuerst die Stadt, dann die Landschaft unter ihnen, dann ein vorbeifliegendes Airmobile zeichnete. Er schaute zu Colin hinüber und sah, dass Rosa mit dem Kopf auf Colins Schulter eingeschlafen war.

Colin bemerkte Olivers Blick. Er betrachtete Olivers Zeichnung. «Dag», sagte er, «weißt du noch, was ich dir neulich Abend über mein komisches Déjà-vu-Gefühl erzählt habe?» Er sprach leise, um Rosa nicht aufzuwecken. «Dass es mir irgendwie so vorkam, als hätte ich schon mal erlebt, dass wir zusammen sind? Oder was darüber gelesen?»

«Ja.»

«Jetzt hab ich schon wieder dieses Gefühl. Genau in diesem Moment. Als würde ich mich daran erinnern, hier zwischen dir und Rosa zu sitzen. Sehr merkwürdig.»

Oliver nickte, zu müde, um groß darüber nachzudenken.

Aber schon bald würden sie *alle* darüber nachdenken.

24. KAPITEL

Heart's Clearing

D ie Stimmung der Kinder hob sich, als sie in dem Ort Heart's Clearing im Hercynian Forest landeten. Sie hatten keine Ahnung, was sie erwartete, und waren überrascht, ein gemütliches Städtchen mit gepflasterten Straßen vorzufinden, auf denen Autos fuhren, die denen aus ihrer Zeit nicht unähnlich waren, bloß mit Solarzellen auf den Dächern. Es gab auch Geschäfte, von denen einige schon für Frühaufsteher geöffnet hatten. Im Grunde erinnerte Heart's Clearing sie stark an zu Hause.

«Heart's Clearing», sagte Rosa. «Das ist ein ulkiger Name.»

«Ursprünglich, als es am Ende des Dark Winter neu besiedelt wurde, hieß es Harz Clearing, was auf den deutschen Namen Harzgerode zurückgeht», sagte Raoul. «Aber die Englisch sprechenden Siedler schrieben den Namen falsch. H-e-a-r-t-s statt H-a-r-z. Letzten Ende setzte sich ‹Heart's› durch. Ehrlich gesagt ist es auch viel charmanter.»

«Es sieht hier aus wie in Vermont. Da wohnt Barbara,

die Freundin meiner Mutter», sagte Rosa. «Wir haben sie mal besucht.»

«Heart's Clearing wurde tatsächlich einem Ort in Neuengland nachgestaltet», sagte Raoul. «Du liegst also ganz richtig.»

Oliver hatte keine Ahnung, wie Orte in Neuengland aussahen, aber die von Wald umgebenen Holzhäuser waren malerisch. In der Nacht hatte es geregnet, und alles duftete so aromatisch: das frisch gemähte Gras, die Erde, Blumen, Laub ...

Raoul öffnete ein quietschendes Gartentor vor einem hübschen gelben Haus mit grünem Rasen, einer Veranda und einer Schaukel, die an einem Baum aufgehängt war. «Hier wohnen wir, wenn wir in Europa sind», sagte Raoul. «Meine Tante lebt hier, Jackie Aiello-DeMilo. Das Haus gehört ihr.»

Oliver und Rosa betrachteten die einladende Villa.

«Der Schein trügt», sagte Rouge-Marie. «Glaubt bloß nicht, ihr seid hier in Sicherheit. Ihr seid erst dann außer Gefahr, wenn ihr wieder im 21. Jahrhundert angekommen seid.»

«Rouge-Marie nimmt nie ein Blatt vor den Mund», sagte Raoul und öffnete die Tür. «Das ist ihre größte Schwäche.»

«Oder ihre größte Stärke!», verteidigte Colin seine Stiefmutter.

«In was für einer Gefahr sind wir eigentlich?», fragte Iris. «Außer natürlich in der Gefahr, im Stehen einzuschlafen.»

«Und nicht pünktlich zum Abendessen wieder zu Hause zu sein», schob Oliver nach.

Raoul führte sie in die Küche. Tante Jackie, eine sympathisch wirkende, füllige Frau von etwa Mitte sechzig war in der Küche und machte Frühstück. «Lucia schläft noch», sagte sie leise.

«Lucia ist Rouge-Maries Tochter», sagte Colin. «Wisst ihr noch? Sie ist sieben.»

«Setzt euch, Leute», sagte Raoul. «Verbinden wir das Angenehme mit dem Nützlichen.»

«In was für einer Gefahr sind wir denn jetzt?», hakte Iris nach.

«Uns ist zu Ohren gekommen, dass das OZI nicht kooperativ ist», begann Rouge-Marie. Sie sprach fließend Deutsch, wenn auch mit einem französischen Akzent. Oliver erinnerte sich an eine Bemerkung von Mo, dass sie die Sprache erst kürzlich gelernt hatte. «Wir wissen viel darüber, wie der menschliche Körper auf Zeitreisen reagiert. Aber leider noch längst nicht genug und ganz sicher nicht mal annähernd genug darüber, wie die im Wachstum befindlichen Körper von Kindern auf den Wechsel der Zeitzonen reagieren, vor allem, wenn die Erstreise sie in der Zeit nach vorne schleudert.»

«Aber Professor Grossmann hat gesagt, es wäre alles in Ordnung», sagte Iris.

Rouge-Marie zog eine Augenbraue hoch. «Und Dr. Shihomi? Was hat die dazu gesagt?»

«Sie sagt nie viel», sagte Rosa.

«Eins verstehe ich nicht», sagte Raoul. «Wie kann

so was wie mit Colin überhaupt erst passieren?» Er sah Rouge-Marie an. «Was für Clowns haben die da im OZI eigentlich? Gibt's da keine Sicherheitsmaßnahmen? Es geht schließlich um eine potenziell gefährliche Technologie.»

Damit traf er einen wunden Punkt. Rouge-Marie war das offensichtlich peinlich. «Wir haben schon darüber gesprochen, Raoul. Du hast recht.»

«Mach ihr keine Vorwürfe», sagte Cornelia. «Sie arbeitet nicht mehr da. Aber ich bin noch am Institut angestellt.» Ihre Finger spielten nervös mit ihrem Zopf, und ihre Stimme klang wieder irgendwie atemlos. «Wir beschweren uns seit Ewigkeiten über Sicherheitsmängel. Jetzt beginnt die Zentrale langsam, uns ernst zu nehmen. Ich sag denen schon seit Jahren, dass der Geräteschuppen in Olivers und Rosas Hof zu riskant ist.»

Rouge-Marie sah die Kinder an. «Wir wissen von Colin, dass er euch ein bisschen was darüber erzählt hat, wie wir leben. Für uns alle, ob wir nun Urbanites oder Foresters sind, ist Vertrauen von allerhöchster Wichtigkeit, aber dieses Vertrauen ist offenbar missbraucht worden. Diese Junior-Quants sind nicht von Grund auf böse. Sie sind einfach unreif und töricht und hätten niemals unbeaufsichtigt Zugang zum Labor haben dürfen. Ihre Vorgesetzten haben versagt. Auch sie wird man zur Verantwortung ziehen.»

«Das ist nur passiert, weil sie was gegen Foresters haben!», sagte Colin empört.

«Weil sie dich nicht kennen, Colin», sagte Rouge-Marie. Sie sah Raoul an. «Und an wem liegt *das* wohl?»

Raoul verdrehte die Augen. «Oh-oh. Geht das schon wieder los.»

«Vor zweihundert Jahren mag es ja durchaus ratsam gewesen sein, dass ihr euch von der übrigen Welt abgeschottet habt», sagte Rouge-Marie, «mitten im Dark Winter. Dadurch habt ihr überlebt. Aber heute?»

«Mir musst du das nicht sagen», konterte Raoul gereizt. «Schau dir an, mit wem ich zusammen bin.»

«Touché», murmelte Rouge-Marie mit sanftem Blick.

Selbst wenn Rouge-Marie und Raoul sich stritten, sahen sie glücklich aus, fand Oliver. Er hätte nichts dagegen gehabt, einfach dazusitzen und die beiden zu beobachten. Waren seine Eltern jemals so gewesen? Vielleicht bevor sein Bruder und er zur Welt gekommen waren?

«Ich hoffe, ihr habt alle ordentlich Hunger», sagte Tante Jackie und stellte dampfende Teller mit Spiegeleiern, Pfannkuchen und Waffeln sowie einen Korb mit warmen Brötchen und Croissants auf den Tisch.

Alle langten kräftig zu.

«Aber Sie haben uns noch immer nicht gesagt, warum es für uns gefährlich ist, hier zu sein!», sagte Iris, die allmählich die Geduld verlor.

«In der OZI-Zentrale in Berlin haben sie wenig Erfahrung mit zeitreisenden Kindern», erklärte Rouge-Marie weiter. «Aber in anderen OZI-Anlagen wurden ähnliche Fälle beobachtet. Zum Beispiel haben sie vor zwei Jahrzehnten in der russischen Provinz mit jungen Freiwilligen aus dem ausgehenden 21. Jahrhundert experimentiert, die mit ihren Familien in Sibirien interniert worden waren. Sie holten sie aus dem Jahr 2087 in das Jahr 2252. Die Freiwilligen waren Kinder und junge Erwachsene. Es war schrecklich.»

«Schrecklich?», fragte Rosa. Sie hielt mit Essen inne, und Ahornsirup lief ihr übers Kinn. «Wieso? Was ist passiert?»

Rouge-Marie sah ihr ins Gesicht. «Sie erlitten ein Zeit-Trauma. Das muss einen zunächst nicht beunruhigen – es gibt ein Medikament, das gut wirkt. Aber ... nach sieben Tagen –»

«Rouge-Marie», unterbrach Raoul. «Wollen wir –»

«Nach sieben Tagen», fuhr Rouge-Marie unbeirrt fort, «verliert das Medikament langsam seine Wirkung. Und wir wissen nicht, wie der Körper reagiert, wenn man länger hierbleibt.»

«Zeit-Trauma?», sagte Rosa.

«Vor zwanzig Jahren kam es nach sieben Tagen in der neuen Umgebung zum Versagen lebenswichtiger Organe, und zwar in neun von zehn Fällen.»

Die Kinder starrten sie fassungslos an.

«Wenn ihr in eure heimische Zeitzone zurückkehrt, werdet ihr feststellen, dass alles wieder im Normalbereich ist. Aber ...» Rouge-Maries Stimme erstarb.

«Aber was?», sagte Rosa.

«Wir können für euer Überleben nicht garantieren, wenn ihr länger als sieben Tage hierbleibt. Auch nicht, wenn ihr die Medikamente einnehmt.»

Sie schwiegen, während sie die Informationen verarbeiteten.

Oliver biss in ein knuspriges Croissant, merkte aber, dass er nicht schlucken konnte. Sein Hals hatte sich zusammengezogen, als steckte er in einer Schlinge. «*Das* ist also das Dilemma», sagte er. Er hatte jetzt ein Summen in den Ohren, und seine Hände fühlten sich feucht an.

Rosa hatte die Sprache wiedergefunden. «Was wir auch machen, es ist lebensgefährlich. Wenn wir zu lange hierbleiben, versagen wahrscheinlich unsere Organe. Und wenn wir zurückgehen, werden wir in drei Jahren krank, wenn der Dark Winter kommt.»

«Das war gemein von Professor Grossmann», sagte Oliver. «Er bettelt uns an, hierzubleiben, verspricht uns auch noch eine Impfung gegen die Deutsche Pest und weiß die ganze Zeit, dass wir wahrscheinlich in ein paar Tagen sterben!»

Tante Jackie warf angewidert ihre Serviette auf den Tisch. «Dieser Professor Grossmann hat ein kaltes Herz.»

«Er will den Neuen Nobelpreis», sagte Raoul. «Er benutzt die Kinder, um seine Karriere voranzutreiben.»

«Was auch immer er will», sagte Tante Jackie, «er schert sich einen Dreck um ihre Gesundheit.»

«Ihm geht es um die Gesundheit der Welt», sagte Rouge-Marie.

«Jetzt verteidigst du den Teufel auch noch!», protestierte Tante Jackie.

«Ja. Denn es ist nützlich, auch seine Seite zu verstehen.» Sie sah die Kinder an. «Das haben wir Urbanites immer gelernt: einen kühlen Kopf zu bewahren und klar zu denken. So haben wir den Dark Winter überstanden.» Sie

warf Raoul einen Blick zu. «Zugegeben, Professor Grossmann hätte nichts gegen den Neuen Nobelpreis. Aber
sein eigentliches Ziel ist es, die Geheimnisse des Universums zu verstehen und unser Wissen über die Zeit zu
vertiefen. Dagegen ist nichts einzuwenden. Das Problem
ist, dass die meisten Urbanites die emotionale Bedeutung
von Familie nicht verstehen. Sie unterschätzen die Kraft
der Liebe, die man früh in der Familie lernt. Deshalb
wundert es ihn auch, dass ihr nach Hause wollt.» Wieder wandte sie sich den Kindern zu. «Die meisten Kinder
in den Städten wachsen in ‹Near 'n' Dear›-Domänen auf.
Das sind riesige Gemeinschaftswohnanlagen für ganze
Sippschaften. Da geht es eher förmlich zu, und Kinder
haben dort selten ein besonders enges Verhältnis zu ihren
Eltern.»

«Kinder wachsen nicht in ihren Familien auf?», fragte
Rosa.

«Die Foresters ja», sagte Colin.

«Aber die Stadtbewohner selten», sagte Rouge-Marie.
«So haben sie seit dem Dark Winter in Laufe der Jahrhunderte die Kraft der Liebe verloren, denn sie haben sie in
der Familie nicht mehr gelernt. Wir sind dabei, sie uns
langsam, sehr langsam wieder zu eigen zu machen.»

«Egal, mir gefällt das nicht!», sagte Tante Jackie. «Er
sollte für seine Experimente keine Kinder benutzen.»

«Er glaubt, die Zukunft *all* unserer Kinder würde durch
die Forschung, die er betreibt, bereichert.» Rouge-Marie
holte tief Luft. Oliver ahnte, dass sie jetzt etwas von großer Wichtigkeit sagen würde. Sie senkte sogar ihre Stim-

me. «Es wird gemunkelt, dass das OZI kurz davor ist, die ferne Zukunft zu erforschen, was bislang tabu war. Bevor sie das tun, müssen sie wissen, wie der menschliche Körper reagiert, wenn der Reisende ursprünglich aus der Vergangenheit kommt und in die Zukunft befördert wird.»

«Dann sollen sie gefälligst mit diesem Grossmann rumexperimentieren! Nicht mit unseren Kindern!», sagte Tante Jackie.

«Er hat sich wahrscheinlich gedacht, da sie schon mal hier gelandet sind, könnte er die Gelegenheit ausnützen.»

«Würde mich kein bisschen wundern, wenn er die ganze Chose selbst angezettelt hätte!», sagte Raoul zu Rouge-Marie und rutschte unruhig auf seinem Platz hin und her. «Und erzähl mir jetzt nicht, dass du nicht auch schon daran gedacht hast. Ich wette, er steckt dahinter, ich wette, er hatte diese Junior-Quants dazu angestiftet, Colin Julio in die Vergangenheit zu schicken, damit er die Kinder mit hierherbringt.»

«Raoul», sagte Rouge-Marie flehend. «Hör auf.»

«Das stimmt! Die Quants haben mir ausdrücklich gesagt, das Spiel-Level ist zu Ende, wenn man eine oder mehrere Figuren dazu überredet, mit zum Ausgangspunkt zurückzukehren», sagte Colin. «Die *wollten*, dass ich die anderen mitbringe.»

«Das wissen wir nicht genau», sagte Rouge-Marie.

«Denkst du im Ernst, er hat das geplant?», wollte Tante Jackie von Raoul wissen.

Raoul verschränkte die Arme vor der Brust. «Rouge?»

Alle sahen Rouge-Marie an, und ihr Gesicht verfärbte

sich erneut rot. «Das ist schwer zu sagen. Da sind zu viele unbekannte Faktoren im Spiel.» Ihre Stimme war kaum hörbar. «Die Clouseaus, die Bodyguards, Bernd, Cornelia, der Gärtner, die Kinder, die Zeit selbst. Außerdem ist das im Augenblick unwichtig. Wir müssen dafür sorgen, dass Rosa, Oliver und Iris nach Hause kommen. *Das* hat für uns Vorrang. Darauf sollten wir uns konzentrieren.»

«Aber gegen den Mann muss doch ermittelt werden!», widersprach Tante Jackie. «Wer soll ihn daran hindern, beim nächsten Mal –»

«Ich weiß!», explodierte Rouge-Marie plötzlich. «Ich weiß! Und ich bin wütend! Und falls er dahintersteckt, werden wir ihn zur Rechenschaft ziehen!» Sie schlug mit der Faust auf den Tisch, und eine leere Milchpackung kippte auf ihren Teller, ließ das Geschirr klappern.

Einige Augenblicke herrschte Stille im Raum. Schließlich schloss Rouge-Marie die Augen und atmete tief durch. «Entschuldigung», sagte sie. «Entschuldigung.»

Noch immer schwiegen alle.

Rouge-Maries Ausbruch hatte Oliver aufgerüttelt. Er machte ihm keine Angst, aber er war ein schrilles Warnsignal. Wenn Oliver es bis zu diesem Moment noch nicht gewusst hatte, dann wusste er es jetzt: Sie steckten in großen Schwierigkeiten.

Einige Augenblicke später hörte Oliver ein seltsames Geräusch. Er blickte auf und sah, dass es von Raoul kam, der versuchte, ein Lachen zu unterdrücken. «Habt ihr gehört, wie Rouge-Marie das Ich-Wort benutzt hat wie ein waschechter Forester?», sagte er. «‹Ich weiß! Und ich

246

bin wütend!› Sie benutzt es fast nie. Sie kann sich noch immer nicht daran gewöhnen, ‹ich› zu sagen: Ich. Mich. Mein. Und auf einmal schreit sie es einfach so heraus.»

Rouge-Marie versuchte angestrengt, nicht zu lächeln, aber schließlich hoben sich ihre Mundwinkel. Dann lächelten alle. Rouge-Marie legte eine Hand auf Raouls. «Danke», sagte sie.

Dennoch blieb die Stimmung im Raum angespannt. Sehr angespannt. «Dieses ganze Gerede!», sagte Rosa. «Ich bin es so leid. Ich wünschte, wir wüssten nichts davon.»

Cornelia, die neben Rosa saß, legte tröstend einen Arm um sie, doch Rosa schüttelte ihn unsanft ab.

«Ich will nicht eine Minute länger hierbleiben, als ich muss», sagte Rosa. «Lieber sterbe ich mit meiner Familie im Dark Winter.» Sie sah Tante Jackie an. «Obwohl das ehrlich das beste Frühstück aller Zeiten war.»

Tante Jackie lächelte freundlich.

«Rosa ist eine Heldin!», sagte Colin stolz zu seiner Familie. «Ich wette, sie rettet ihre Familie vor dem Dark Winter!»

«Colin», protestierte Rosa. «Hör auf damit!»

Aber er hörte nicht auf. «Nein, sie sollen das wissen.» Er sah seinen Vater an. «Rosa ist nicht bloß schön. Sie ist eine Heldin!»

«Bitte. Lass –»

«Sie hat ihre Schwester davor gerettet, von einem Auto überfahren zu werden», redete Colin weiter. «Dabei hat sie ihre Hand verloren.»

Alle Augen richteten sich auf Rosas Prothese.

«Hör doch endlich auf!», sagte Rosa gequält. «Bitte.»

Es wurde wieder sehr still im Raum. Oliver hörte irgendwo draußen einen Hund bellen. Er spürte einen Lufthauch vom offenen Fenster und blickte hinaus. Die Bäume im Garten beugten sich im Wind. Er lauschte auf das Rauschen der Blätter. *Zsch-zsch-zsch.* Es waren Kastanienbäume, und sie standen in voller Blüte. Als er die Augen schloss, konnte er den süßen, waldigen Duft der Blüten riechen. *Zsch-zsch-zsch* machten die Blätter an den Bäumen. Es war, als ob sie ihm zuflüsterten: *Du-musst-jetzt-nach-Hause. Du-musst.* Die Augen fielen ihm zu ...

«Aber eines versteh ich nicht», sagte Iris und holte Oliver wieder zurück ins Hier und Jetzt. «Sie haben uns den ganzen weiten Weg hierhergebracht, nur um uns zu erklären, dass wir vielleicht krank werden, wenn wir länger als eine Woche im Jahr 2273 bleiben? Das hätten Sie uns doch auch in unserem Zimmer im OZI verraten und dann wieder verschwinden können. Haben Sie aber nicht. Sie haben uns mit hierhergenommen. Warum?»

Cornelia stieß ihr typisches Lachen aus, laut und schallend. «Hab ich's nicht gesagt?», sagte sie zu Rouge-Marie. «Du kannst ihnen nichts vormachen.» Sie wandte sich den Kindern zu. «Iris hat recht. Wir müssen euch was sagen. Also, passt auf.»

«Mama?»

Alle drehten sich Richtung Tür, wo ein Mädchen stand und sich den Schlaf aus den Augen rieb. Die Kleine hatte tiefschwarzes Haar, das ihr in samtigen Locken bis auf die

Schultern fiel, und ihre Augen waren groß und ebenfalls sehr dunkel – wie in einem Manga, dachte Oliver.

«Lucia», sagte Rouge-Marie. «Guten Morgen.»

Die Kleine betrachtete die Gäste mit weit aufgerissenen Augen und ging dann zu Rouge-Marie. Sie kletterte bei ihrer Mutter auf den Schoß. «Die Bäume haben mich wach gemacht», sagte sie. «Die haben geflüstert.»

Oliver sträubten sich die Nackenhaare. Wie seltsam, dachte er. Das Flüstern der Blätter … die Kleine hatte es auch gehört.

«Und was haben sie gesagt?», fragte Rouge-Marie ihre Tochter und küsste sie auf den Kopf.

«Die haben gesagt: ‹Uuuuh, uuuuh.›» Lucia machte gruselige, gespenstische Laute. «‹Uuuuh! Uuuuh! Lucia›, haben sie zu mir gesagt. ‹Lucia, wenn du nicht schnell aufstehst, sind alle Pfannkuchen aufgegessen!›»

25. KAPITEL

Alpha-Erde A 1.0.1

Es wurde vereinbart, dass sie Lucia zur Schule bringen und dann einen Spaziergang durch das Städtchen und den Wald machen würden, um ihr Gespräch fortzusetzen.

Lucia plapperte fröhlich vor sich hin. Es war etwas ganz Besonderes, von einem solchen Gefolge zur Schule gebracht zu werden. Sie löcherte Iris, Rosa und Oliver mit Fragen, aber Rouge-Marie hatte die drei gebeten, nicht allzu genau zu beschreiben, woher sie kamen, um das Mädchen nicht zu beunruhigen.

Besonders fasziniert war Lucia von Rosas Prothese. Gerührt von der Arglosigkeit der Kleinen streifte Rosa zu Lucias und sogar ihrer eigenen Überraschung den hautfarbenen Schutzhandschuh ab und führte die Mechanik der Hand vor, bewegte die Finger und ließ die Hand rotieren. Lucia lachte begeistert. «Das ist wie bei dem bionischen Mann in dem alten Film, den wir gesehen haben, Colin. Weißt du noch?»

Colin schnitt Lucia eine Grimasse. «Ich hab keine Ahnung, wovon du redest.»

«Die Forester haben eine umfangreiche Sammlung von klassischen Hollywood-Filmen», sagte Cornelia zu Rosa, Oliver und Iris. «Weltweit ungefähr zehntausend, was natürlich nur ein Bruchteil aller Filme und Fernsehsendungen ist, die vor 2018 produziert wurden. Leider konnten nur wenige aus den Ruinen des Dark Winter geborgen werden.»

«Wie hieß der Film, den ihr gesehen habt?», wollte Rosa wissen. «Vielleicht kenn ich ihn auch.»

«Sie erinnert sich bestimmt nicht mehr», sagte Colin und schaute Lucia bedeutungsvoll an.

«Na klar weiß ich das noch», sagte Lucia. «Hm ... ‹Terminator› hieß er.»

Colin verdrehte die Augen und stöhnte auf.

Rouge-Maries Augen blitzten verärgert. «Colin Julio! Du weißt, Lucia soll sich solche Filme nicht an –»

«Sie hat sich in mein Zimmer geschlichen, als ich ihn geguckt hab!», fiel Colin ihr ins Wort.

Lucia, die ihren Fehler erkannte, sagte: «Ich hab ihn angebettelt, dass ich bleiben darf, Mama. Es ist nicht seine Schuld. Ehrlich.»

«Darüber unterhalten wir uns später noch, junge Dame», sagte Rouge-Marie. «Wir wollen unsere Gäste doch nicht mit so einer Streiterei langweilen, oder?»

Vor dem kleinen roten Schulgebäude verabschiedete Lucia sich von allen mit Handschlag. Rosa streckte ihre Prothese aus, die ein surrendes Geräusch machte, und nahm sanft die Hand der Kleinen. Lucia kicherte. «Das kitzelt», sagte sie und lief dann über den Schulhof davon.

«Sie ist echt süß», sagte Rosa zu Rouge-Marie. «Sie sieht Ihnen gar nicht ähnlich, mit Ihren roten Haaren und den grünen Augen.»

«Sie ist nicht mein leibliches Kind. Ich hab sie für ihre Eltern ausgetragen und zur Welt gebracht.»

«Wow. Eine Leihmutter», sagte Iris fasziniert.

«Ja», sagte Rouge-Marie. «Das hat mein Leben verändert.»

«Weiß Lucia das?», fragte Rosa.

«Noch nicht, aber sie wird es erfahren. Bald.»

«Und die Eltern?», fragte Iris.

Rouge-Maries Gesicht verdunkelte sich nahezu augenblicklich. Ihre Schritte stockten. «Sie wollten ein Kind. Aber sie sind gestorben. Vor langer Zeit. Wir hatten die DNA des Kindes.»

«Das ist traurig», sagte Rosa.

«Es hat ein glückliches Ende gefunden», sagte Rouge-Marie. «Kein Grund, sich den Kopf darüber zu zerbrechen.»

Sie erreichten den Wald. Der Tag war heiß, aber unter dem Laubdach der Bäume war es deutlich kühler. Das Schattenlicht war mit Sonnenstrahlen gesprenkelt, kleine goldene Edelsteine aus Licht, die im Rhythmus ihrer Schritte tanzten. Und wie es duftete! Oliver fand es herrlich. Den würzigen Duft der jungen grünen Blätter, das frische Kiefernaroma, das alles durchdrang – selbst der starke Geruch von fauligem Laub kam ihm an diesem Morgen angenehm vor. Der feuchte Boden unter seinen Füßen federte bei jedem Schritt ... Unverhofft überkam ihn eine Erinnerung: Sein Bruder Thilo saß auf seinem neuen grünen Fahrrad und fuhr vor ihnen durch den Wald. Oliver stand zwischen seinen Eltern, seine Mutter links, sein Vater rechts. Sie hielten ihn an den Händen, sagten «Eins-zwei-drei» – und dann sprang er hoch, und sie schwangen ihn vor und zurück. *Engelchen flieg!* Er war klein, reichte seinem Vater gerade bis zur Hüfte. Und er war so glücklich. Eins-zwei-drei – *Engelchen flieg!*

«Also, wir wollten doch unser Gespräch fortsetzen, oder?», sagte Iris.

«Ja», sagte Cornelia. Sie drehte ihren Zopf hoch und steckte ihn auf dem Kopf fest. Oliver sah, dass ihr Nacken vor Schweiß glänzte. «Wisst ihr noch, als ihr im Buchladen BLÜHENDE PHANTASIE wart und Emma und ich euch ein bisschen erklärt haben, was es mit den Parallelwelten auf sich hat?»

«Ja klar», sagte Iris. «Das ist gerade mal ein paar Tage her, auch wenn es mir viel länger vorkommt.»

«Ihr wart auf einer Parallelerde gelandet, die eurer Welt sehr ähnlich war, sich aber in vielerlei Hinsicht von ihr unterschied. Das war Alpha-Erde A 2.3.2, wisst ihr noch? Wobei eure Welt in dem Szenario Alpha-Erde A 1.0.0 war. Auf A 2.3.2 waren persönliche Beziehungen ein wenig verdreht. Oliver, dein Vater dort war beispielsweise ganz anders als der Vater, den du kennst.»

Oliver nickte. «Echt krass. Und ich existierte dort nicht mal.»

«Und Iris und ich waren auf der Welt sogar *Freundinnen*», sagte Rosa.

«Auch krass», sagte Iris, worauf alle lachen mussten, selbst Rosa.

«Aber manche Parallelwelten sind extrem ähnlich», erklärte Rouge-Marie. «Man kann sie kaum voneinander unterscheiden. Nennen wir eine von diesen Welten – nur um es zu verdeutlichen – Alpha-Erde A 1.0.1, wo beispielsweise ... äh ...»

«... Olivers Mutter, Heidi Richter», griff Cornelia den Faden auf, «noch immer Friseurin ist, aber ihr Laden heißt nicht Heidi und Haar, sondern vielleicht Haar und Heidi.»

«Oder wo», sagte Oliver, «mein Vater noch immer den ganzen Tag Videospiele spielt, aber statt ‹Universe of Witchcraft› spielt er ‹Barbie und Ken gehen shoppen›?»

«Nicht ganz, aber fast», lachte Cornelia.

«Barbie und Ken?», fragte Rouge-Marie.

«Zu kompliziert», erwiderte Oliver. «Noch komplizierter, als Parallelwelten zu erklären.»

«Worauf wollen Sie hinaus?», fragte Iris Rouge-Marie.

Rouge-Marie sammelte ihre Gedanken. «Im Idealfall», sagte sie, «sollten Zeitreisende zu einem ganz präzisen Zeitpunkt oder Ort in der Zukunft oder Vergangenheit geschickt werden. Aber in der Praxis läuft das anders. Das OZI hatte beispielsweise gehofft, Colin aus eurer Zeit in unsere so zurückzuholen, dass er nur wenige Augenblicke nach seiner Abreise wieder hier ankam. Aber in Wahrheit haben wir ein paar Tage auf ihn gewartet. Zum Glück ist er zu seiner eigenen Alpha-Erde zurückgekehrt. In weniger gelungenen Szenarien hätte er – und ihr – auf einer

Beta- oder einer Jota-Erde landen können und immer so weiter bis Omega, dem letzten Buchstaben des griechischen Alphabets, unseres Codierungssystems. Alles zwischen Alpha A 1.0.0 bis Alpha A 1.4.9 ist akzeptabel. Aber ab Alpha A 1.5.0 wird es kniffelig, die Unterschiede sind schon deutlich zu erkennen.»

«Entschuldigen Sie», sagte Rosa. «Ich will ja nicht unhöflich sein, aber ehrlich, wenn Sie mich fragen, sind Barbie und Ken sehr viel leichter zu verstehen als das, was Sie uns da gerade erzählen. Wieso müssen wir das mit diesen Parallelwelten überhaupt wissen?»

«Weil Iris uns vorhin gefragt hat, warum wir euch aus dem OZI rausgeholt haben», sagte Cornelia. «Dies ist unsere Antwort darauf: das Leistungsniveau des OZI verschlechtert sich. Wir fürchten, dass die euch nicht in die Welt zurückschicken können, die ihr kennt.»

«Aber wir müssen zurück!», sagte Rosa.

«Wir kennen eine Zeitreise-Anlage in Zürich, die für private Forschung genutzt wird», sagte Rouge-Marie. «Ich habe schon mehrfach mit den dortigen Forschern zusammengearbeitet. Ihr Leistungsniveau ist höher als das des OZI. Sie sind auf der ganzen Welt bekannt für ihre Präzision und Zuverlässigkeit. Auch sie können keine Garantien abgeben, aber wir glauben, ihr seid bei ihnen besser aufgehoben als am Olga-Zhukova-Institut. Das OZI-Personal ist extrem überarbeitet und unterbezahlt. Die Budgetkürzungen waren drastisch – einer der Gründe, warum deren Sicherheitsvorkehrungen so zu wünschen übrig lassen.»

«Mo sagt immer ‹Zentrale machen immer Murks›», sagte Oliver. «Dann hatte sie also recht, was?»

«Wer ist Mo?», fragte Raoul.

«Eine von den Bodyguards, Dad», sagte Colin. «Mo, Barry und Burly.»

«Sie haben mich überzeugt», sagte Rosa zu Rouge-Marie. «Wann fahren wir nach Zürich?»

«Moment mal», sagte Iris. «Ich hab noch nicht zugestimmt. Was ist, wenn ich meine Erinnerungen nicht verlieren will? Wenn ich gar nicht von hier wegwill?»

Rosa brauste auf. «Spinnst du? Hast du vorhin nicht zugehört? Du könntest sterben, wenn du hierbleibst!»

Rouge-Marie seufzte. «Iris, du erinnerst mich sehr an mich selbst in deinem Alter. Diese Wissensgier, die dich antreibt, wie du Erkenntnissen nachjagst, sogar wenn das gefährlich ist.» Sie sah Raoul an. «Da. Hast du gehört? Das Reflexivpronomen der ersten Person Singular.» Dann wandte sie sich wieder Iris zu. «Leider können wir nicht zulassen, dass du deine Erinnerungen behältst. Wissen über die Zukunft kann bleibende psychische Schäden – besonders bei Kindern – verursachen, und es könnte eine unnatürliche Spaltung im Universum auslösen.»

«Aber wenn er einverstanden wäre? Und wenn er versprechen würde, mich sofort zurückzuschicken, falls ich krank werde?»

«Amtlich zugelassene Zeitreisende durchlaufen eine jahrelange Ausbildung, um zu lernen, wie sie diese Erinnerungen kontrollieren können.»

«Aber Colin erinnert sich doch!», sagte Iris.

«Er hat die Vergangenheit erlebt, nicht seine Zukunft. Und wir können ihn hier versorgen, falls Komplikationen auftreten sollten.»

Cornelia legte einen tröstenden Arm um Iris. «Wir können euch heute Nachmittag über Zürich rausbringen. Es ist besser so. Glaub mir.»

Sie gingen ein paar Minuten schweigend weiter. In der Ferne entdeckte Oliver eine Lichtung im Wald. Als sie näher kamen, erkannte er, dass es eine Straße war. Fahrzeuge sausten vorbei. «Wird das OZI hinter uns her sein, wenn wir nach Zürich fahren?», fragte er.

«Vielleicht», sagte Cornelia. «Aber letzten Endes werden sie wahrscheinlich kein großes Tamtam machen. Sie würden gegen das Gesetz verstoßen, wenn sie euch gegen euren Willen hierbehielten.» Sie sah Raoul an. «Und sie wollen niemanden, der bei ihnen herumschnüffelt. Ganz sicher nicht, wenn du damit drohst, der Sache auf den Grund zu gehen.»

«Ich hab noch eine Frage», sagte Oliver. «Als Sie uns aus dem OZI geholt haben und wir noch nicht wussten, wer Sie sind, dachte ich, Sie wären die Clouseaus. Die sind uns neulich Abend gefolgt. Auf dem GoWay. Und sie haben Bernd zusammengeschlagen, Cornelias Freund. Könnten die uns auch was tun?»

«Die arbeiten für die Europäische Bibliothek», sagte Cornelia. «Die Bibliothek ist nicht nur die Heimat für den Restbestand der Bücher Europas. Es ist auch Zentrum für das Sammeln geheimer Informationen.»

«Das heißt, da arbeiten Spione?», sagte Oliver.

«Das wissen die wenigsten», sagte Cornelia. «Und die meisten Bibliothekare, Übersetzer und Historiker, die dort arbeiten, wissen es auch nicht. Die Clouseaus sind eine Geheimtruppe, die gelegentlich zeitreisen darf, um Informationen zu sammeln, Probleme zu beseitigen, Aktionen durchzuführen oder zu verhindern. Doch normalerweise suchen sie nach Deserteuren.»

«Deserteure?», fragte Oliver.

«Überläufer», erklärte Cornelia. «Überläufer sind ein heikles Problem für uns, da unsere Technologie in die falschen Hände geraten könnte. Dennoch, die Rolle der Clouseaus in unserem speziellen Fall ist unklar. Die haben in der Buchhandlung nach jemandem gesucht. Aber nach wem? Wir glauben, dass sie auf einer falschen Spur waren. Vielleicht führt uns jemand absichtlich an der Nase herum.»

«Ich wette, unser Reiseleiter Renko Hoogeveen, der Bibliothekar, ist ein Spion!», sagte Oliver. «Der will alles über alles wissen. Pilzköpfe, all-in –»

«Renko Hoogeveen?», sagte Rouge-Marie. Sie sah erst Raoul an, dann wieder die Kinder: «Wir kennen ihn. Von früher. Ein guter Freund von uns war mit ihm befreundet.»

«Als er rausgefunden hat, dass Eliana Lorenz meine Babysitterin war», sagte Iris, «wollte er –»

«Eliana Lorenz?», rief Rouge-Marie alarmiert.

«Ja, sie hat die Tagebücher geschrieben, die auf Fischland-Darß gefunden wurden. Sie werden in der Bibliothek ausgestellt.»

Rouge-Marie unterdrückte ihre Aufregung. «Sie war deine Babysitterin?»

Raoul legte eine Hand auf Rouge-Maries Arm.

«Ist natürlich schon ewig her», sagte Iris. «Als ich noch klein war.»

«Renko bezeichnet sich als den Übersetzer der Eliana-Tagebücher», sagte Raoul. «Aber wir wissen, dass das nicht stimmt.»

«Echt? Ist er ein Hochstapler?», fragte Rosa. «Würde mich nicht wundern. Ich konnte ihn nicht leiden.»

«Die Straße ist da vorne», unterbrach Cornelia das Gespräch. Sie sah die Kinder an. «Rouge-Marie kann euch mit dem SwuttleX von Erfurt nach Zürich bringen. Ich brauche vorläufig noch meinen Job, deshalb nehme ich den E-Bus bis Leipzig und von da zurück nach Berlin. Sind wir uns alle einig?»

«Ich bin für Zürich», sagte Rosa. «Keine Frage.»

«Ich auch», sagte Oliver.

Sie blickten Iris an. Sie nickte mit einem tiefen Seufzer. «Wenn's sein muss.»

Während sie auf Cornelias E-Bus warteten, konnte Oliver die Anspannung in ihrem Gesicht erkennen. Ihre Lachfältchen waren zu Sorgenfalten geworden.

«Kannst du wirklich nicht mit uns zusammen nach Hause kommen, Cornelia?», fragte Oliver.

«Nein, das geht nicht.» Sie schüttelte den Kopf. «Es tut mir leid, dass das alles passiert ist. Fürchterlich leid. Aber ich mach's euch wieder gut. Irgendwie. Bald. Versprochen.»

Die Kinder nickten bloß.

«Ihr seid in den besten Händen», sagte sie, und jetzt versagte auch ihr beinahe die Stimme. «Ich sehe euch morgen in der Buchhandlung BLÄTTERRAUSCHEN.»

«Du meinst», sagte Iris, «du siehst uns vor 250 Jahren.»

Cornelia versuchte ein Lächeln, aber es sah gequält aus.

«250 Jahre!», sagte Oliver. «Da sind wir aber ganz schön lange weg. Würdest du vielleicht meinen Bonsai für mich gießen? Oder soll KRAAACK! 250 Jahre auf Regen warten?»

Jetzt endlich brachte Cornelia ein echtes Lächeln zustande. «Er ist ein zähes Pflänzchen, Oliver! Das sind sie alle. Die überstehen das. Da bin ich mir ganz sicher.»

Ein E-Bus kam die Straße herunter auf sie zu. Cornelia umarmte die Kinder zum Abschied, stieg ein, und der E-Bus fuhr weiter, bis er hinter einer Kurve verschwand.

26. KAPITEL

Phantome

R aoul Aaronson besaß ein Teaktique in Heart's Clearing. Während Iris in der Buchabteilung des Ladens stöberte, sah Oliver sich ein paar Bleistiftanspitzer an: ein hölzernes Dampfschiff mit Fenstern für unterschiedlich dicke Stifte; einen Pinocchio-Anspitzer mit einem Loch mitten zwischen Stirn und Kinn für den Bleistift, der zur Nase des Figürchens wurde; einen Vogelkäfig-Anspitzer. Rosa nahm derweil die Schmuckvitrine in Augenschein. Sie entdeckte eine Halskette mit sechs Strängen aus unterschiedlich großen Holzscheiben in verschiedenen Naturfarbtönen von Braun bis Rot. Oliver fand, dass die Kette wunderschön zu ihrem goldblonden Haar und den grünbraunen Augen passte.

«Die würde meiner Mutter gefallen», sagte Rosa wehmütig. Sie nahm eine andere Halskette mit Holzperlen in die Hand. «Und die wäre was für meine Schwester Lily.» Sie sah Rouge-Marie an. «Ich wünschte, ich könnte was mit nach Hause nehmen. Ein Souvenir. Oder Geschenke.»

«Das geht leider nicht», sagte Rouge-Marie. «Unsere

Technologie erkennt alles, das nicht schon auf der Hinreise dabei war. Während des Kalibrierungsvorgangs wird alles Unbekannte abgelehnt. Euch müssen wir nach Hause bringen. Keine Experimente. Tut mir leid.»

«Aber woher weiß Zürich, womit wir hergekommen sind?», fragte Iris.

Rouge-Marie lächelte. «Wir haben unsere Mittel und Wege, Schätzchen.»

«Heißt das», fragte Oliver, «dass ich wieder meine Allergien bekommen werde? Dr. Shihomi meinte, ich sei geheilt.»

«Leider ja.» Sie dachte kurz nach. «Manchmal, muss ich gestehen, passieren auch mal Fehler. Besonders wenn man unter Zeitdruck steht. Verlass dich aber nicht drauf. Die Menschen in der Schweizer Provinz sind für ihre Genauigkeit bekannt.»

Die Kinder waren müde. Es wurde vereinbart, dass sie sich ein wenig im Haus ausruhen sollten, und nach dem Mittagessen würde Rouge-Marie nach Zürich vorausfahren, um die Reise vorzubereiten. Raoul und Colin würden mit Rosa, Oliver und Iris am späteren Nachmittag nachkommen.

Vor ihrer Abfahrt rief Rouge-Marie die Kinder auf der Sonnenterrasse hinter dem Haus zusammen. «In Zürich haben wir vielleicht nicht mehr die Zeit, länger miteinander zu reden», sagte sie. «Noch irgendwelche Fragen?»

«Mir ist da was durch den Kopf gegangen», sagte Iris. «Es geht um die endlos vielen Alpha-Erden A 1.0.0 bis 1.4.9. Werden die alle den Dark Winter erleben? Oder sind die nur am Tag unserer Rückkehr fast identisch mit unserer Alpha-Erde A 1.0.0?»

Rouge-Marie zögerte. Oliver spürte, dass sie überlegte, wie viel sie ihnen erzählen sollte. «Es besteht durchaus die Möglichkeit, dass ihr auf einer Alpha-Erde aufsetzt, wo es nicht zum Dark Winter kommt.»

Sie stießen einen kollektiven Freudenschrei aus – doch Rouge-Marie dämpfte den Überschwang der Kinder gleich wieder. «Aber es gibt absolut keine Garantie dafür, dass ihr auf einer solchen Erde landen werdet», sagte sie. «Wir können das Reiseziel nicht auf den Grad genau bestimmen. Es gibt zu viele Unbekannte, zu viele Faktoren, die berücksichtigt werden müssen.»

«Aber es gibt noch Hoffnung?», sagte Rosa.

«Es gibt immer Hoffnung», antwortete Rouge-Marie. «Immer. Aber...» Sie verstummte.

«Aber was?», fragte Oliver.

«Aber eines ist klar: Selbst wenn ihr das Glück habt, dem Grauen des Dark Winter zu entgehen, ändert das nichts an der Tatsache, dass er irgendwo anders wütet. Vielleicht werdet ihr ihn nicht erleben, aber das heißt nicht, dass er nicht irgendwo existiert.»

Das war keine gute Neuigkeit, aber angesichts ihrer Optionen war sie die beste seit langem.

«Das ist gar nicht so viel anders als in unserer Welt heute», sagte Iris. «Millionen von Menschen, überall, weltweit, machen ihren eigenen Dark Winter durch, während wir glücklich und wohlauf in Berlin leben.»

«So ist es», sagte Rouge-Marie.

«Es gibt Krieg», sagte Oliver.

«Hunger», fügte Rosa hinzu.

«Völkermord», schob Iris nach.

«Alles wahr», sagte Rouge-Marie. «Traurig, aber wahr. Verliert das nicht aus den Augen. Aber macht euch auch klar: Die Tatsache, dass es so ist, bedeutet nicht, dass es so sein muss. Ihr könnt Dinge verändern.» Sie sah nacheinander jedes Kind an. «Sonst noch Fragen?»

«Eine letzte», sagte Iris. «Wie läuft das jetzt genau ab? Kommen wir wieder in dem Geräteschuppen in unserer Zeit an? Und dann öffnen wir die Tür und machen da weiter, wo wir aufgehört haben? Aber das wäre doch voll merkwürdig, wenn wir uns an nichts erinnern können, was passiert ist, nachdem wir Colin begegnet sind. Da sitzen wir ganz normal im Leseclub, und im nächsten Moment stehen wir im Geräteschuppen.»

«Das geht nicht, oder?», sagte Rouge-Marie. «Ihr würdet denken, ihr wärt verrückt geworden, und das wollen wir nicht. Wir müssen euch zu einem Punkt zurückschicken, *bevor* Colin in eurem Leben aufgetaucht ist. Cornelia hat gesagt, es hat ein Gewitter gegeben. Unmittelbar nach dem ersten Donner liegt der Punkt, an dem die beiden Welten sich auseinanderentwickelten. Im Idealfall werden Zeitreisende in eine Welt zurückgeschickt, wo ihr Selbst just in der Sekunde aufgehört hat zu existieren und in eine Parallelwelt abgebogen ist.»

«Das hört sich gruselig an», sagte Oliver.

«Dann werden wir also», sagte Iris, «zu dem Moment in der Buchhandlung zurückgezappt, als es geblitzt hat?»

«Mehr oder weniger, ja. Euer Bewusstsein wird jedenfalls erst in dem Moment wieder einsetzen.»

«Wisst ihr noch, dass uns irgendwie unheimlich war?», sagte Oliver zu Iris und Rosa. «Wisst ihr das noch? Kurz bevor das Gewitter losging? Wir haben Stimmen gehört.»

«Ja», sagte Rouge-Marie. «Wahrscheinlich gab es ein paar Sekunden, vielleicht sogar eine ganze Minute der Überlappung. Das ist eine Art Schwebezustand, in dem beide Welten nebeneinander existieren. In eurem Fall schleudert die eine euch vorwärts zu uns ins Jahr 2273. Die andere bewegt sich gemächlich Tag für Tag in eure neue Zukunft. Die Stimmen, die ihr meint gehört zu haben, waren wahrscheinlich ein Echo eurer Selbst.»

Rosa war der Mund aufgeklappt. «Das. Ist. Voll. Unheimlich.»

Rouge-Marie seufzte mitfühlend. «Genauer ins Detail zu gehen, würde euch nur verwirren. Das hat es wahrscheinlich schon.»

«Nein, ich verstehe genau, was Sie gesagt haben», beteuerte Rosa. «Wirklich. Deshalb ist es ja so unheimlich. Wir tauschen sozusagen den Platz mit unserem alten Selbst. Eine Rosa, also ich jetzt, geht einer neuen Zukunft entgegen, einer Zukunft mit oder vielleicht auch ohne den Dark Winter, das wird sich noch zeigen, und die andere Rosa geht der Zukunft entgegen, die wir gerade erlebt haben, und zwar in den paar Tagen, seit Colin an die Tür geklopft hat.»

«Ja», sagte Rouge-Marie. «Ganz genau.»

«Ich hab's verstanden», sagte Rosa, und ihr Gesicht leuchtete auf. «So kompliziert ist das eigentlich gar nicht.»

Oliver hatte aufmerksam zugehört, weil *er* sich nicht ganz so sicher war, ob er alles verstanden hatte.

Rosa war noch nicht fertig: «Unsere Zukunft mit Colin und dem Buchladen BLÜHENDE PHANTASIE und dem OZI und der Europäischen Bibliothek und überhaupt allem beginnt und endet an derselben Stelle. Sie beginnt in dem Moment, als es blitzt, und endet in dem Moment, als es blitzt. Sie ist wie ein Kreis, wie eine Endlosschleife.»

«Wie ein Möbiusband!», sagte Oliver. «Sie ist ein Möbiusband!»

«So könnte man es sehen», sagte Rouge-Marie. «Ja.»

«Aber unsere eigene neue Zukunft», sagte Rosa, um ihren Gedanken zu Ende zu führen, «führt weiter nach vorne, vorbei an der Schnittstelle, Richtung ... Dark Winter – oder vielleicht auch nicht. Und wir haben keine Erinnerungen an unsere andere Zukunft.»

Es wurde still auf der Sonnenterrasse, während jeder seinen Gedanken nachhing. Schließlich sagte Iris. «Gut gemacht, Rosa. Ich hätte es nicht besser erklären können.»

Rosa errötete. «Danke.»

Nachdem Rouge-Marie sich verabschiedet hatte, spielten die Kinder im Garten Fußball. Colin hätte den ganzen Nachmittag kicken können, aber für Rosa, Oliver und Iris war es eine echte Strapaze, eine halbe Stunde am Stück herumzurennen. Erschöpft ließen sie sich auf eine Decke im Gras plumpsen.

«Leute, das ist jetzt vielleicht eklig», sagte Rosa und zog ihre Prothese und den Innenschutz ab, «aber mein Arm ist voll verschwitzt.»

«Das ist überhaupt nicht eklig», sagte Iris. «Es ist, was es ist.»

«Die Haut ist ganz rot», sagte Colin mit Blick auf ihren Stumpf.

«Da muss Luft dran. Der hat zu lang in der Prothese gesteckt. Und das bei der Hitze.» Sie sah Colin an. «Mach uns noch mal Alpenglühen. Vielleicht wird uns kühler, wenn wir sehen, wie es in den Bergen schneit.»

Colin zog sein PockDock aus der Tasche und aktivierte es, doch nichts geschah. «Es muss erst aufladen. Ein bisschen Sonne tanken.» Er warf es auf die Decke.

Rosas goldblondes Haar und ihr hübsches Kamee-Gesicht schimmerten im Sonnenschein. «Darf ich dich mal zeichnen?», fragte Oliver. Die Frage war ihm so rausgerutscht, doch nachdem er sie ausgesprochen hatte, würde er sie für nichts auf der Welt wieder zurücknehmen.

«Von mir aus», sagte Rosa.

Hatte er richtig gehört? Sein Herz hüpfte ihm in der Brust wie eine Boje auf hoher See. «Deine Arme auch?»

«Von mir aus», sagte Rosa zaghaft.

«Alle drei?»

Sie lachte auf.

Rosa stützte sich auf ihren rechten Arm, während Oliver ihr Porträt zeichnete. Dann machte er eine Skizze von der Prothese, die auf der Decke lag. Rosa zog den Schutzhandschuh ab, und er zeichnete auch die bionischen Teile der Hand. Danach saß Iris für ihn Modell. Ihre Locken schimmerten in der Sonne, ihr Lächeln strahlte, und selbst ihre beiden Frontzähne, so groß sie auch waren, wirkten in dem Licht genau richtig. Colin zeichnete er auch: ein offenes, schönes Gesicht mit türkisfarbenen Augen und einer Baseballmütze.

Oliver war richtig in Fahrt. Er zeichnete alle drei zusammen. Anschließend holte Colin einen Spiegel aus dem Haus, und Oliver fügte sein eigenes Porträt zu dem Gruppenbild hinzu.

«Ein Selfie!», sagte Rosa lachend.

«Ein Ussie!», sagte Colin. «So nennen wir das. Von ‹us.›»

«Ein Ussie?» Rosa lachte noch mehr.

«Ach was-ie», sagte Oliver.

Als Oliver fertig war, streckten er, Rosa und Iris sich auf der Decke aus und nahmen ein Sonnenbad, während Colin den Skizzenblock durchblätterte. Rosa wandte Oliver den Kopf zu. «Danke, dass du uns gezeichnet hast, und mich …» Sie hob ihren Stumpf. «… und es.»

«Das wollte ich schon ganz lange. Du musst dich nicht bedanken.»

Sie schwiegen einen Moment.

«Hat es weh getan?», fragte er. «Die Amputation, meine ich?»

«Ja – hinterher. Es tut immer noch weh. Manchmal.»

«Echt? Wo amputiert wurde? Die Narbe?» Ihre Köpfe waren so nah, dass Oliver schon fast schielen musste, wenn er sie ansah. Und er konnte ihr Shampoo riechen.

Vanilleduft. Er erinnerte sich, dass es vor ein paar Tagen Kokos gewesen war.

«Nein. Meine *Hand* tut weh. Die Hand, die nicht mehr da ist. Die tut manchmal weh. Phantomschmerz. So nennt man das.»

«Phantomschmerz», sagte er, als wollte er das Wort ausprobieren.

Sie nickte. «Das ist so ein Gefühl, als wäre sie noch da.»

«Verstehe. Mit Menschen ist das genauso. Sie sind ein Teil von dir. Und dann sind sie plötzlich weg. Aber irgendwie sind sie immer noch da und tun dir weh.»

Rosa sah ihn an, versuchte zu verstehen, worauf er hinauswollte. «Du meinst ... wie dein Bruder? Wie Thilo?»

«Vielleicht. Irgendwie. Ja.»

«Was denn nun? Vielleicht oder irgendwie oder ja?»

Er kicherte. «Ja. Er war eine echte Nervensäge. Aber er war ein Teil von mir. Und jetzt ist er weg. Und das tut noch immer weh.»

Colin sah von dem Skizzenblock auf. «Hast du von ihm Fußball spielen gelernt? Du bist echt gut.»

Oliver lächelte. «Kann sein. Ja. Von ihm und meinem Vater.» Er sah Colin an und merkte, dass der gerne mehr hören wollte. «Okay. Ich erzähle es euch. Mein Bruder und mein Vater hatten eines Tages einen Riesenkrach. Thilo hat die Tür hinter sich zugeknallt und ist aus unserem Leben verschwunden. Er war sechzehn. Ich war fast zwölf. Das war's.» Oliver fragte sich, ob er ein bisschen zu cool klang. «Mein Bruder war immer ziemlich ... leichtsinnig. Er war ein echter Chaot.»

«Krass», sagte Iris. «Echt krass. Das wusste ich nicht.»

«Aber ich glaube, meine Mutter weiß, wo er ist», fügte Oliver hinzu. «Und einmal, als ich mit ein paar Jungs Fußball gespielt habe, im Park, da habe ich ihn gesehen, glaube ich. Ich habe daran gedacht, meine Mutter zu fragen. Aber ich schiebe es immer wieder hinaus, weil ich Angst habe, dass ich mich irre, dass sie nichts weiß. Und dann was? Aber ich werde sie fragen. Nur …» Oliver stockte. Er versuchte, einen neuen Gedanken zu formulieren. Es fiel ihm schwer, weil der Gedanke noch etwas verschwommen war. «Nur … mein Vater ist das eigentliche Phantom, denke ich. Obwohl umgekehrt wie bei dir, Rosa. Er ist da, aber eben nicht da. Es ist, als wäre er nur in Trauer, seit Thilo uns verlassen hat, als wäre bloß noch ein Geist von ihm da. Eine leere Hülle.» Oliver konnte sich nicht erinnern, diesen Gedanken jemals so genau im Kopf formuliert zu haben, aber jetzt fand er ihn ganz logisch. «Manchmal denke ich, mein Vater kommt nie wieder zurück. Manchmal setze ich mich zu ihm auf die Couch und guck mir blöde Filme an, nur um in seiner Nähe zu sein.» Oliver blickte auf. «Vielleicht sollte ich ihm das mal sagen. Hören, was er dazu sagt.»

«Mach das», meinte Iris.

Sie schwiegen einen Moment, dann sagte Colin: «Ich find's gut, dass du uns das erzählt hast, Dagobert.»

Oliver grinste. «Ich auch. Ich hab mir gedacht, wer mich schon in Leggings und Ballerinas gesehen hat, vor dem muss ich nichts mehr verbergen.»

27. KAPITEL

Das Buch

Oliver schlug die Augen auf. Er hatte gedöst – schon wieder. Rosa und Iris auch. Colin hockte über einem Umzugskarton. Er nahm Bücher heraus, eins nach dem anderen, blätterte sie durch und stapelte sie dann auf dem Rasen.

Ein Windhauch bewegte die Blätter an den Bäumen. *Zsch-zsch-zsch.* Olivers Lieblingsgeräusch. Fliegen schwirrten vorbei, ein paar Bienen, weiter oben zwitscherten Vögel. Sie waren von Bäumen umgeben. Raoul sang leise in der Küche vor sich hin, während er einen Kuchen backte. Tante Jackie war vor dem Haus dabei, ein altes Motorrad zu reparieren, und ließ den Motor aufheulen.

Oliver setzte sich auf. Jetzt sah er, dass Colin zwei Kartons vor sich stehen hatte. «Was machst du da?», fragte er.

«Ich suche was», sagte Colin, hob den Kopf und streckte sich. «Ein Buch.»

Oliver spähte in den Karton, der ihm am nächsten war, und sah Dutzende Bücher, von denen die meisten so alt waren, dass sie schon auseinanderfielen. Er nieste. «Wie heißt es denn?»

«Ich weiß nicht. Aber wenn ich es sehe, weiß ich es wieder.»

Oliver nieste wieder. «Ich bin allergisch gegen Staub. Dabei hat Dr. Shihomi gesagt, ich wäre meine Allergien los.»

«Dieser Staub ist teilweise zweihundert Jahre alt.»

«Ach, deswegen», meinte Oliver und kicherte.

Iris reckte die Arme.

«Ich muss mich bewegen», sagte Colin. Er lief über den Rasen.

Der Duft des Kuchens im Ofen wehte zu den Kindern herüber.

Rosa setzte sich auf und schnupperte. «Mm.»

Tante Jackie rief von der Terrasse. «Ich mach eine kleine Probefahrt mit dem Motorrad. Dauert nicht lange!»

«Okay», rief Colin, der wieder zurückkam. Er hielt etwas in der Hand. «Seht mal, was ich gefunden hab.» Er reichte Iris eine samtige lila Blume. «Für dich.»

«Eine Iris!», sagte sie und roch daran. «Danke.»

«Die ist wunderschön!», sagte Rosa.

Iris' Finger streichelten ein weiches Blütenblatt. «Sie steht für Weisheit, wisst ihr das? Und in der griechischen Mythologie ist Iris eine Götterbotin.»

«Lebenswichtige Information», witzelte Oliver. «Hab's gleich abgespeichert.»

«Jetzt möchte ich aber auch was von dir geschenkt haben», sagte Rosa kokett zu Colin. «Ein Souvenir.»

«Wir haben keine Rosen», erwiderte er. «Und außerdem darfst du kein Souvenir mit nach Hause nehmen.»

Rosa dachte nach, dann griff sie in Olivers Federtasche und holte einen Kugelschreiber heraus. «Hier», sagte sie. «Signiere meine Prothese.»

«Damit kommst du nicht an den Detektoren vorbei», sagte Iris.

«Ich weiß. Aber wir werden's ihnen nicht leicht machen. Kugelschreibertinte geht nämlich nicht ab, schon vergessen?» Sie kicherte.

Colin nickte. «Mit Vergnügen.» Er nahm die Prothese und schrieb seinen Namen außen auf den oberen Rand des Schafts: *Colin Julio war hier, 5. Juni 2273.*

«Perfekt», sagte sie und gab ihm einen Kuss auf die Wange. «Das ist das perfekte Geschenk.»

Rosa und Colin lachten. Oliver spürte einen Stich Eifersucht und sah weg.

Colin beugte sich wieder über seine Kiste. «Da muss ein Buch drin sein, das ich gelesen hab, als ich noch klein war. Ich würde es euch gern zeigen.»

Iris tat die Blume in die Tasche ihrer Weste und sah zusammen mit Rosa die Bücher durch, die Colin schon beiseitegelegt hatte.

Oliver schlug seinen Block auf und zeichnete Rosas Prothese mit Colins Widmung drauf neben die Skizze mit der bionischen Hand.

Rosa nahm ein Buch in die Hand.

«Ich kenne keinen, der schon mal einen Verkehrsunfall hatte», sagte Colin zu ihr.

Rosa legte das Buch wieder hin. «Wieso? Gibt's hier keine Unfälle mehr?»

«Klar gibt's noch Unfälle. Ich kenne bloß niemanden, der einen hatte. Ich kann mir das gar nicht richtig vorstellen. Ich meine, es muss doch weh getan haben, als dich das Auto erfasst hat.»

«Ich kann mich nicht erinnern.»

«An gar nichts?»

Rosa schluckte schwer. «Nicht an den Aufprall, nein. Und auch nicht an die Zeit danach. Da war ich bewusstlos. Nur ...» Ihre Stimme war seltsam zittrig.

Oliver konnte sie kaum verstehen. «Nur was?», fragte er, während er weiterzeichnete.

«Ich kann mich nur an den Moment *davor* erinnern.»

«Du meinst, als du Lily weggeschubst hast?»

Rosa sah ihn einen Moment lang an, als versuchte sie, eine Entscheidung zu treffen ... dann schüttelte sie den Kopf. «So war das in Wirklichkeit gar nicht.»

Oliver musste sich anstrengen, um jedes Wort mitzukriegen.

«Ich hab sie weggeschubst», sagte sie, «aber ich hab sie nicht gerettet.»

Oliver blickte verwundert auf.

«Wenn ihr's genau wissen wollt, ich hab sie weggeschubst, weil ich wütend auf sie war. Wir haben uns gestritten.»

«Aber ... das Auto ist über eine rote Ampel gefahren», sagte Oliver.

«Ich weiß. Der Fahrer war schuld. Aber –»

«Und Zeugen haben –»

«Vergiss die Zeugen!», sagte Rosa. «Die haben gese-

274

hen, wie das Auto die rote Ampel überfahren hat, und sie haben gesehen, wie ich Lily weggeschubst hab. Na und? Die wussten doch nicht, dass wir uns gezankt hatten!»

«Wow», sagte Iris.

«Ich war wütend auf sie. Deshalb hab ich sie geschubst. Ich hab das Auto überhaupt nicht gesehen.»

Oliver war noch dabei, diese neue Information zu verdauen. «Aber ... du hast sie trotzdem gerettet», sagte er. «Sie ist nicht überfahren worden.»

«Das ist aber nicht das Gleiche. Wenigstens für mich nicht. Ich bin nicht die Heldin, für die mich alle halten. Also hört bitte auf, rumzuerzählen, dass ich eine bin.»

«Aber wenn du das Auto gesehen *hättest*?», sagte Oliver, «hättest du sie dann nicht aus dem Weg geschubst?»

Rosa zuckte die Achseln. «Vielleicht.»

«Dann besteht doch durchaus die Möglichkeit, dass du eine Heldin hättest sein können.»

«Lass gut sein, Oliver. Danke für die Bemühungen, aber lass gut sein.»

Oliver ließ es gut sein – aber nur für einen Moment. «Selbst wenn es so war», sagte er, «macht dich das nicht zu einem schlechten Menschen. Kinder streiten sich andauernd. Das ist ganz normal. Du hast einfach Pech gehabt.» Eine Fliege landete auf seiner Nase, und er schlug sie weg. «Ich meine, *richtig* Pech.»

Eine Weile sagte niemand etwas, dann stellte Rosa fest: «Ich glaube, ich muss es meinen Eltern sagen. Und das werde ich auch. Ich find's furchtbar, dass alle mich für eine Heldin halten.»

«Hast du dir schon mal überlegt, dass deine Eltern es wahrscheinlich schon wissen?», sagte Iris. «Eltern spüren solche Sachen. Das ist ihr Job.»

Das nahm Rosa für einen Moment den Wind aus den Segeln.

Oliver fand, dass Iris recht hatte. Seine Mutter wusste auch immer alles.

Rosa ließ sich das einen Moment durch den Kopf gehen, dann sagte sie: «Egal. Ich werd's ihnen trotzdem sagen.» Sie nahm ihre Prothese und schob sie sich über. «Basta.»

«Worüber habt ihr euch denn vor dem Unfall gestritten?», fragte Oliver nach einigen Augenblicken.

«Über den Müll. Es ging um Müll – wer von uns als Nächste dran war, ihn runter in den Container im Hof zu bringen.»

Iris schüttelte den Kopf. «Das ist so was von gar nicht lustig.»

Aber sie mussten trotzdem lachen.

Colin wandte sich wieder dem Bücherkarton zu, nahm jedes Buch heraus, musterte es kurz und legte es dann auf den Rasen zu den anderen.

«Colin Julio?», rief Raoul vom Küchenfenster aus.

«Ja?»

«Wir müssen bald los!»

«Okay!», rief Colin zurück, ohne aufzuschauen. Er starrte gebannt auf ein Buch, das er gerade aus dem Karton gefischt hatte. Der ursprüngliche Buchdeckel fehlte, aber es hatte einen Einband aus Pappe. Er schlug es auf und sah, dass die Seiten lose waren. Er blätterte eine um – und zuckte zusammen.

«In etwa vierzig Minuten», rief Raoul. «Macht euch allmählich startklar.»

«Jaja», sagte Colin abgelenkt. Er las und wurde immer aufgeregter. Er drehte das Buch um und las die Rückseite.

Iris räusperte sich. Ihre Stimme klang zaghaft. «Leute, ich muss euch auch was gestehen. Ich wollte es euch schon früher sagen, aber –»

«Yeeesss!», schrie Colin plötzlich. «Das ist es! Ich hab's gefunden! Das ist es! Ich hab recht gehabt!»

«Was ist das?», fragte Iris neugierig. Sie griff nach dem Buch.

Colin zog es weg. «Finger weg! Das ist eine Rarität. Copyright 2040.»

«Was ist es denn?», sagte Rosa.

«Wahnsinn! Ich kann's kaum glauben! Ich hab's gefunden! Ich hab euch doch erzählt, dass ich so ein Déjà-vu-Gefühl hatte, als hätte ich diese Zeit mit euch schon mal erlebt oder was darüber gelesen. Heute Morgen hatte ich das Gefühl wieder, und dann, als ich Oliver im Airmobile beim Zeichnen zugeschaut hab, ist mir was eingefallen. Nämlich eine Geschichte, die ich mal als Kind gelesen hatte. Ich habe sie damals auf Tante Jackies Dachboden gefunden, da war ich vielleicht sechs. Ich weiß nicht mal genau, ob ich sie wirklich gelesen habe – vielleicht war ich dafür noch zu jung. Aber ich hab mich an die Illustrationen erinnert. Und das hier ist das

Buch!» Colin schlug die erste Seite auf. «Ihr werdet staunen. Wisst ihr wie das Buch heißt? ‹Blätterrauschen›.»

Oliver spürte, wie sich seine Nackenhaare aufstellten.

«Zeig her!», sagte Rosa. «Wer hat's geschrieben?»

«Der Deckel und die allerersten Seiten mit dem Namen des Autors sind verschwunden», sagte Colin. «Auch das Impressum fehlt bis auf das Erscheinungsjahr. Seht ihr?» Er hielt das Buch hoch. Auf der Innenseite des eingerissenen Pappeinbands hatte jemand in Schönschrift «First Floor Fiction, © ca. 2040» geschrieben. «Irgendwer hat das Buch in Pappe eingeschlagen. Das hat man im Dark Winter oft gemacht, um Bücher zu schützen, die man erhalten wollte. Hier sieht man, dass ein Teil des ursprünglichen Rückendeckels in die Pappe integriert wurde. Ihr werdet nicht glauben, was da steht.»

Er drehte das Buch um. Auf dem Rückendeckel sah man die Illustration eines Olivenbaum-Bonsais, knorrig und vom Alter gebeugt. Er las den Klappentext vor: «‹Blätterrauschen ist ein fesselnder Sci-Fi-Fantasy-Abenteuerroman für Jung und Alt. Er erzählt die spannende und anrührende Geschichte von drei einsamen Kindern die zusammen mit einem geheimnisvollen Jungen aus der Zukunft in eine gefährliche Zeitschleife geraten. Gezwungen in –.› Mehr steht da nicht. Der Rest ist abgerissen worden.»

«Oh. Mein. Gott», sagte Rosa. Sie schluckte. «Das ist ja total unheimlich.»

«Die Interpunktion ist fehlerhaft», stellte Iris nüchtern fest. «Und der Text ist –»

«Wen interessiert die Interpunktion, Iris!», rief Rosa.

«Das ist eure Geschichte!», sagte Colin. «*Unsere* Geschichte! Alles, was wir in den letzten Tagen gemacht haben. Passt auf.» Er schlug die allererste Seite der Geschichte auf und las: «‹Irgendetwas stimmte nicht. Alles war auf einmal so still. Das Rauschen der Blätter an den Bäumen draußen im Hof war verstummt. Ebenso das Stimmengemurmel hinter der Tür zur Buchhandlung.› Und so weiter und so weiter. Und dann: ‹Oliver lauschte auf Geräusche –›»

«Unsere *Namen* sind da drin?!», platzte Oliver heraus. «Unsere Namen?»

«Pst», sagte Colin und las weiter. «‹Oliver lauschte auf Geräusche, irgendwelche Geräusche, *egal was* – und hatte plötzlich das Gefühl, dass jemand direkt hinter ihm stand und ihm ins Ohr flüsterte. Er fuhr herum. Aber da war niemand. Nichts.› Und seht euch erst mal die Illustrationen an!»

«Zeig her», verlangte Oliver.

«Fallt nicht in Ohnmacht», sagte Colin und schlug das Buch auf.

Iris fiel fast in Ohnmacht. Die zufällige Seite zeigte die Illustration eines pummeligen jungen Mädchen mit dunklen Locken, die Hand um ein Glas gelegt. Es trug den Titel: «Iris betrachtet ihre Moca Mola und sagt, ‹Es effervesziert.›»

«Aahhhh!», kreischte sie mit weit aufgerissenen Augen.

Rosa hatte angefangen zu hyperventilieren.

Und Oliver hatte wieder dieses Summen in den Ohren. Nein, das Summen war in seinem ganzen Kopf, als würde da drin ein Bienenschwarm herumschwirren.

Colin legte Rosa eine Hand auf die Schulter. «Nicht ohnmächtig werden, Rosa. Alles okay?»

Oliver sah, dass das Blut aus Rosas Lippen gewichen war. Sie waren ganz weiß geworden.

«Geht schon», brachte sie heraus. Die Kinder blätterten fieberhaft weiter. Eine Seite fiel heraus, und der Wind trug sie davon. Colin rannte hinterher, um sie einzufangen.

«Ich glaub, ich krieg einen Herzinfarkt», sagte Oliver. Er hatte gerade eine Seite mit einer Illustration aufgeschlagen, unter der «Georg, der Hamster» stand. Ein paar Seiten weiter: «Mo, Barry und Burly am Kontrollpult im Safe-House.» Oliver knallte das Buch zu, als drohten Gespenster von den Seiten aufzufliegen. «Ich fass es nicht. Die sehen anders aus als meine Zeichnungen, aber ... aber ...»

«Das liegt daran, dass du jetzt dreizehn bist», sagte Iris. «2040 bist du 38.»

«Willst du damit sagen, ich habe wirklich diese Illustrationen gemacht? Und wer hat das Buch geschrieben?», schrie Oliver. «Wer ist der Autor?»

«Ganz ruhig, Dag», sagte Colin. «Ganz ruhig. Ich hab doch schon gesagt, ich weiß es nicht.»

«Dann sag uns, wer der Erzähler ist!», verlangte Iris.

«Der Erzähler?»

«Die Stimme, Colin. Die Stimme des Buches. Wer erzählt die Geschichte? Ist es ein Ich-Erzähler?»

«Nein. Sieht so aus, als wäre es in der dritten Person geschrieben.»

«Aus wessen Sicht?»

«Herrje, ich weiß es nicht! Ich hab's doch gerade erst gefunden!» Colin schlug das Buch wieder irgendwo mittendrin auf und las laut vor: «‹Oliver trottete die Treppe hinauf in die warme, schwüle Abendluft. Er war froh, wieder draußen zu sein. Sie waren zu lange eingesperrt gewesen.›» Colin blickte auf. «Hast du das so gedacht?»

Oliver klapperten die Zähne, deshalb konnte er bloß nicken.

«Ich denke, die Geschichte wird aus Olivers Sicht erzählt», sagte Colin. Er sah Oliver an. «Also hast du es vielleicht geschrieben.»

«I-ich?», stotterte Oliver geschockt.

«Wer sagt das?», schaltete sich Rosa empört ein. Ihre Nasenflügel bebten. «Vielleicht hab *ich* es ja geschrieben, aber aus seiner Sicht.»

«Aber du hättest es doch wohl aus deiner Sicht geschrieben. Oder?»

«Vielleicht wollte ich das nicht. Vielleicht hab ich gedacht, ich würde mehr Leser bekommen, wenn es auf Jungs zugeschnitten ist. Mädchen lesen alles. Aber Jungs sind leider furchtbar wählerisch. Da muss man eben ihre Bedürfnisse bedienen. Muss sich bei ihnen einschleimen. Hast du daran schon mal gedacht?»

Colin hob die Hände. «Schon gut. Schon gut. Du hast mich überzeugt. Du hast es geschrieben.»

«Aber genau wissen wir es nicht», sagte Iris. «Vielleicht hat es auch jemand geschrieben, dem Rosa die Geschichte bloß erzählt hat. Wie eine Art Ghostwriter.»

«Ich brauche keinen Ghostwriter!», protestierte Rosa.

«Oder vielleicht hat jemand anders dir die Geschichte erzählt, Rosa, und du hast sie aufgeschrieben. Wenn wir nämlich keine Erinnerungen von diesen Tagen haben, wie willst du dann die Geschichte schreiben?» Iris sah sie alle an. «Habt ihr daran schon mal gedacht?»

«Rouge-Marie hat gesagt», begann Rosa, «dass manchmal Fehler passieren.»

«Kinder?», rief Raoul vom Küchenfenster.

Alle vier wirbelten herum.

«Wollt ihr jetzt ein Stück Kuchen, oder soll ich ihn für die Reise nach Zürich einpacken? Er ist jetzt noch warm. Apfelkuchen.»

«Zürich!», riefen sie wie aus einem Munde.

«Okay», sagte Raoul. «Rührt euch nicht vom Fleck! Ich muss kurz los und Tante Jackie holen. Das Motorrad hat unterwegs den Geist aufgegeben.»

«Okay», sagte Colin zu Raoul. «Wir bleiben brav hier sitzen.»

Raoul verschwand vom Fenster.

«Hört mal», sagte Oliver. «Kann sein, dass ich die Illustrationen gemacht hab, meinetwegen, aber ich bin bestimmt kein Schriftsteller. Ich würde sagen, Iris oder Rosa haben es geschrieben.»

Iris schüttelte den Kopf. «Ich lese gern. Das ist mein Hobby. Aber fiktive Geschichten schreiben? Als Beruf?

2040 hab ich mit Sicherheit Wichtigeres zu tun, als einen Kinderroman zu schreiben.»

«Hallo?», sagte Rosa zutiefst entrüstet. «Geschichten erzählen ist wichtig! Hörst du Cornelia denn nie zu? Lesen hilft uns, herauszufinden, wer wir sind! Wir kommunizieren durch Lesen! Geschichten wecken Hoffnung in uns, wieder und immer wieder. Ohne sie könnten wir nicht leben. Sie –»

«Rosa», sagte Colin, «ist ja gut. Beruhige dich. Du hast es geschrieben. Da bin ich mir absolut sicher. Und es war eine wichtige Arbeit. Können wir uns darauf einigen?»

«Danke», sagte sie leise. Sie richtete sich auf, nahm die Schultern zurück und strich ihre Bluse glatt. «Außerdem», sagte sie zu Iris. «Es steht ja da, dass es eine Geschichte für Jung *und* Alt ist. Also nicht nur für Kinder.» Sie sammelte sich. «Jetzt, wo wir uns darauf geeinigt haben, dass ich es schreiben werde –»

«Dass du es geschrieben *hast*», sagte Iris. «Vor über zweihundert Jahren.»

«Jetzt, wo wir uns darauf geeinigt haben, dass ich Schriftstellerin bin», sagte Rosa, «denke ich, dass ich das Buch lesen sollte. Wenn ich es schreiben werde, sollte ich wenigstens wissen, worum es geht.»

«Es fällt schon auseinander», sagte Colin. «Und wir haben nicht mal mehr eine halbe Stunde Zeit.»

«Ich muss wissen, wie es zu Ende geht», sagte Rosa. «Ich will wissen, ob wir wieder nach Hause kommen.»

«Und ich will wissen, warum du unsere richtigen Namen benutzt hast!», sagte Iris. «Schon mal was von Privatsphäre gehört? Und natürlich kommen wir nach Hause. Sonst hättest du es ja nicht schreiben können.»

«Auch wieder wahr.»

«Immer vorausgesetzt, *dass* du es geschrieben hast. Vielleicht war's ja auch Cornelia. Sie hat wenigstens ihre Erinnerungen.»

«Ich hab's geschrieben. Da bin ich mir sicher.» Rosa wandte sich Colin zu und streckte die Hand aus. «Zeig mir wenigstens den Schluss. Ich hab schon ein paarmal versucht Geschichten zu schreiben, aber ich habe immer Probleme, den richtigen Schluss zu finden.»

Er schüttelte den Kopf. «Die letzten Seiten fehlen auch. Die letzten Sätze sind: ‹Die Kleine hatte tiefschwarzes Haar, das ihr in samtigen Locken bis auf die Schultern fiel, und ihre Augen waren groß und ebenfalls sehr dunkel – wie in einem Manga, dachte Oliver.›»

«Lucia!», sagte Oliver.

«Das sind die letzten Zeilen. Der Rest fehlt.» Er zeigte ihnen die letzte Seite. «Seht ihr?»

Sie sahen es.

«Ich nehme mir unbedingt vor, noch ein anderes Exemplar aufzutreiben», sagte Colin. «Aber das wird bestimmt nicht mehr vor unserer Abfahrt nach Zürich passieren. Es muss doch noch ein anderes Exemplar geben, irgendwo auf der Welt.»

Iris tätschelte Rosas Schulter. «Sei nicht traurig, Rosa. Wenn es so weit ist, wirst du wissen, wie der Schluss ist. Keine Sorge: Du hast noch fünfundzwanzig Jahre Zeit, es rauszufinden.»

«Die gute Nachricht ist immerhin», sagte Rosa, «dass wir überleben und der Nachwelt unsere Geschichte erzählen können.»

«Da bin ich mir nicht so sicher», sagte Iris und deutete in Richtung Haus.

Colin, Rosa und Oliver fuhren herum. Mo stand auf der Terrasse. Ihr kahl geschorener Kopf glänzte in der Sonne. Und sie war nicht allein. Neben ihr standen Barry und Burly. Und sie sahen nicht so aus, als wären sie gekommen, um warmen Apfelkuchen zu essen.

28. KAPITEL

Showdown

«Okay, Kids», sagte Mo zu den Kindern. «Ihr kein Ärger mache, wir kein Ärger mache. Kein Gewalt, wenn ihr tue genau, was wir sage. Kapiert?»

Die beiden Männer gingen in Angriffsposition.

Oliver war vor Angst wie erstarrt.

Mo sagte irgendetwas auf Englisch zu Barry. Oliver verstand kaum ein Wort.

«Er holt den AeroJeep», übersetzte Colin.

«Und was ist das?», fragte Rosa.

«Ein Jeep, der auch fliegen kann. Wahrscheinlich haben sie den genommen, weil der in der Luft schwer zu orten ist. Er fliegt zu tief für unseren Radar. Und da unsere Landesgrenzen offen sind, konnten sie leicht über die Landstraße mit ihm reinfahren. Sie haben ihn ein Stück die Straße runter abgestellt.»

«Ich finde, ihr könntet euch ruhig ein bisschen was von den Grenzüberwachungsmethoden im 21. Jahrhundert abgucken», sagte Iris zu Colin.

«Zumindest können sie ihre BBs hier nicht einsetzen», sagte Colin. «Ihr Netzwerk ist blockiert.»

Mo war mit ihren Anweisungen fertig. Barry trottete grinsend Richtung Straße zum AeroJeep.

Rosa fand die Sprache wieder. «Was wollt ihr hier?», sagte sie Mo. «Wir haben ein Recht, das zu erfahren.»

«Okay, Kids», sagte Mo. «Plan ist so. Wenn AeroJeep hier, das Mädchen mitkommen.»

Rosa war empört. «Hallo? Tut mir leid, aber ich komme auf keinen Fall mit euch mit.»

Mo lachte. «Nicht du, Püppchen! Pummelchen kommt mit, die Schlaue.» Sie sah Iris an. «Professor Grossmann sagt, du versproche, ihm helfen. Also warum du einfach weggehe? Er wütend. Er uns geschickt, dich hole.»

Rosas Augen weiteten sich vor Entsetzen. «Du hast versprochen, ihm zu helfen?», kreischte sie Iris an. «Was hast du versprochen?»

Iris wurde rot. «Ich … ich wollte es euch schon heute Morgen erzählen … und vorhin auch noch mal, aber …» Sie sah Mo an. «Bitte, sagen Sie ihm einfach, dass ich es nicht kann.»

Mo zuckte unbeeindruckt die Achseln. «Versproche ist versproche.»

«Ich weiß! Das war, als wir heute Nacht geschlafen haben», sagte Rosa. «Hab ich recht? Als du auf einmal weg warst! Du bist zu Professor Grossmann gegangen. Wie konntest du nur?»

«Er hat mir meine *Erinnerungen* versprochen. Wie konnte ich da nein sagen? Was sind wir ohne unsere Erinnerungen? Nichts! Außerdem wusste ich da noch nicht, wie gefährlich das ist. Das hat uns doch erst Rouge-Marie erklärt. Aber ich hätte es euch sagen sollen. Ich weiß. Es tut mir leid.»

«Du hast uns alle in Gefahr gebracht!», sagte Rosa mit Blick auf Mo und Burly. «Ich bin so wütend auf dich!»

Iris wandte sich an Mo. «Bitte, ich möchte nach Hause. Ich hätte mich nicht darauf einlassen sollen. Es ist gefährlich für uns, hierzubleiben. Das hat Professor Grossmann uns nicht gesagt. Ich könnte krank werden. Ich könnte –»

«Ruhe jetzt!», sagte Mo. «Du machen diese Bodyguard nervös mit deine viele Blablabla.» Sie blickte Richtung Straße. «Wo der Blödmann bleibe?» Sie wandte sich wieder Iris zu. «Mo tue, was tue *solle*. Sie dich zurückbringen solle, sie bringen dich zurück. Du wolle nach Hause? Sag Professor. Vielleicht er dich lasse. Aber Dr. Dr. Dr. von Bibliothek, der dich auch wolle. Doktor ist große wichtige Mann. Sehr wichtige Mann. Wenn er wolle was, er es bekomme. Ja?»

Hinter ihnen kam Barry mit dem AeroJeep.

Mo packte Iris am Ellbogen. «Nix mehr rede, Pummelchen. Wir jetzt gehe.»

Iris riss ihren Arm weg. «Nein!»

Burly sagte irgendetwas auf Russisch, hielt Iris am Arm fest, zückte ein paar Handschellen, tippte einen Code ein. Die Handschellen öffneten sich, und dann, *Klick!*, schlossen sie sich um Iris' Handgelenke.

«Er soll die sofort abnehmen!», sagte Rosa zu Mo. «Sie hat nichts verbrochen! Sagen Sie's ihm.»

«Handschellen?», sagte Iris verdattert und starrte auf

ihre gefesselten Hände. «Nicht zu fassen, dass die so was Altmodisches wie Handschellen haben!»

Barry parkte den AeroJeep nicht weit von dem Haus auf einem Weg, der sich irgendwo jenseits des Gartens verlor. Doch jetzt wurde Oliver klar, dass es sich um eine Art Startbahn handeln musste.

«Barry, come over here!», rief Mo ihrem Kollegen zu, der jetzt aus dem Fahrzeug ausstieg.

Oliver versuchte, Mo und Barry zu verstehen, aber es gelang ihm nicht, das Englische zu entschlüsseln. Er schwor sich aus tiefstem Herzen, Englisch zu lernen, falls er je wieder zurück ins 21. Jahrhundert kam.

«Sie will, dass Barry uns im Auge behält, während sie Iris im Jeep festschnallt», übersetzte Colin. «Sie sagt, er und Burly würden besser mit uns fertig – nur für den Fall, dass wir uns wehren.»

Barry und Burly bauten sich wie eine Steinmauer vor Colin, Rosa und Oliver auf, während Mo eine widerspenstige Iris Richtung AeroJeep zerrte.

«Mein Vater kommt jeden Moment zurück», sagte Colin zu den Männern.

Burly lachte.

«Too late, woody boy», sagte Barry.

Iris saß jetzt vorne in dem AeroJeep.

«Wir müssen irgendwas tun!», sagte Rosa zu Colin und Oliver.

Oliver stand hilflos da, seine Gedanken stolperten ins Leere. «Das ist *dein* Buch!», sagte er zu Rosa. «Wie geht es aus? Sag's uns, und wir tun's.»

Im AeroJeep beugte Mo sich über Iris und schnallte sie an.

«Das hier ist kein Buch, Oliver!», sagte Rosa. «Das ist mein Leben. Und deins. Und das von Iris!»

«Und meins auch», sagte Colin.

«Aber was würdest du tun?» Oliver sah Rosa flehend an.

«Was würdest *du* tun? Das Buch ist aus *deiner* Sicht geschrieben.»

Oliver konnte keinen klaren Gedanken fassen.

«Aber eins weiß ich», sagte Rosa. «Wir dürfen nicht zulassen, dass die Iris mitnehmen! Sie ist meine Freundin!» Sie drehte sich zu Oliver um. «Und deine auch! Wir sind Freunde! Verstehst du?»

Und auf einmal wusste Oliver, dass sie recht hatte. Ja, sie waren Freunde! Bei dem Wort überkam ihn ein solches Glücksgefühl, dass er für einen Moment glaubte, er könnte tatsächlich einen der Kastanienbäume mitsamt den Wurzeln ausreißen und ihre Gegner damit bedrohen. «Wir sind Freunde!», sagte er und erinnerte sich daran, was er Cornelia versprochen hatte, und das brachte ihn zur Besinnung. «Wir müssen zusammenhalten. Ich zähl bis drei, dann schnappt sich Colin sein PockDock und beschießt die beiden. Mit irgendwas. Vielleicht mit dem Elektroschocker. Mit dem RatCatcher.»

«Aber mein PockDock ist nicht aufgeladen!», sagte Colin.

«Dann bete zu den Göttern der Technologie, dass noch ein bisschen Saft drin ist. Es ist unsere einzige Chance.»

Oliver sah Rosa an. «Und auf drei brüllst du los wie am Spieß.»

«Okay.»

«Und ich stürz mich auf sie. Mit bloßen Händen. Was anderes haben wir nicht.»

Fünfzig Meter entfernt knallte Mo die Beifahrertür des AeroJeeps zu und ging hinüber auf die Fahrerseite.

«Eins. Zwei. Drei», sagte Oliver.

Rosa holte tief Luft, um loszuschreien, doch Burly, der die drei die ganze Zeit beobachtet hatte, hielt Rosa mit seiner großen, dicken Pranke den Mund zu, ehe sie auch nur einen Ton herausbringen konnte.

Oliver wusste, dass es Selbstmord war, aber er hatte keine Zeit, darüber nachzudenken: Er trat Burly mit voller Wucht erst gegen das rechte, dann gegen das linke Schienbein. Seine Tritte waren kaum mehr als Mückenstiche auf einem Elefantenrücken, doch sie lenkten Burly kurz ab, und das genügte Rosa. Sie biss ihn so fest in die Hand, dass Blut kam. Er stieß einen Schmerzensschrei aus, griff nach seinen Handschellen und merkte, dass die nicht mehr da waren. Sie waren bei Iris im AeroJeep. Er presste seine unverletzte Hand auf Rosas Mund und sobald der erste Schmerz an der rechten Hand abebbte, drehte er Rosa den rechten Arm auf den Rücken. Aber er brauchte Unterstützung. «Barry?», rief er.

Was dann genau geschah, war im Nachhinein schwierig zu rekonstruieren, aber hinterher einigten sich die Kinder darauf, dass es folgendermaßen abgelaufen sein musste: Barry, der sah, dass Burly Probleme hatte, Rosa zu bändigen, zog seine eigenen Handschellen vom Gürtel und war schon auf dem Weg zu Burly, um ihm zu helfen, als Colin mit seinem PockDock zielte, ein Stoßgebet an die Götter der Technologie ausstieß, und das grüne Pock drückte. Wie durch ein Wunder erschien der Laserstrahl des RatCatchers und – *ZAPP!* – waren Barrys rechter Arm mitsamt Hand getroffen, und die Handschellen fielen zu Boden. «That little woody shot me!», schrie Barry und wollte die Handschellen mit der anderen Hand aufheben, aber – *ZAPP!* – erwischte der RatCatcher ihn am linken Bein, und er fiel auf die Knie.

«Mo!», knurrte Burly Richtung AeroJeep. «Help!»

Aber Mo, die mit dem Rücken zu den Männern an irgendetwas im AeroJeep hantierte, hörte ihn nicht.

Inzwischen rappelte sich Barry mühsam wieder hoch. Colin zielte mit dem PockDock auf sein rechtes Bein, aber nichts tat sich. Er versuchte es erneut. Noch immer nichts. «Der Akku ist leer!», rief Colin, und im selben Moment hüpfte Barry auf seinem noch funktionsfähigen Bein zu den Handschellen hinüber. Doch da erschien Olivers Bein wie aus dem Nichts und brachte ihn zum Stolpern. Barry fiel gegen Burly, und Oliver schnappte sich die Handschellen.

Burly war von dem ganzen Tumult abgelenkt worden, und als Barry auch noch gegen ihn fiel, lockerte er unwillkürlich den Druck auf Rosas Mund. Pech für ihn, denn in dem Moment erwachte Rosas Prothese mit einem Surren zum Leben und ging zum Angriff über, indem sie Burlys linke Pranke mit ihren Fingern aus Stahl packte. Die Prothese kannte keine Gnade. Oliver schwor hinterher, dass er Knochen knacken hörte. Einen nach dem anderen. Dann war plötzlich Mo da. Mit einem «Danke, Mr. Kritzel-Mann» entriss sie Oliver die Handschellen und ließ sie zu Rosas und Olivers Verblüffung zuerst um Burlys gebissene Hand und dann um Barrys linke Hand schnappen. Mit ihren eigenen Handschellen gelang es ihr, Barrys halbgelähmten Füße zu fesseln, doch Burly bereitete ihr Probleme. Seine kraftvollen Beine rissen sie zu Boden, und ehe sie wusste, wie ihr geschah, hatte er sie mit den Beinen umklammert. Aber Oliver, der jetzt begriff, dass Mo auf wundersame Weise auf *ihrer* Seite war, schaffte es, Burly mit einem Tritt genau dort zu treffen, wo es am meisten weh tut. Burly jaulte auf, und Mo konnte sich befreien und ihn mit bloßen Händen überwältigen. Lange würde sie ihn jedoch nicht festhalten können. Da kam plötzlich Iris angelaufen und brachte ihre geöffneten Handschellen mit. «Braucht hier vielleicht jemand Handschellen? Ich hab meine aufgekriegt!»

Mo nahm die Handschellen und legte sie Burly an.

«Ist das nicht phantastisch?», sagte Iris zu Oliver und Rosa. «Ein echter Showdown!»

«Wie du aus Handschelle komme?», wollte Mo von Iris wissen. «Ich dir lasse Handschelle an, damit die Blödmänner denke, ich noch arbeite mit ihnen.»

«Ich hab mir die Kombination gemerkt», antwortete Iris. «Burly hat die im Zeitlupentempo eingetippt.»

«Aber wie *du* sie eintippe? Deine Hände in Handschelle.»

Iris lächelte und zeigte auf ihre Frontzähne. Wie immer stand der rechte vor wie ein Reißzahn. «Damit!»

«Ihr Kids perfekte Team», sagte Mo. «Püppchen, Mr. Kritzel-Mann, Pummelchen, danke. Diese Bodyguard habe gehofft, ihr kämpfe!»

«Sie haben das geplant?», fragte Oliver ungläubig.

«Schlaukopf, Mo, ja? Aber es eine Hilfe, dass Zentrale machen immer Murks und dass die beide sind Blödmänner.» Sie warf Barry und Burly einen verächtlichen Blick zu.

Colin, Rosa, Oliver und Iris betrachteten die beiden Männer, die ein jämmerliches Bild boten, dann wandten sie sich wieder Mo zu. «Dann haben Sie von vornherein geplant, uns zu retten?», fragte Rosa.

«Nee – euch retten war nur nebenbei. Bitte nicht verstehen falsch, ihr Kids sind schon okay, aber Wahrheit ist, diese Bodyguard will eigentlich *sich* retten. Sie suche nach Mitfahrgelegenheit in 21. Jahrhundert. Ihr seid die beste Chance. Ihr noch haben Platz für sie in eure Zeitmaschine?»

Allen klappte der Unterkiefer herunter.

«Du. Liebe. Güte!», sagte eine erschreckte Frauenstimme. «Was ist denn hier passiert?»

Alle drehten sich um und sahen Tante Jackie und Raoul herbeilaufen.

«Besuch?», fragte Tante Jackie mit Blick auf die Bodyguards.

Raoul grinste. «Hat jemand Lust auf frischgebackenen Apfelkuchen?»

29. KAPITEL

Center for the Exploration of Time

Ihre Landung in Zürich vor der Kulisse der schnee-
bedeckten Alpen und des Zürichsees war atemberaubend, ebenso wie die kurze Fahrt mit dem Airtaxi von
der SwuttleX-Station zur Bergspitze, auf dem das Zeit-
forschungszentrum Center for the Exploration of Time
(CET) lag.

Noch vor ihrer Ankunft in der Schweizer Provinz hatte Mo dem CET ihre Absicht unterbreitet, die Kinder ins
21. Jahrhundert zu begleiten. Rouge-Marie setzte sich für
sie ein, indem sie argumentierte, Mo könnte Cornelia am
Zielort eine Hilfe sein, die Kinder unbemerkt vom Geräteschuppen in den Buchladen zu schaffen. Und so erhielt
Mo die Zusage, mit den Kindern zu reisen, und man sicherte ihr die Diskretion und Verschwiegenheit zu, für
die die Schweizer Provinz bekannt war.

Bevor die Reisenden in Spezialkabinen geschickt wurden, um gemessen, gewogen, ausgewertet und dann auf
die Reise geschickt zu werden, überraschte Mo die Kinder mit ihren Handys, die sie mit dem größten Vergnügen aus den OZI-Labors stibitzt hatte. «Kinderspiel», sag-

295

te sie. «Security in Zentrale ein Witz. Kein Spaß mehr. Zu leicht. Diese Bodyguard sucht bessere Job in 21. Jahrhundert, als Türsteher in Club. Wenn Leute Ärger mache, sie setze sie vor Tür, sorge, dass alles bleibt friedlich, und ganze Nacht laut Musik höre. Das rockt!»

«Haben Sie keine Angst, dass die Clouseaus Sie verfolgen werden?», fragte Iris. «Sie wären eine Deserteurin.»

«Die Clouseaus schon mal diese Bodyguard verfolgt und nicht gefange. Also vielleicht wieder Glück haben. Ihr noch erinnern? Es war der Tag in BLÄTTERRAUSCHE und dann in BLÜHENDE PHANTASIE. Mo will eigentlich überlaufe, aber sie bleibe bei euch, weil ihr Schutz brauchen. Ihr so arglos, wollte nicht mit Barry und Burly allein lasse. Bah! Blödmänner.»

«Dann waren die Clouseaus in den Trenchcoats hinter *Ihnen* her?», sagte Oliver. «Sie wussten, dass Sie überlaufen wollten?»

Mo lächelte stolz. «Und ob, Mr. Kritzel-Mann! Irgendwer hat Mo verrate. Wer weiß, wer? Spione überall. Aber Zentrale hat die Clouseaus zu spät geschickt, um zu erwische. Zentrale machen immer Murks. Du Geld drauf wette, du Millionär. Wie diese Bodyguard wohl sonst komme an Geld für Reise in 21. Jahrhundert? Sie wette und gewinne!»

«Und Dark Winter? Haben Sie keine Angst vor dem Dark Winter?», fragte Rosa. «Ich nämlich sehr.»

«Haben keine Angst, Püppchen. Dark Winter wie Clouseaus: Wenn du halte Auge offen und immer schaue über Schulter, dann du okay. Außerdem, nichts sicher in Leben, niemals und nirgendwo. Am besten du tust, was du kannst, mit dem, was du hast. Und das ganz. Gerade du sollte wisse das, Püppchen», sagte sie und tippte auf Rosas Prothese.

Rosa nickte. «Alles klar.»

Auch Colin durfte vor der Abreise noch einmal kurz mit den Kindern reden. «Ob du willst oder nicht», sagte er zu Rosa, «du wirst immer meine Heldin sein. Ich werde bis ans Ende der Welt reisen, wenn es sein muss, um dein Buch zu finden. Ich will wissen, wie es ausgeht. Es gibt nichts Schlimmeres als ein Buch ohne einen richtigen Schluss. Schreib was Gutes. Für mich.»

Rosa nickte und sagte mit erstickter Stimme: «Ich werd's versuchen.»

«Wird es ein Happy End sein?», fragte er dann.

Rosa kämpfte mit den Tränen. «Nach allem, was ich hier erlebt hab, weiß ich nicht so recht, ob es ein glückliches Ende sein kann, Colin. Ich fürchte, ich glaube gar nicht mehr daran, dass Geschichten überhaupt ein Ende haben. Das hier ist vielleicht das Ende einer Geschichte, aber es ist auch der Anfang einer anderen oder sogar die Mitte von noch einer dritten. Geschichten gehen immer weiter. Wie die Zeit selbst.»

«Aber ein Buch hört irgendwo auf. Es muss irgendwo aufhören.»

«Ja, vielleicht hast du recht. Also unser Buch beginnt im Buchladen. Vielleicht sollte es dann auch dort zu Ende gehen.»

«Warum nicht mit einem Kuss», fragte Colin. «Am Ende kommt immer ein Kuss.»

Rosa stockte der Atem. «Ein Kuss muss nicht unbedingt erst auf der letzten Seite kommen. Oder?»

Also küsste Colin sie. Auf der Stelle. Und sie erwiderte den Kuss.

Oliver und Iris wandten sich diskret ab, gingen zu dem Tisch mit den Erfrischungen und schenkten sich jeder einen Eistee ein.

«Wenn wir keine Erinnerungen haben», sagte Iris, um Oliver von seinem offensichtlichen Elend abzulenken, «wie soll Rosa dann das Buch schreiben können? Die Frage bereitet mir noch immer Kopfzerbrechen.»

«Du hast doch heute Nachmittag gesagt», antwortete Oliver, «dass ihr vielleicht jemandem die Geschichte erzählt. Mo? Oder Cornelia? Oder vielleicht ...» Ein Gedanke nahm in Olivers Kopf Gestalt an, und der Gedanke gefiel ihm. «Oder vielleicht ... schreibt sie das Buch so, wie die meisten Schriftsteller schreiben, einfach aus dem Kopf, aus ihrer Phantasie, ohne zu wissen, dass sie die Geschichte selbst mal erlebt hat, ohne zu wissen, dass es eine tief vergrabene Erinnerung ist, die ihr beim Schreiben wieder hochkommt und wieder lebendig wird. Was meinst du?»

Iris betrachtete Oliver einen Moment lang. Ihre schönen dunklen Augen weiteten sich, dann sagte sie: «Cool! Das ist eine richtig gute Erklärung.»

Oliver lief rot an. Er griff nach seinem Glas und trank einen kräftigen Schluck Eistee.

«Das ist richtig klug, Oliver. Sie denkt, es ist eine Geschichte, aber in Wahrheit sind es ihre Erinnerungen. Du weißt ja, dass es einen ganzen Wissenschaftszweig gibt, der sich mit Erinnerungen befasst. Das Gehirn –»

«Jaja, ich weiß Bescheid», sagte er, der kein bisschen Bescheid wusste, was die Wissenschaft der Erinnerungen anging.

Iris runzelte die Stirn. «Okay, du willst das jetzt nicht hören. Dann erzähl ich es dir eben ein anderes Mal, wenn wir wieder zu Hause sind. Abgemacht?» Sie streckte ihm die Hand hin.

Er schüttelte sie. «Abgemacht.» Er würde allem zustimmen, egal was. Zu Hause würden sie sich sowieso nicht mehr daran erinnern.

Sie hörten jemanden draußen vor der Glaswand.

«Kinder», sagte Rouge-Marie, als sie den Raum betrat. «Wir können jetzt mit den Berechnungen anfangen. Colin, hast du dich von allen verabschiedet?»

«Fast», sagte er, löste sich von Rosa und ging zu Iris. Er nahm ihre Hände. «Tut mir leid, dass ich keine Zeit mehr hatte, deinen Namen hier nachzuschauen, aber ich bin sicher, er wird in die Annalen der Geschichte eingehen, weil du irgendwas richtig Geniales erfindest oder eine großartige Entdeckung machst, die zukünftigen Generationen über Jahrhunderte hinweg das Leben erleichtert. Das bist du uns schuldig. Versprochen?»

«Jaja, zum Beispiel eine Therapie gegen Schluckauf oder so», sagte sie und verdrehte die Augen. «Versprochen.»

Er umarmte sie und wandte sich dann Oliver zu. «Du

wirst mir fehlen, Oliver, Kumpel. Du bist der kleine Bruder, den ich mir immer gewünscht hab.»

«Hallo?», sagte Oliver. «Hast du gerade Oliver zu mir gesagt?»

«Ich glaub schon», sagte Colin und versetzte seinem Arm einen Stoß. «Mach's gut, Schwanensee.»

«Du auch. Und pass auf Lucia auf. Sie ist echt nett.»

«Colin?», sagte Rouge-Marie mahnend. «Es wird Zeit.»

Colin umarmte Rosa noch einmal, stieß mit der Faust gegen die von Oliver, winkte Iris zum Abschied und verließ wortlos den Raum.

Die Kinder stießen ein kollektives Seufzen aus. Sie waren traurig, ihren Freund Colin verlassen zu müssen.

«Kinder», begann Rouge-Marie, «ihr wisst, wie das Verfahren abläuft?»

Sie nickten.

«Ihr werdet jeder in eine Kabine gebracht und dort ausgewertet. Anschließend betretet ihr einen Raum –»

«Die Zeitmaschine?», fragte Iris überschwänglich.

«Wenn du es so nennen willst – ja. Und dann werdet ihr durch die Zeit zurück in die Vergangenheit und in eure Welt befördert. Wenn alles so läuft wie geplant, werdet ihr euch an das ganze Geschehen hier nicht erinnern können. Zurück im Buchladen werdet ihr euch weiter in eure Zukunft hineinbewegen, losgelöst von dieser Zeitschleife.» Sie sah die Kinder an. «Ist das so weit klar?»

Wieder nickten sie.

«Noch ein letztes Wort zum Dark Winter», fuhr sie fort.

«Ja bitte», sagte Rosa als Älteste.

«Falls ihr den Dark Winter erlebt – und vielleicht werdet ihr das nicht –, aber falls doch, möchte ich euch etwas sagen, dass eure momentanen Ängste vielleicht beschwichtigt. Ein sehr enger Freund von mir, Finn, der biologische Vater von Lucia, hat mir mal etwas gesagt, das ich nie vergessen habe. Er hat gesagt, trotz des Dark Winter ging das Leben im 21. Jahrhundert weiter. Die Welt hörte nicht auf, sich zu drehen. Die Menschheit erfand weiter großartige Dinge, erkundete den Weltraum und erschuf sich selbst neu. Die Welt wurde auch weiterhin von guten Menschen bewohnt. Sie überlebten. Sie lebten ihr Leben, fanden die Liebe, brachten Kinder zur Welt, die zu guten, anständigen Menschen heranwuchsen, die weitere gute, anständige Menschen hervorbrachten. Der Dark Winter war nicht nur finster und dunkel.»

Die Kinder nickten.

«Also macht euch bewusst», sagte Rouge-Marie, «dass die Zukunft just in dieser Sekunde geschrieben wird. Und *ihr* schreibt sie. *Ihr* seid die Autoren eurer Zukunft. Und ihr seid Teil davon. Sorgt dafür, dass sie für uns alle lebenswert ist.» Sie lächelte Rosa, Oliver und Iris warmherzig an. «Haben wir noch irgendwas vergessen?»

Iris räusperte sich. «Eins noch.»

«Ja bitte?»

«Ich frag mich schon eine ganze Weile, ob sich die gläsernen Türen und Wände hier und im OZI manuell öffnen lassen. Ohne BB-Befehl.»

«Selbstverständlich.»

«Aber wir haben alles versucht. Drücken, Schlagen, Klopfen, Treten, Trommeln.»

«Oje», sagte Rouge-Marie lachend. «Mit Gewalt geht das gar nicht. Man muss sie einfach jobsen.»

«‹Jobsen›?»

«Ja, darüberwischen – wie bei euren Tablet-Computern oder bei euren Handgeräten. Bei uns heißt das ‹jobsen›, nach diesem Pionier der Verbraucherelektronik aus dem 20. Jahrhundert.»

«Ach so!», sagte Iris. «*Jetzt* versteh ich. Steve Jobs.»

Sie gingen zu der Glastür.

«Versuch's mal», sagte Rouge-Marie. «Zeig mir, ob du jobsen kannst, Iris.»

Iris wischte sachte über die Wand – und eine Tür glitt auf.

Raoul stand im Nebenraum. Er drückte ihnen zum Abschied die Hand, und Rouge-Marie brachte sie in die Auswertungskabinen und anschließend in den tiefdunklen Raum, wo Mo schon auf sie wartete. Die Tür schloss sich.

Sie standen in völliger Dunkelheit da. Es war kein Laut zu hören außer ihrem Atem und dem Pochen ihrer Herzen. Die Kinder hielten sich an den Händen, Oliver in der Mitte, Rosa links und Iris rechts von ihm. Oliver dachte an die vergangenen Tage, machte eine Liste von allen Dingen, an die er sich gern erinnern würde, wenn er nur könnte: das überwältigende Staunen, das ihn angesichts der Schönheit überkommen hatte, mit der die Sonne sich über den Rand der Erde erhob; ein gutes Buch genießen –

und dann darüber diskutieren; sich einen Ruck geben und Englisch lernen; die richtigen Worte finden, um mit seiner Mutter und seinem Vater zu sprechen; die Hoffnung nicht aufgeben, dass er und sein Bruder wieder zueinanderfinden könnten; daran arbei – «Oh mein Gott!», unterbrach Iris seine Gedanken. «Mein Frosch-Clog! Ich hab ihn verloren!»

«Du hast was?», sagte Rosa und schaltete sofort wieder auf hochnäsig. «Wie konntest du nur!»

«Ach, Iris!», sagte Oliver genervt.

«War bloß ein Witz, ihr Dummköpfe», sagte Iris. «Meine Güte, kann man hier nicht mal einen Witz machen?»

Sie lachten, und Oliver hoffte inbrünstig, mehr als alles andere, dass sie drei auch zu Hause noch Freunde wären. Er drückte Rosas und dann Iris' Hand ... Und beide erwiderten seinen Händedruck.

Und dann hörte er ein leises Zischen. Es wurde lauter und lauter ... Oliver wurde schwummerig ... schwindelig ... er hatte ein Klingeln in den Ohren. Er schloss die Augen.

Und dann waren sie unterwegs, Ziel: Alpha-Erde A 1.0.0 bis 1.4.9.

Hoffentlich.

30. KAPITEL

Wiedersehen in Blätterrauschen

Irgendetwas stimmte nicht. Alles war auf einmal so still. Das Rauschen der Blätter an den Bäumen draußen im Hof war verstummt. Ebenso das Stimmengemurmel hinter der Tür zur Buchhandlung. Selbst die Uhr an der Wand tickte nicht mehr. War es nicht schon zehn nach vier gewesen, als er das letzte Mal hingeschaut hatte? Außerdem war es viel kälter im Zimmer.

Oliver lauschte auf Geräusche, irgendwelche Geräusche, *egal was* – und hatte plötzlich das Gefühl, dass jemand direkt hinter ihm stand und ihm ins Ohr flüsterte. Er fuhr herum. Aber da war niemand. Nichts.

Rosa, die ihm gegenüber am Tisch saß, blickte von ihrem Buch auf. «Was?», sagte sie. «Was ist denn?»

Jemand war im Zimmer, ganz bestimmt. Oliver öffnete den Mund, um Rosa zu warnen, aber da schreckte sie bereits hoch und drehte den Kopf ruckartig zur Seite wie ein Hund, der die Ohren spitzt. Was immer es war, jetzt hatte sie es auch gespürt. Sie umklammerte ihre Stuhllehne.

Und dann drehte sich auch Iris, die bis dahin gedankenverloren vor dem Regal mit den Leseexemplaren gestanden hatte, blitzartig herum. Ihre Augen huschten durch den Raum. Selbst sie schien diese merkwürdige Veränderung in der Atmosphäre wahrzunehmen. Iris hatte zwar ein Gehirn von der Leistungsfähigkeit des Genfer Teilchenbeschleunigers, aber wenn es darum ging, die Signale ihres Körpers zu deuten, war sie hoffnungslos unterentwickelt. Doch jetzt hatte sie immerhin gemerkt, dass ihr Herz sehr viel heftiger klopfte als normal, denn sie griff sich an die Brust, als wollte sie es beruhigen, wobei sie das Buch vergaß, das sie noch immer in der Hand hielt. Genau in dem Moment, als es zu Boden fiel, krachte ein Donnerschlag. Ein Blitz erhellte den Raum – *kraaack!*

Die Kinder fuhren zusammen.

Wachsam lauschten sie auf die Geräusche um sie herum ... Nichts.

«Was war das denn eben?», sagte Iris, die sich wieder gefangen hatte. Sie bückte sich, um das Buch aufzuheben, das ihr runtergefallen war, als die Tür zum Laden aufflog. Cornelia kam herein. Die Kinder sahen sie erwartungsvoll an.

Cornelia schien die Luft anzuhalten, während sie die drei nacheinander studierte. «Alles in Ordnung mit euch?», fragte sie schließlich, etwas angespannt.

Rosa, Oliver und Iris sahen einander an und zuckten die Achseln. «Hat bloß ein bisschen geblitzt», sagte Rosa.

«Es hat nicht ‹bloß ein bisschen geblitzt›», korrigierte Iris. «Es hat auch gedonnert. Die vom Blitz ausgelösten Schwingungen bewegen sich durch die Luft und verursachen Schall, besser bekannt als Donner.»

«Jaja», sagte Oliver, «wir wissen Bescheid.»

Erleichterung breitete sich auf Cornelias Gesicht aus. «Freut mich, dass ihr alle in Bestform seid.» Sie lächelte munter. «Bernd hat sich verspätet. Ihr könnt schon mal ohne mich anfangen, wenn ihr wollt. Emil hat sich krankgemeldet, und alle anderen sind in den Ferien. Okay?»

Die Kinder nickten brav, und Cornelia eilte wieder zu ihren Kunden.

Die Kinder beäugten einander ein paar Augenblicke lang. Irgendetwas Merkwürdiges ging hier vor, aber sie wussten nicht genau, was. Oliver fühlte sich plötzlich und unerklärlich müde. Nein, nicht richtig müde, eher ... verträumt. Als würde er sich durch einen Traum schleppen, an den er sich nicht erinnern konnte.

«Also», sagte Iris und goss sich eine Cola ein. «Was war das eben?» Sie meinte natürlich, was sie aufgeschreckt hatte – die Stimmen. Sie trank einen Schluck aus ihrem Glas und rülpste leise.

Keiner antwortete ihr.

Oliver fiel auf, dass die Knöchel von Rosas rechter Hand weiß waren, weil sie die Stuhllehne ganz fest umklammerte. So verängstigt war sie noch immer. Ihre linke Hand lag dagegen still auf der Tischplatte, leblos unter diesem fleischfarbenen gummiartigen Handschuh, den sie immer trug.

Draußen im Hof rauschten die Blätter an den Bäumen – braun, rot und gelb – laut im Herbstwind. Oliver lauschte auf das knistrige Geräusch. Auch das Fenster von seinem Zimmer in der zweiten Etage ging auf den Hof mit den riesigen Eichen hinaus. Er fand es schön, mit ihrem Geraschel im Ohr einzuschlafen.

Das Licht flackerte. Die Kinder blickten ängstlich hoch.

«Irgendwas ist ... echt seltsam», sagte Rosa. «Ich fühl mich so ... schlapp. Und durcheinander.»

Iris sprang auf und huschte Richtung Fenster zum Hof, wobei sie einen ihrer Frosch-Clogs verlor. Sie schlüpfte wieder hinein, trat ans Fenster und studierte die Blätter. «Was auch immer das war», sagte sie und drehte sich rasch wieder zu den anderen um, «ein Geist war es jedenfalls nicht! Es gibt keine Geister. Also, wenn es kein Geist war, was war es dann?»

«Verrat's uns doch endlich», sagte Rosa. «Du platzt doch gleich deswegen.»

«Na schön», sagte Iris munter, unbeirrt von Rosas barschem Ton. «Der plötzliche Temperaturabfall ist vermutlich durch die undichte Tür zu erklären», sagte Iris und zeigte Richtung Hof.

«Aber ich hab irgendwen, irgendwas *gespürt*, hier *drin*», flüsterte Oliver. «Direkt hinter mir.»

Iris senkte dramatisch die Stimme. «Das kann durch eine niederfrequente Schallwelle ausgelöst werden. Oder durch ein Magnetfeld.»

«Wieso weißt du das alles?», fragte Oliver, der Iris' enzyklopädisches Wissen im Stillen ein bisschen bewunderte.

«Weil ich lese», antwortete das Mädchen. Sie blickte auf das Manga, das aufgeschlagen vor Oliver lag. Und dann auf Rosas Liebesromane. «*Richtige* Bücher natürlich.»

Rosa verdrehte die Augen. Sie bewunderte Iris kein bisschen.

«Ein Magnetfeld?», fragte Oliver.

«Das kann durch elektronische Geräte erzeugt werden.» Iris zeigte auf Cornelias topmoderne Espressomaschine mit mehr Knöpfen als ein Flugzeugcockpit. «In dem Ding dadrüben stecken so viele elektronische Teile, mit denen könnte man die Internationale Raumstation noch mindestens zehn Jahre in der Umlaufbahn halten.»

Die Kinder lachten. Sogar Rosa. Sie bewunderte Iris zwar nicht, aber einen guten Witz wusste sie immer zu schätzen.

Oliver fischte kichernd einen HB-Bleistift aus seiner Federtasche.

Iris, stolz, dass sie die anderen zum Lachen gebracht hatte, ließ sich auf ihren Stuhl fallen. Sie war ein pummeliges Kind und ein bisschen tollpatschig, und sie stieß Oliver unabsichtlich mit ihrem Bein an. «Hoppla», sagte sie.

Oliver nieste – zweimal. Er betrachtete Iris' grüne Weste. «Ist das eine Daunenweste?», fragte er. Er tauchte seine Hand in seinen Rucksack und kramte nach einem Taschentuch.

«Bist du allergisch gegen Federn? Wusste ich gar nicht. Hier, ich hab ein Taschentuch.» Iris griff in ihre Tasche und zog die Hand wieder heraus – mit einer lila Blume. «Hä?», sagte sie. «Wo kommt die denn her?»

Rosa und Oliver lachten.

Iris schnupperte an der Blume. «Ich weiß ganz genau, dass ich ein *Taschentuch* eingesteckt hab.»

«Das ist eine Iris», sagte Rosa.

«Weisheit», sagte Oliver. «Sie steht für Weisheit. Und in der griechischen Mythologie ist Iris eine Götterbotin.»

Iris musterte Oliver mit zusammengekniffenen Augen. «Wieso weißt du das?»

«Weil ich lese», antwortete Oliver. «Mangas.»

Iris starrte ihn an.

Oliver zuckte die Achseln. «War bloß ein Witz. Ehrlich, ich hab keine Ahnung, woher ich das weiß. Voll seltsam.»

«Sie ist schön», sagte Rosa, lehnte sich zurück und seufzte. «Eine schöne Blume.» Sie schaute sich einen Moment im Zimmer um und schüttelte den Kopf. «Irgendwie ist was … anders.» Sie suchte nach den richtigen Worten. «Ich kann's nicht genau benennen, aber …» Wieder lauschte sie auf irgendwelche Geräusche im Raum, und ihre Augen huschten hin und her. Sie fielen auf Oliver – und er wurde rot.

Oliver erkannte Schönheit, wenn er sie vor Augen hatte. Rosas Gesicht hätte eine von diesen uralten Kamee-Broschen zieren können, die er in dem Schmuckgeschäft ein Stück die Straße runter gesehen hatte: zart modellierte Züge, goldblond gelocktes, welliges Haar, das ihr bis auf die Schultern fiel, große grünbraune Augen, Wangen, rosig und zart wie ein Sonnenaufgang im Frühling, eine Nase, die Dr. Zöllner, der Schönheitschirurg im Vorderhaus, sicher sehr gerne mal nachbilden würde.

Olivers Hand tauchte erneut in seinen Rucksack. Sie kam mit seinem Skizzenblock wieder hervor. Er würde sich niemals trauen, Rosa zu zeichnen, aber vielleicht etwas anderes? Die Blume? Oder ... einen Blitz?

Oliver nahm seinen Block und blätterte zu der Seite, auf der er zuletzt gezeichnet hatte. Am Vorabend hatte er eine rasche Skizze von seinem Vater gemacht, wie er vor dem Fernseher auf dem Sofa lag und schnarchte. Er schlug das nächste leere Blatt auf, setzte den Stift aufs Papier und – Hm. Was war *das*? Er hielt den Block ins Licht. Es sah aus, als wären da ... Vertiefungen im Papier. Nein, keine richtigen Vertiefungen. Das Blatt fühlte sich auch nicht so an, als wäre es schon mal benutzt oder eingedrückt worden. Es war, als ob ... als ob Linien auf dem Papier verblasst waren. Es erinnerte ihn an die verblasste Schrift von alten Faxen auf Thermopapier. Seine Mutter hatte ihm mal ein paar gezeigt aus der Zeit, als sie ihren Friseursalon eröffnet hatte.

Oliver hielt den Block so, dass das Deckenlicht genau darauf fiel. Er konnte das Wort KRAAACK! erkennen, in fetten Comicbuchstaben. Und unter der Schrift sah er die Kontur eines Blitzes.

Ein Blitz? Wollte er nicht gerade einen zeichnen? Ihm war plötzlich sehr seltsam zumute.

«Was ist?», sagte Rosa und stand auf. «Was hast du?»

Oliver schlug ein neues Blatt auf. Er erkannte einen Hamster im Laufrad. Ein Hamster? Georg, sein Hamster?

Oliver ging zum Fenster zur Straße, weil da das Licht besser war, und blätterte weiter. Die Mädchen folgten ihm. «Das ist total eigenartig», sagte er. «Es sieht aus, als hätte da jemand Zeichnungen gemacht, die aber jetzt verblasst sind. Wie ... Wasserzeichen.»

Iris blickte auf eine Seite. «Das ist ein Arm», befand sie. «Der Unterarm. Und eine Hand. Eine knochige Hand. Und ... hm –»

«Lasst mich auch mal sehen», sagte Rosa. Sie studierte die Seite. «Das sieht aus wie ...» Sie stöhnte auf und sah Oliver an, die Augen wild und weit aufgerissen. «Oliver», sagte sie, «das ist ... *meine* Hand. Meine Prothese. Ohne den Handschuh. Man kann die Mechanik erkennen.» Sie sah etwas verärgert aus ... und verwirrt. «Wo hast du das her? Wie hast du –»

Oliver nahm ihr den Block wieder ab, riss das Blatt heraus und hielt es gegen das Fenster. Aber draußen war es fast dunkel. Ein Unwetter zog auf. Er blinzelte. «Auf der Prothese steht irgendwas. Da steht ... Ich kann's nicht lesen. Hier. Versucht ihr mal.» Er hielt Rosa und Iris das Blatt hin. Sie versuchten die Schrift zu entziffern.

Rosa stöhnte erneut auf. Und dann tat sie etwas für sie sehr ungewöhnliches. Sie zog ihre Strickjacke aus und rollte den linken Ärmel ihres T-Shirts hoch, sodass ihre ganze Prothese zu sehen war. Bei dem Anblick schnürte sich Oliver der Hals zu. Noch nie hatte Rosa ihnen den Schaft gezeigt. Er bestand aus einer Art Hartschale und – Olivers Augen wurden kreisrund. Rosa zog die Prothese ab! Da war der Stumpf, zart und verletzlich, wo ihre Hand amputiert worden war. Aber als sie die Prothese umdrehte, wurde sein Erstaunen noch größer, denn –

Die Kinder schnappten nach Luft. Da hatte jemand in blauer Kugelschreibertinte auf die Prothese geschrieben: *Colin Julio war hier, 5. Juni 2273.*

«Das stand heute Morgen noch nicht da. Ich hab sie gewaschen. Das stand nicht da!», schluchzte Rosa.

Iris überlegte so angestrengt, dass sie anfing zu schielen. Sie versuchte, sich an etwas zu erinnern. Aber an was?

«2273?», sagte Oliver.

«Colin Julio?» Rosas Stimme war kaum zu hören. «Colin Julio? Wer ist Colin Julio?»

Die Kinder starrten einander an, suchten fieberhaft nach einer Antwort.

«Es ist mit Kugelschreiber geschrieben», sagte Oliver.

«Die Tinte geht nie mehr ab», sagte Rosa. «Nie mehr. Die verfärbt die Prothese. Meine Eltern bringen mich um.»

Plötzlich hatte Oliver eine Vision von ihnen drei, wie sie auf einer Decke in der Sonne lagen. Um sie herum waren Bäume. Er roch frischgebackenen Kuchen. Er war glücklich ... Aber dann wurde die Erinnerung fortgeweht, so wie ein Windhauch Schneeflocken vor sich hertreibt, wie ein Blatt von einem Baum trudelt oder wie die Zeit zerfließt. Oliver wollte die Hand ausstrecken und die Erinnerung festhalten ... aber sie war verschwunden.

Und dann verdunkelte sich draußen der Himmel – ganz plötzlich, als hätte ihn jemand im Vorbeigehen mal eben auf Nachtbetrieb gestellt. Die Kinder, fasziniert von dem Wechsel des Lichts, traten ans andere Fenster zur Straße.

Kraaack! Ein ohrenbetäubender Donnerschlag. Ein Blitz ließ den Himmel taghell aufleuchten. Die Kinder fuhren zurück, als hätten sie einen Stromschlag bekommen.

Und dann hörten sie etwas klopfen – an der Hintertür. Sie wirbelten herum.

Aber da war niemand. Nichts. Und dennoch ...

In Rosas Augen schwammen Tränen. Es waren Tränen des ... Staunens. «Ich erinnere mich an etwas», sagte sie zaghaft. Sie schloss die Augen. «Ein Junge ... Er war groß.»

«Ja», bestätigte Iris. «Ein Fremder. Er hat ... Englisch gesprochen.»

«Seine Augen», sagte Oliver. «Die waren ... blau. Nein ... grün. Nein – türkis. Genau, türkis.»

«Ja!», sagten die Mädchen.

Die Kinder sahen einander an, sagten aber eine ganze Weile nichts mehr, jedes in den eigenen Gedanken versunken, bemüht, das Puzzle zu lösen, die Erinnerung zu retten, die Vision zu verstehen – ein Etwas, das sie ... *gemeinsam* erlebt hatten.

Iris setzte sich an den Tisch und drehte ihre Blume zwischen den Fingern. Oliver studierte die nicht ganz leeren weißen Blätter seines Skizzenblocks. Rosa spähte aus dem Fenster, suchte den Hof nach dem Jungen ab, der Englisch gesprochen hatte. Ein Fremder. Groß. Seine Augen waren türkisfarben. «Colin Julio», sagte sie. «Er hieß Colin Julio.»

Dann hörten sie hinter der Tür jemanden in die

Buchhandlung kommen. Cornelia lachte – *Boahaha-ha!* «Bernd!», rief sie. «Na endlich. Der Leseclub wartet schon.»

Rosa riss sich vom Fenster los und kam zurück zum Tisch. Oliver war klar, dass ihre gemeinsame Zeit gleich zu Ende sein würde, und das machte ihn traurig. Cornelia würde jeden Moment hereinkommen.

Würden sie das Geheimnis je aufklären? Das mussten sie einfach!

«Was macht ihr beiden hinterher?», fragte Rosa, als hätte sie Olivers Gedanken gelesen. «Nach dem Lese-club?»

Oliver und Iris starrten sie verdattert an.

Rosa schob ihren Stumpf in die Prothese. «Hättet ihr Lust, nachher noch mit hoch zu mir zu kommen? Wir könnten uns Kakao machen oder so.»

Iris betrachtete Rosa einen Moment und sagte dann: «Ich hätte Lust dazu. Große Lust.»

Rosa wandte sich Oliver zu. Er dachte, er würde vor Glück platzen, einen Jodelschrei ausstoßen, vom Stuhl kippen. «Cool», sagte er.

Rosa lächelte ihn an. Und er lächelte zurück.

Einige Augenblicke verstrichen.

«Da war ein Buch», sagte Rosa leise, sich erinnernd. «Ich glaube, ich werde ein Buch schreiben.»

«Muss ich das dann lesen?», fragte Oliver und verzog das Gesicht.

Rosa und Iris lachten.

Und genau in dem Moment riss die dunkle Wolkendecke überm Hinterhof etwas auf, und ein feiner Sonnenstrahl fiel ins Zimmer. Oliver lauschte auf das Rauschen der Blätter im Hof. Sie machten *Zsch-zsch-zsch*. «Es kommen schöne Zeiten», schienen sie ihm zuzuflüstern. «Es kommen schöne Zeiten.»

Seine Zukunft war da draußen! Oliver konnte es kaum erwarten, dass sie begann.

Holly-Jane Rahlens kam Anfang der 70er Jahre aus ihrer Heimatstadt New York nach Berlin. Mit Funkerzählungen, Hörspielen und Solo-Bühnenshows machte sie sich dort in den 80ern und 90ern einen Namen. Außerdem arbeitete sie als Journalistin, Radiomoderatorin und Fernsehautorin. Ihr Jugendbuch «Prinz William, Maximilian Minsky und ich» wurde 2003 mit dem Deutschen Jugendliteraturpreis prämiert und 2007 fürs Kino verfilmt. «Blätterrauschen» ist Rahlens' neunter Roman.

Weitere Titel von Holly-Jane Rahlens

Becky Bernstein Goes Berlin

Blätterrauschen

Everlasting

Federflüstern

Infinitissimo

Mauerblümchen

Max Minsky und ich

Mein kleines großes Leben

Prince William, Maximilian Minsky and Me

Prinz William, Maximilian Minsky und ich

Stella Menzel und der goldene Faden

Das für dieses Buch verwendete Papier ist FSC®-zertifiziert.